Ernst Molden ∞ Austreiben

Ernst

Molden

Austreiben

Vampir-

Roman

Deuticke

*Handlung und Personen
dieser Geschichte
sind frei erfunden,
die Stadt, in der
sie spielt, ist es nicht.

»Austreiben« ist gewidmet:
Gertrude Marx, meiner Großmutter,
Traudi Reich-Portisch, meiner ältesten Freundin,
und Veronika, meiner Frau.*

Prolog:
Here I am and here I stay

Jetzt hockt sie im Wagen, und wieder hat es Nacht werden müssen, damit sie endlich allein ist.

Da im Auwald laufen die Uniformen herum, grüne Schattenwesen zwischen den um so viel größeren Schemen dieser Bäume.

Bäume, das sind doch schweigende Monster, mit Krallen und Zähnen und hohlen Augen, ist das denn nicht so? Mimi hat das noch jedesmal so gesehen, und warum sollte es hier und jetzt anders sein: Ein Auwald ist ein Wald, wenn auch etwas feuchter als die anderen, vor allem jetzt, im April.

Das Spiel mit den kleinen grünen Blättern, die langsam größer werden und dunkler und kreatürlicher, dieses Spiel ist schon weit weg. Vögel sind auch zu hören. Und noch ein anderes Viech, wahrscheinlich ein Lurch, eine Kröte. Manchmal, leise, ein sich auflösender Rest von menschlicher Ekelhaftigkeit, klingt das schnarrende Organ einer Uniform zwischen den Baummonstern hervor. Die sprechen leise, weil die haben ja Funk und außerdem ein Schwein zu jagen. Sie selber hat den Funk zurückgedreht, nur ein Murmeln ist noch da. Die Au hat Platz für ihre Stimmen.

Mimi drückt die Fingernägel in den Kunststoff des Lenkrades. Die Tür auf der Fahrerseite ist offen, den linken Mokassin hat sie in den Morast des Hohlwegs fallen lassen, mit den unschön bestrumpften Zehen spielt sie an der Kante des Fachs für Parkscheine herum, reibt sich daran, massiert das prickelnde Fleisch ihrer Füße. Sie kratzt ihr Jucken, so sagt sie sich, und ihr Jucken ist jedesmal woanders, und gerade ist es eben da.

Jetzt kommt ein ganz schwacher Windhauch auf, der im Hauchen doch noch ein Stück stärker wird, und hier in der Au liegen tausend Sachen herum, die rascheln können, und alle rascheln sie auch. Und dann ist wieder Ruhe.

So ist das eben. Nacht muß es werden, damit sie allein ist, aber sogar eine Scheißhacke wird ein guter Job, wenn er nur in eine solche Nacht führt und in ein Alleinsein, das noch nicht gleich erschöpfter Tiefschlaf ist.

Es ist April, und die Scheißhacke ist die Jagd auf das Schwein, das hier in der Au auf die Frauen wartet, seinen blassen Gartenschlauch in der Hand. Das Schwein zu schlachten ist eigentlich ein Job für die Uniformen, aber das Gesetz befiehlt einen Vertreter vom Sicherheitsbüro an den Fahndungsort, und sogar der Jüngling vom Journaldienst hat nach seinen anderthalb Jahren bei der Truppe bemerkt, daß von allen Kollegen Mimi solche Jobs am meisten haßt, und sie genau deshalb in die Au geschickt.

Sie ist fertig mit dem linken Fuß, sie fischt den feuchtwarmen Mokassin aus dem Schlamm und beginnt das Spiel mit dem anderen Fuß. Dazu muß sie sich im Fahrersitz des Opel ein bißchen drehen, und ihr Gesicht, das vor lauter Alleinsein groß und leicht geworden ist, schaut unverwandt in die Nacht dieses Waldes hinein.

Vorhin, als sie den Opel hinter den beiden grünen Bussen der Uniformen hergesteuert hat, war noch etwas Tageslicht vorhanden, sie hat sich die Landschaft gut eingeprägt. Auf der einen Seite der schmalen Asphaltpiste die haushohen Tanks der Mineralölverwaltung, dahinter die in der Dämmerung schimmernde Donau. Auf der anderen Seite aber dieser Dschungel: Weiden und Erlen und Ulmen, von parasitischen Schlingpflanzen bedeckt, ein Teil tot und skelettiert, ein anderer vielhundertjährig und trotzdem schon wieder im Frühling, im Wuchern, im Austreiben.

Menschenblicken, hat Mimi gemerkt, gewährt dieser Wald von außen keinen Zentimeter von seinem Geheimnis.

Die grünen Busse und ihr Opel sind dieser Asphaltstraße

ein Stück gefolgt, dann in einen Hohlweg eingebogen, ab da im Schrittempo, wegen der Äste und des Schlamms. Auf der Beifahrerseite muß, etwa nach zwanzig Metern Wald, der tote, verschilfte Flußarm liegen, den sie zuvor auf einer modrigen Holzbrücke überquert haben. Sie sieht ihn nicht. Mittlerweile ist ohnehin überall Dunkelheit.

Die Busse sind am Rand des Weges stehengeblieben, halb verdeckt von einer Gruppe faulig duftender Holundersträucher. Die Uniformen sind in den Wald verschwunden, Mimi ist erst gar nicht ausgestiegen. Sie hat gewartet und ihr Alleinsein genossen. Bis jetzt.

Und jetzt kommt der Vogel.

»Duuuueeehh, dueeehhh«, macht der Vogel, so schön, daß Mimi augenblicklich Tränen in die Augen steigen. (Und weil Mimi sich an Stimmen nur erinnert, wenn sie einen Namen für sie hat, wird sie am nächsten Tag ein Buch über Vögel kaufen, bis sie den Namen weiß: Ziegenmelker, Nachtschwalbe. Der Vogel, wird sie lesen, der Überlieferung nach ein Zeichen fürs Sterben, sitzt tagsüber wie ein dickes Stück Rinde auf einem Ast, aber kaum ist das Licht weg, reißt er seine Augen starr-weit auf und stürzt in den Nachthimmel, schneller als das Denken, stiller als der Schnee. Hockt er dann wieder auf seinem Platz, den Staub einer pelzigen Motte noch an den Klingen des kleinen Schnabels, dann singt er sich selbst sein Lob.)

»Duuuueeehh.« Einmal noch. Kitschig und doch tragisch. Dann ist es still im Wald. Wohl weil der blöde Funk lauter wird. Wieso?

Mimi kurbelt die Lautstärke ganz weg, aber der Kasten brummt stärker, ohne Menschenlaute, nur atmosphärische Störgeräusche von einer aufgeschreckten Intensität. Und dann plötzlich die Stimme aus dem Raum. Eine Frau, so deutlich, als wohnte sie in Mimis Ohr:

»Here I am and here I stay.«

Das ist Englisch. Die Frau klingt wunderbar, warm wie sonniges Holz und mit einem Hauch von Heiterkeit.

Wieder Stille. Auch die Störfrequenzen verdämmern. Sie dreht die Lautstärke auf und hört das Schnarren der Uniformen. Plötzlich das Gesicht an der Scheibe des Beifahrerfensters. Mimi erschrickt. Dann sieht sie: männlich, etwa fünfunddreißig, schütteres, rötliches Haar, Koteletten, graue Natojacke – und weiß: das ist ja nur das Schwein. Mimis Zentralnervensystem findet erst den Befehl zum Ausatmen und dann den Weg zur Amtshandlung.

Das Schwein zwinkert. Es sieht eine Dienstmarke und eine Waffe. Es ist an der Falschen.

»Sommer, Sicherheitsbüro. Ich nehme Sie fest wegen sexueller Nötigung, gefährlicher Drohung und versuchter Unzucht mit Kindern.« Das Schwein zittert, kriegt seine Achter um die Handgelenke und wird ohne ein Wort von Mimi in die Stadt zurückgeführt. Die sechzehn Uniformen läßt sie im Wald, ohne weiter mit ihrem Fund zu prahlen.

In ihrem Kopf beißen einander zwei Nachrichten in den Schwanz:

›Duuuueeeehhh‹ und ›Here I am and here I stay‹.

Die Lobau im Nordosten der großen Stadt Wien ist eine komische Gegend.

JOE

*Every moral has a story
and every story has an end*
BEN HARPER

1.
Wo Joe spazierengeht

Wenn ich erscheinen will, muß ich durchs Wasser.
Aber ich will erscheinen, denn ich will zu dir.
Hätte ich schon Beine, ich würde sie dir öffnen, hätte ich einen Mund, ich böte ihn dir dar, wenngleich nicht für lang. Hätte ich schon Hände, ich griffe nach dir und bediente mich, ganz wie ich es brauche.
Doch das Wasser ist die erbarmungsloseste Schwelle.
Könntest du meine Mühe sehen!
Ich verdichte jetzt die Luft über dem Wasserspiegel.
Das ist das Schwerste, mein Geliebter, aber mit dem Bild deines Leibes vor Augen werde ich es schaffen.
Die Luft hier ist jetzt wie Blei. Du siehst es nicht, denn du siehst nichts, und würdest du sehen, dann dächtest du bloß an das drohende Gewitter. Und auch das drohende Gewitter, Geliebter, bin ich.
Diese Libelle, die sich gerade aus ihrer an einem Rohrkolben festgekrallten Larvenhülle hervorgeschoben hat, erstarrt mitten in ihrer zweiten Geburt.
Mein Geliebter. Wenn ich erscheinen will, muß ich durchs Wasser.

»Marswasser«, hat einst ein Ausländer, der zu Besuch in Wien war, zu Joe gesagt, »Marswasser« klinge nach SciFi. Damals hat Joe dem Ausländer erklärt, daß jener tote Arm der Donau so heiße, weil ein »Athletik-Club Mars« siebzig Jahre früher die Wiese neben dem toten Donauarm mit Mittelklassefußball bespielt habe. »Still weird«, hat der Ausländer bemerkt und nun damit eigentlich Joes Gewohnheit gemeint, sich an den Gestaden des Altarmes, »am Arschloch Wiens«, wie Joe selber sagt, in ratlosen Momenten bis zur Besinnungslosigkeit zu besaufen.

Aber dieses Zwiegespräch liegt lange zurück. Jetzt ist der letzte Juni dieses Jahrtausends.

Joe Eid, der einst Josef Eidlberger geheißen hat, ist 34 und ein bekannter, bösartiger Mitternachtsmoderator bei einem der drei meistgehörten Radiosender von Wien. Er ist zusammen mit einem Doppelliter Weißwein unterwegs zum Ufer des Marswassers, um sich anzusaufen, als er plötzlich einen Stoß bekommt.

Er schleicht den Saumpfad am Ufer des Altarms dahin, rechts ein schmaler Schilfstreifen und die grünliche Oberfläche, links hohe Pappeln und eine Eisendeponie.

Und dann dieser mysteriöse Stoß.

Um ein Haar wäre Joe hingefallen. Wer immer ihn angerempelt hat, muß aus Glas sein, jedenfalls bleibt er unsichtbar, auch als Joe sich hastig nach allen Richtungen umsieht: alles regungslos. Niemand ist über einen Zaun gesprungen, niemand im Schilf verschwunden. Alles scheint normal für einen Tag Anfang Juni: Der stinkende Hauch der unteren Lobau. Dampf aus den Schloten des Fernheizwerkes. Ein paar Möwen. Wolkentürme vor einem Donnerwetter.

Tadellos, denkt Joe, so wird der Mensch verrückt.

Er zuckt mit den Schultern.

Das, was hinter ihm her ist, läßt ihn die paar Schritte zu der verfaulten Bank an der Steintreppe machen, läßt ihn Platz nehmen. Es läßt ihn die Hälfte des Weins trinken und an sich selber leiden. Dann kommt es.

Du siehst es nicht, Geliebter, also will ich es dir schildern: Der ölglatte Wasserspiegel wölbt sich, formt einen Kopf, er wölbt sich noch höher, formt einen Hals und vollendete Schultern.

Ich werde Gestalt und komme zur Welt.

Noch ist die Gestalt selbst aus Wasser. Aus bewegtem, lebendigem

Wasser. Der Leib mit seiner Mitte, die dich ruft, Geliebter. Jetzt stehe ich am Ufer, und der neue Körper glüht plötzlich auf wie Lava, und das Wasser verdunstet in nur einem Augenblick, und ich mache ein paar große Sätze auf dich zu.
Jetzt!

Ich bin kein schlechter Mensch, denkt Joe Eid und senkt den Pegel des Doppelliters mit einem Schluck gegen die Hälfte hin. Die Welt ist schlecht. Wenn ich nachts mein Mikro küsse, dann illustriere ich bloß diese häßliche Tatsache. Ich selbst wäre gar nicht so übel.

Er trinkt wieder.

Er ist nicht schlecht. Aber trotzdem, überlegt er, meiden ihn seine Kumpane aus vergangenen Zeiten, weil die Bosheiten mittlerweile mit einer erschreckenden Selbstverständlichkeit aus seinem Maul fallen, wie es überall heißt, nicht nur im Studio.

Die Welt ist schlecht, nicht er – trotzdem ist die dünne Frau in seinem Haus alles andere als glücklich. Dabei ist er ein Star.

»Sie tun nicht allzuviel, um Frauen zu unterhalten«, sagt eine Stimme, gepflegtes Deutsch, angenehmer, heiterer Tonfall. Joe erschrickt, als sei er noch einmal gestoßen worden, und schaut auf.

Sie sitzt am anderen Ende der Holzbank. Sie trägt ein Khaki-Kleidchen. Ihre Haare sind sandfarben und glatt, ihr Gesicht ist rosig, die Sommersprossen darauf scheinen zu glühen, als käme in ihnen ein flüssiger Kern im Innern dieser Frau zum Vorschein.

Joe schätzt sie auf dreißig. Ein wundervoller Hintern auf langen, starken Beinen.

Aber als er wieder hinsieht, findet er ihr Gesicht anders, die Haut – aber nur für den Bruchteil einer Sekunde – über die Kiefer gespannt wie bei einem Reptil.

Er schnappt noch immer nach Luft. Ihm fallen zwei Dinge ein: daß er gestern gesoffen hat und vorgestern auch und er also wirken muß wie nasser Straßenstaub. Und daß sein Ding wie ein Stück Holz in seinen Jeans liegt. Endlich fallen wieder Worte aus seinem Mund, böse wie vor dem Mikrofon:
»Diese Bank ist reserviert. Ich zahle der Magistratsabteilung für Uferpflege einen monatlichen Betrag, damit niemand außer mir ...«
»Sie sind ganz langweilig, wenn Sie sprechen.«
Er starrt sie an, dann versucht er es ganz anders: »Sind Sie eigentlich auch belästigt worden?«
Sie schaut amüsiert.
»Ich meine: gestoßen?«
Sie erhebt sich, entfernt sich ein paar Schritte von der Bank, stellt sich direkt an den Rand des Flußarmes und betrachtet ihn:
»Üblicherweise«, murrt sie lustig, »belästige ich andere.«
Sie fängt an zu lachen. Ihr Lachen ist beängstigend fremd, guttural, wie Laute einer ausgestorbenen Art. Ihre Augen leuchten grün.
Als nächstes greift sie nach Joe, obwohl sie entschieden außer Reichweite steht. Sie muß eine dritte, unsichtbare Hand haben. Einen gläsernen Arm.
»Nicht!« schreit er. Er glaubt, keine Luft mehr zu bekommen. Aber es ist nur die Bewegungslosigkeit. Ihre Kraft drückt ihn eisern gegen die Lehne der Holzbank.
Sie lacht, als singe sie damit ein Lied oder als atme sie in einer lachenden Weise. Sie steht fünf Meter entfernt von der alten Bank und hält ihn doch unverändert daran festgedrückt. Dabei machen ihre Hände an den Knöpfen ihres Kleides herum, bis die ersten von ihnen aufgehen, dabei tänzeln ihre nackten Füße auf dem Boden. Joe sieht ihre Schlüsselbeine, die gemeinsam ein gedrechseltes V bilden, und dann ihre kleinen Brüste mit den großen, dunklen Warzen.

Jetzt verstummt ihr Lachen. Ihre unsichtbare dritte Hand aber packt sein Kinn und zieht seinen Blick zurück auf ihr Gesicht, das wieder steinhart wie das einer Eidechse ist.

»Willst du nicht wissen, wer ich bin?«

2.
In Joes Nähe

Kinder baden. Im nördlichen Teil der Lobau, unweit des Marswassers, streckt sich wie eine grauglitzernde Spange der sogenannte Donau-Oder-Kanal, ein ehrgeiziges, nie vollendetes Vorhaben, erdacht um die Jahrhundertwende, von Hitler begonnen und wegen des Krieges wieder stehengelassen. Der Kanal hätte die Ostsee und das Schwarze Meer verbinden sollen, eine Wasserstraße quer durch den Orient Mitteleuropas. Die drei Segmente, die man fertigstellte, schlafen in der Lobau, zum Teil sind die Ufer von Schrebergärtnern besiedelt worden, zum anderen Teil Beute des Dschungels.

Und hierher ist an jenem Tag die dritte Klasse der Eßlinger Volksschule zum Baden gegangen.

Die Kinder schwimmen durch das matt schimmernde Wasser, liegen auf den verfaulenden Stegen, erklettern die verkrüppelten Bäume und lassen sich von dort wieder in den Kanal fallen. Es herrscht ein träges Hochgefühl, die Kinder entdecken Kaulquappen, an deren Hinterteilchen Füße zu wachsen begonnen haben, und sind auch sonst guter Laune.

Kinder lieben die Au. Die Gelsen sind ihnen egal, und selbst der Fäulnisgeruch eines amphibischen Frühsommers macht ihnen nichts aus. Wenn er ihnen doch einmal, übel berauschend, in die Nase steigt, dann wenden sie diesen Kindertrick an, das Gesicht in die Ellenbeuge zu stecken und alles andere mit dem Duft des eigenen Kindseins zu verscheuchen.

Ein Lehrer ist auch da, ein junger und friedlicher, der flach auf einer Sandbank ausgestreckt liegt und hie und da den Kopf hebt, um mit müdem Blick die Köpfe seiner Anbefohlenen zu zählen: Sechzehn sollen es sein, und sechzehn sind es.

Die Naturstudien, die hier hätten gezeichnet werden sollen, ruhen längst. Der Lehrer mag nicht am Widerwillen der Kinder scheitern. Sollen sie eben baden.

Der Lehrer zündet sich gerade eine leichte Zigarette an, als eines der Mädeln, Jennifer, die dünnste und schnellste von allen, aus einem Holunderstrauch gesprungen kommt und auf ihn zuläuft:

»Herr Lehrer, von dort hinten schreit wer.«

»Wo?«

»Dort. Weit weg, glaub' ich.«

Der Lehrer horcht in die angezeigte Richtung. Erst hört er gar nix, dann nur so etwas wie einen Widerhall und zuletzt tatsächlich so etwas wie einen sehr entfernten Schrei: weiblich, der Schrei. Oder doch nicht? Gedehnt. Lüstern.

Wäre er vom Ende dieses Schuljahres nicht sonnengebräunt, so würde er erröten.

So aber sagt er nur geheimnisvoll: »Jenny, das klingt freiwillig. Horch' ma nimmer hin.«

Und Jenny, noch etwas zweifelnd, geht wieder ans Ufer und gleich darauf in Begleitung eines anderen Mädchens ins Wasser, an dessen Grunde ärgerlich ein großer Wels davonschwimmt.

3.
Joe ist krank

Diese herrliche Landschaft, denkt Joe. Dieser göttliche, paradiesische Urwald.

Joe liegt in der Au auf dem Boden und blickt nach oben. Es kommt ihm vor, als ragten links und rechts von ihm und vor ihm und hinter ihm und einfach auf allen seinen Seiten senkrecht erhobene Hände mit langen Fingern aus dem Erdboden empor.

Und manchmal taucht das beunruhigende Gefühl auf, daß sich eine dieser riesenhaften Hände plötzlich zu bewegen beginnen könnte, nicht nur wie ein kleines Zittern der Zweige, sondern mit einer ausholenden Bewegung, die dazu führt, daß ihn einer dieser Bäume wie die flache Hand Gottes erschlägt.

Joe starrt mit zusammengekniffenen Augen auf die tausend Verästelungen von Gottes ausgestreckten Händen, er verfolgt die Stämme und deren Hauptarme, gelangt zu den kleineren Ästen, läßt seinen Blick die Zweige entlanggleiten, und dann kommt der Beginn des großen Grüns.

Wieso nur hat dieser nicht existierende Gott seine Wälder grün bemalen müssen, weshalb hat er es nicht in Blau oder gar Rot getan. Rot in all seinen Spielarten. Wenn man sich das vorstellt: die purpurnen Weiden. Die scharlachfarbenen Erlen. Die majestätisch zinnoberroten Kastanien! denkt Joe.

Aber nein. Er hat in Grün gearbeitet. Lindgrün, gelbgrün, smaragd- und olivgrün. Schlammgrün. Freudengrün. Man hat es ihm doch einmal erklärt, daß dieser geheimnisvolle Treibstoff, das Chlorophyll, in allen Adern von Gottes flachen Händen fließt.

Die meisten dieser Scheißbäume, denkt Joe in einer düsteren Mischung aus Trauer und Genugtuung, werden es einige Jahre länger schaffen als ich selbst, in dessen Adern roter Treibstoff fließt. Rot.

In diesem Moment kommt Joe erstmals die Ahnung, daß er verletzt ist. Aber die Verletzungen sind nicht gar so arg. Er spürt sie also noch nicht wirklich. Er läßt seine Augen vom zusammengekniffenen, konzentrierten Zustand wieder in den weit offenen, universellen zurückklappen. Er sieht alles. Alle Zweige, jedes Blatt. Und alles zugleich. Er schaut noch immer senkrecht nach oben.

Jetzt sieht er Bewegungen: Gottes flache Hände haben kleine Bewohner.

Sozusagen ein Kribbeln in den Fingerspitzen. Er sieht braune, pelzige Wesen von Ast zu Ast, von Finger zu Finger springen, in ungeheurer Höhe und ohne jede Angst. Er sieht sogar den Glanz in den Knopfaugen dieser Wesen. Nur einen Augenblick sucht er den Namen dieser Bewohner. Er findet das Wort nicht. Er ist in einem Zustand, in dem die Menschennamen für die Gesichter der Wildnis verblassen. Er kennt auch nicht mehr den Namen der Vögel.

Wie heißen sie nur? Aber er begreift das Wunder des Fliegens. Er ist selbst der Fähigkeit zu fliegen näher als der Fähigkeit, aus seinem armen, malträtierten Hirn die Namen der Vögel zu rufen.

Fliegen könnte er beinahe. Alles könnte er gerade. Beinahe. Aber er klebt doch an der Erde. Er versucht sein Becken vom lehmigen, verschlammten Untergrund ein Stück zu heben. Da merkt er die Klebrigkeit. Aber noch immer reicht seine Wahrnehmung nicht aus, um seine Verwundungen wahrzunehmen.

Er stellt den Zusammenhang von Klebrigkeit und Blut noch nicht her. Er verfolgt die Vögel. Und jetzt sperrt er die Ohren auf.

Noch nie hat er so kristallklar gehört. Jedes Geräusch für sich und dann wieder alle auf einmal. Es sind zusammen etwa zehntausend Geräusche. Sogar das weiß er.

Was ist mit mir los? denkt Joe.

Das Rauschen der Blätter. Das stumpfe Glucksen des nahen Flußarmes. Das Geräusch jedes Tieres, die hundert Stimmen der Vögel, die tausend Stimmen der Insekten, der nimmermüden Kriecher.

Riechen sie das Klebrige an mir? Blut?

Er hört sogar das Geräusch eines Windes, der noch nicht zu blasen begonnen hat, so etwas wie ein mattes Rutschen der Luftschichten über- und untereinander.

Vorher hat Wind geweht. Er trägt diese Erinnerung in sich, aber sie ist ihm nicht bewußt.

Jetzt ist alles zur Ruhe gekommen, scheinbar. Die Ruhe vor dem Sturm, das Verstummen vor dem Gewitter.

Und trotzdem, er hört sie, die Luft. Wie dicke Decken, die von unsichtbarer Kraft hin und her gezerrt werden. Die Luft zerrauft die Struktur der Auen. Sie ordnet alles für eine neue Zerstörung.

Gott ist über mir, denkt Joe. Und er ist nicht gut, er ist bitterböse. Ein uralter, großer Sarkast.

Was ist passiert? Warum liege ich am Boden? Wieso deutet dieses unheilvolle Gefühl darauf hin, daß ich verletzt bin?

Und mit jeder dieser Fragen, die, schleimigen Schneckenspuren gleich, sein Hirn durchziehen, verliert Joe seine seligmachende, allumspannende Fähigkeit des Begreifens dieses düsteren Waldes, dieser Au.

Joe ist wieder Mensch. Ein zur Fettleibigkeit neigender, männlicher Mensch, dem irgend etwas körperlich wie seelisch zutiefst Unangenehmes passiert sein muß.

Er liegt am Boden.

Aber wie kam ich auf dem Boden zu liegen? Und weshalb?

Nur um mit großem, weitausholendem Mystizismus die Wunder der österreichischen Natur zu begreifen? denkt Joe.

Nein. Es gibt einen anderen Grund. Er liegt am Boden, weil ihn jemand dorthin geschmissen hat wie ein benütztes Kleenex. Joe schüttelt sich. Wieder ein Stück mehr Menschlichkeit.

Menschen fühlen sich wie Abfall, das ist ein stimmiges Gefühl. Erstmals kann Joe wieder lächeln. Alles wird gut.

Joe kichert innerlich. Es ist ein kaltes, skurriles Kichern, das in den Ganglien seines Hirns widerhallt, nicht seinem üblichen Hohnlachen vor dem Mikrofon verwandt, das ihn bei aller Bosheit immer wieder wärmt.

Etwas ist ganz und gar nicht in Ordnung.

Joe schließt die Augen und lauscht auf die Nachrichten an der Oberfläche seines Leibes. Er bemerkt stechenden Schmerz am Oberkörper, einen dumpf pochenden zwischen seinen Beinen und einen dritten, brennenden an seiner Schläfe. Und eine allgemeine Zerschlagenheit.

Ich bin ganz offenbar nicht in Ordnung, denkt er. Jetzt setzt er sich endlich auf.

Der Wald ist groß, geht es wieder durch seinen Kopf, und dann, als gleite ein letzter, ein grünlicher Schatten aus ihm hinaus, ist er wieder ganz der alte. Denkt Joe.

Schwer verletzt. Was ist denn los?

Er schaut auf seine Uhr. Zwei Stunden sind vergangen, seitdem er seinen Wagen verlassen hat und mit dem Wein zum Marswasser aufgebrochen ist.

Da war eine Frau. Im Safari-Kostüm. Die war geradezu beschissen schön. Hat sie nicht etwas wollen von mir? Ist sie mir nicht nähergekommen? Hat sie nicht etwas Ungeheures unternommen?

Nein. Die Frau war sicher ganz normal. Nur in meinem Kopf ist dieser Schatten von einer seltsamen Begegnung.

Was kann es dann gewesen sein? Ein Überfall, es gibt keine anderen Möglichkeiten. Man hat mich verprügelt. Ich habe das Bewußtsein verloren. Vielleicht war die Frau nur ein Traum. So wie diese wunderschönen Bilder gerade eben hinter meinen Augen. Die Bilder von der herrlichen, bedrohlichen Au, deren Teil ich war. Sie sind schon sehr blaß, alle diese Bilder. Wie es beim Träumen so ist. Vogelscheuchen im Kopf, vom Wind zerzaust.

Also: Ich war bewußtlos. Ich habe geträumt, daß ich eine Frau getroffen habe, daß ich Gott war oder das Blatt eines Baums.

Ein Eichhörndl. Der Name des Tiers ist wieder da. Joe ist wieder Mensch.

Seine Eier tun ihm vielleicht am meisten weh. Als hätte einer seinen Sack ergriffen und ihn, wie beim Abbinden eines Behältnisses, immer weiter in dieselbe Richtung verdreht und nach sehr langer Zeit schnalzend losgelassen.

Links neben seinem Auge muß er zerkratzt sein. Es brennt. Möglicherweise ist das schon entzündet.

Und dann: seine Brustwarze. Scheiße: Der erste wache Blick an ihm selbst herab zeigt Joe, daß sein Hemd blutdurchtränkt und zerrissen ist.

Noch immer tropft es aus seiner Brustwarze. Und dann merkt er, daß diese Brustwarze zwischen einem unschönen Büschel schwarzer Haare sich auch ohne das Blut von der auf der anderen Seite maßgeblich unterscheidet.

Die Spitze. Sie ist weg.

Joe bekommt es mit der Angst zu tun. Sein Hirn arbeitet immer besser. Ein Arzt! Er sieht, daß er sich im Zuge des großen Vergessens fast zweihundert Meter vom Ort seiner letzten Erinnerung entfernt hat. Oder ist er transportiert worden? Jetzt hockt er auf einer sandigen Fläche zwischen Gestrüpp.

Joe macht sich unendlich langsam auf den Rückweg zu seinem Wagen. Er stellt fest, daß seine Schmerzen, vor allem die im Schritt, so groß sind, daß er nur humpeln kann.

Er erreicht den Fußweg und hofft, niemandem zu begegnen, mit seinen zerfetzten Sachen und dem Aussehen eines Schlachtviehs.

Kurz vor dem Parkplatz kommt ein altes Ehepaar. Joe, der auch ohne einen Spiegel von der Entsetzlichkeit seines Aussehens weiß, verbirgt sich hinter einem Gestrüpp.

Ich bin ein Star, ein berühmter Radiomoderator. Jeder kennt mich. Und jetzt schaue ich aus wie Lazarus. Lazarus? Einen Augenblick fragt er sich, wieso ihm gerade dieser Vergleich einfällt. Lazarus. Ein verwester Toter, zu dem Gott »Komm heraus« gesagt hat, woraufhin er wieder lebte. Lazarus. Jesus, gib mir deine Hand. Ein noch seltsamerer Gedanke. Der letzte Religionsunterricht vor zweieinhalb Jahrzehnten. Joe merkt plötzlich, daß er weint.

Jetzt ist er beim Auto. Schnell weg. Heim. Schlafen.

Am Steuer seines schweren Geländewagens geht es ihm minutenlang ein bißchen besser. Er reiht sich in den Verkehr ein. Die grünen Schatten der Au weichen endlich zurück. Eßlinger Straße. Asperner Platz, Erzherzog-Karl-Straße. An der vierten Ampel, deren Wechsel auf Grün ihm längere Zeit entgeht, spürt er, daß er nicht verkehrstüchtig ist.

Ins Spital. Er weiß, daß das Sozialmedizinische Zentrum Ost, eins der größten Wiener Spitäler, ganz in der Nähe liegt. Wie er das Riesengebäude erreicht hat, kann er später nicht mehr sagen.

Am Empfang sitzt ein schnauzbärtiger Portier.

»Was hamma denn?«

»Schlägerei«, sagt Joe.

»San' S' versichert?«

Joe holt die Golden Card einer teuren Privatversicherung hervor.

»Des nehm' ma gern«, sagt der Portier.

Und dann: »Hean Se, san Se ned der ... der ... No! Vom Radio ...«

»Eid«, sagt Joe müde.

»Logo! Der Mitternachts-Eid.« Der Portier blickt auf die Golden Card. »Sie haaßen eigentlich Eidlberger. Sowos! Sie san a lustiger Mensch.«

Er wählt eine hausinterne Nummer: »Jetzta hol ma an Dokta.«

Der Arzt, ein blonder, früh kahl gewordener junger Mann, untersucht ihn eine halbe Stunde. Vielleicht ein bißchen länger. Zum letzten Teil der Examination zieht er einen zweiten Arzt hinzu. Einen Urologen, der Joes Eier abgreift. Joe ist zu schwach, um es unangenehm zu finden.

Nachher unterhalten sich die beiden in einem Nebenraum. Der erste Arzt kommt zurück.

»Komische Schlägerei«, sagt er.

»Ich habe keine Erinnerungen.«

»Meine Frau hört Ihre Sendung«, sagt der Arzt, »wenn sie nicht schlafen kann. Bosheiten machen müde, sagt sie. Mir ist Ihr Humor zu hart.« Der Arzt macht eine Pause, dann: »Hören Sie zu. Nachdem Sie keine Erinnerungen haben, kann ich Ihnen nur Ihren medizinischen Ist-Zustand beschreiben.«

Joes Aufmerksamkeit ist wach.

»Abschürfung auf der Schläfe. Ich könnte mir vorstellen, daß Sie von jemandem über eine Art Kiesweg geschleift worden sind. Die Wunde ist desinfiziert. Nachher kriegen Sie noch ein paar Pflaster. Das ist das kleinste Problem. Interessanter ist Ihre Brustwarze. Da ist mit erstaunlicher Präzision die Kuppe abgebissen worden.«

Joe wird es eiskalt.

»Abgebissen?««

»Sie müssen in diesem Augenblick entsetzliche Schmerzen gehabt haben. Nirgendwo ist das subkutane Nervengeflecht so dicht wie dort. Haben Sie nicht gebrüllt vor Schmerz?«

»Keine Erinnerung«, sagt Joe, »mein Kopf ist wie ein leerer Doppler.«

Der Arzt lächelt: »Schließlich Ihr Skrotum. Das ist das Interessanteste. Ihre Hoden sind vollkommen entleert. Ich meine wirklich: vollkommen. Mein Kollege hat erklärt, Sie müßten in kürzester Zeit etwa 15- bis 20mal ejakuliert haben, um einen solchen Zustand zu erreichen, was mir schwer möglich erscheint. Maßgebliche Teile sind nicht beschädigt. Alles zusammen, Herr Eidlberger, deutet mir, bewußt oder nicht, auf ganz harten Sex hin.« Jetzt grinst der Mediziner breit: »Aber Sie wirken mir nicht wie einer, der Probleme hätte, das einzugestehen.«

»Ich kann mich nicht erinnern«, wiederholt Joe und fühlt sich tieftraurig.

»Gut«, schließt der Arzt, »das ist ein starkes Schmerzmittel. Eine Tablette jetzt, eine vor dem Schlafengehen. Ich nehme nicht an, daß Sie heute nacht ...«

»Doch, natürlich«, sagt Joe. »Meine Sendung läuft täglich.«

»Nächtlich«, korrigiert der Arzt. »Sie müssen verrückt sein. Ich kann Ihnen natürlich nichts verbieten. Mit dieser Tinktur desinfizieren Sie zwei Wochen lang morgens und abends Ihre Brust. Sie Schmerzensmann.« Er lächelt humorlos über seinen Witz.

Lazarus, denkt Joe noch einmal.

»Ich nehme an, Sie werden jetzt auch Auto fahren.«

»Selbstverständlich.«

»Dann denken Sie dabei an die anderen Leute da draußen.«

»Das tu' ich nie.«

Arschloch, denkt der Arzt.

Joe findet das Auto, legt Vivaldis Cellokonzerte ein, schließt eine halbe Minute lang die Augen, dann fährt er los. Das Mittel wirkt, die Schmerzen sind erträglicher. Langsam, bedächtig, lenkt er den Wagen über die Donau und den Kanal zu seinem hübschen Haus, in jenem Teil des 18. Distrikts von Wien gelegen, den man das Cottage nennt.

»Müller«, ruft Joe schwach, als er die Tür hinter sich geschlossen hat.

Müller ist Joes Freundin. Er könnte sie auch Elisabeth nennen. Er nennt sie aber Müller. Spleen muß sein, hat er ihr einmal gesagt. Sie ist trotzdem und trotz allem noch immer bei ihm.

Aber gerade jetzt ist sie nicht da. Er wählt die Nummer ihres Mobiltelefons.

»Müller!« sagt Joe.

»Hallo Josef«, sagt Müller.

»Man hat mich zusammengeschlagen«, sagt Joe.

»Was?«

»Und dann habe ich von einer Frau geträumt. Das warst aber nicht du.«

Kleine Kränkungen erhalten die Freundschaft, denkt er.

»Was fehlt dir?«

»Nichts. Oder doch: die Kuppe meiner linken Brustwarze.«

»Sei nicht so blöd.«

»Es ist wahr.«

»Ich bin bei meiner Schwester. Ich seh' dich erst in der Nacht.«

»Auch gut.«

»Wirst du arbeiten gehen?«

»Sowieso.«

»Sei vorsichtig«, sagt Müller mit ihrer duldenden und warmen Wissenschaftlerinnenstimme.

»Ich hab dich lieb«, hat sie auch noch gesagt. Aber Joe hat schon aufgelegt.

Noch ein Anruf ist zu machen. Der Tontechniker, der schon im Studio ist. Während das Freizeichen ertönt, stellt Joes Hirn die Musik für die kommende Nacht zusammen. Das macht er immer selbst. Er besteht darauf.

»Servus Heinz«, sagt er, als endlich abgenommen wird.

»Am Anfang Ben Harper. Das neue Album. Neunte Nummer. *Glory and Consequences*. Nachher Neil Young. Zum Träumen. Nimm die *Harvest*. Und zwar ... *Alabama*. Drittens: Zappa. *Uncle Remus* ...«

Als er fertig ist und auflegt, merkt Joe, wie wohl ihm die Routine tut. Ein Blick auf den Wecker sagt ihm, es ist kurz vor sechs Uhr abends. Er stellt den Wecker auf zehn. Dann schläft er. Traumlos und dunkel wie ein Kieselstein am Grunde jenes Marswassers, an dessen Ufer man ihn vergewaltigt hat.

Ein kleiner kranker Kieselstein, der denkt, er sei wieder gesund.

4.
Café Marika (Das Café Joes)

Als Doktor Robert Geringer um 23 Uhr am Abend dieses Tages im Café Marika mißmutig den »Standard« des folgenden Tages zusammenfaltet und mit müden Augen seine Umgebung betrachtet, weiß er noch nicht, daß er es sein wird, der ein Viertelstündchen später als erster dem Grauen ins Antlitz sehen darf.

Noch ist sein Blick angewidert, aber gelassen, als er im trostlosen Ambiente des »Marika« hin- und herstreift, schon müde, so wie ein gemarterter Singvogel vergeblich versucht, durch eine kleine Oberlichte nach außen zu gelangen.

Basttapeten, Plüschteppichbelag, die Glühbirne an der Decke, das Plakat mit dem grinsenden Gesicht des Rennfahrers Niki Lauda.

Das »Marika«, gelegen im Souterrain eines Zinshauses am Währinger Gürtel, ist häßlich seit seiner Eröffnung, und diese Eröffnung liegt ein Vierteljahrhundert zurück. Miß Marika, die dürre rumänische Gründerin, ist zwischendurch sogar einmal ausgezogen, und ein Türke hat versucht, hier einen Friseursalon zu etablieren. Nur drei Monate später ist Marika selbst wieder eingezogen, hat die verwaisten Trockenhauben auf die Straße gestellt und den Betrieb aus Kostengründen diesmal ohne gewerbliche Anmeldung wiedereröffnet. Irgendwie hat man sie geduldet oder vielleicht auch gar nicht richtig wahrgenommen: Ihr Espresso wurde ein Hafen für Zuhälter und Schläger, für Obdachlose und Nutten – bis zu dieser »Entdeckung«, denkt jetzt grimmig der Doktor Geringer –, ein Ort von authentischem Charakter, trist und mitunter bizarr.

Die berühmteste Geschichte des Espressos ist die von jener Nacht des frühen 79er Jahres, als eine junge Hure, Cindy, im

Zuge einer Auseinandersetzung mit abgebrochenen Bierflaschen ihr rechtes Auge verloren hat. Marika hat das Blut selbst gestillt und der Cindy gleich ihren Namen für die späten Jahre gegeben: Dr. Hook.

Das »Marika« ist häßlich, es hat diese grau-oliven Basttapeten, eine dunkelrote Bar, unbequeme Kunstlederhocker mit scharfkantigen Rückenlehnen und im hinteren Teil des Raumes, wo jetzt der Dr. Geringer sitzt, zwei Resopaltische mit Plastiksesseln. Wenn nicht, wie jetzt oft, die Elektroniker ihre Platten oder Kassetten spielen, gibt es nur Marikas Transistor. Ewiges Radio Burgenland. Marschmusik, Schlager.

Marika, die mittlerweile Ende Fünfzig und schon lange nicht mehr horizontal tätig ist, hat ihre Entdeckung vor drei Jahren nicht voraussagen können. Niemand kann voraussagen, wo die angesoffenen Heimwege der sogenannten Öffentlichkeit hinführen, aber irgendwann haben sie das »Marika« als feste Koordinate einzuschließen begonnen: erst ein paar Zeitungstypen, dann der eine oder andere Fernsehonkel, zum Schluß die Elektroniker. Das moderne Wien hat sich in seiner ganzen kontemporären Schlaffheit ins Mobiliar des »Marika« fallenlassen, ein verweht-glückseliges Lächeln im juvenilen Gesicht. Man ist romantisiert, verehrt den Siebziger-Sil und erkennt selbst in diesem Abfluß der Stadt die Zeichen der Kindheit wieder. Das reicht.

Es kommt zu Lesungen, Musiker treten auf. Fernsehteams erscheinen immer öfter, auf ihrem Fuße mehr und mehr Fremde. Schließlich macht Marika der früher Cindy genannten Frau ein Angebot, und Dr. Hook, die auch schon länger das waagerechte Leben hinter sich lassen will, sagt zu und hilft seitdem viermal die Woche aus. Die beiden Damen gewöhnen sich erst allmählich an das Wort, das ihren gegenwärtigen Zustand beschreiben soll: *hip*.

Der Doktor Robert Geringer, der Kulturphilosoph und Essayist, gehört indes zu den Leuten (und das sind gar nicht wenige), die behaupten, das »Marika« längst vor seiner Entdeckung besucht und mehr oder minder immer schon geliebt zu haben. Dementsprechend verächtlich verzieht sich jetzt sein Gesicht, als seine Augen ihren Rundgang durch das lebensverneinende Ambiente des Espressos bei einer Gruppe modisch angezogener Menschen zu Ende bringen.

Zehn Jahre jünger als ich, denkt Geringer. Designer? DJs? Choreographen? Das hier findet ihr *schön*, denkt Geringer patzig und versucht zu leugnen, daß er selbst vor ein paar Jahren solche Szenarien vielleicht nicht gerade schön, aber doch stimmungsvoll gefunden hat. Diese heruntergekommene Behauptung von Geborgenheit, gar Intimität, die in solchen, damals noch ungestörten Plätzen manifest war ...

Aber er, Geringer, denkt Geringer, hat zumindest erkannt, daß er in diesen Momenten das Häßliche geliebt hat, als ein Spiegelbild seiner eigenen unvollkommenen Seele.

Das traut ihr euch nicht, ihr erklärt also das Häßliche für schön. So.

Unter Zuhilfenahme dieses Gedankens, der ihn, Geringer, vom Durchschnitt trennen soll, findet er sich nun mit seiner Umgebung ab.

Er selbst kommt her, weil die Chance, hier an diesem Freitagabend jemand Wichtigen zu treffen, nicht zu unterschätzen ist. Jemand Interessanten, denkt Geringer vage, aber die Menschen, die er interessant findet, sind – womöglich auch deswegen – allesamt auf die eine oder andere Weise wichtig.

Kulturphilosoph und Essayist. Diese beiden Berufstypen, plus ein knapper Halbsatz über seine musterhafte akademische Laufbahn, plus ein weiterer Halbsatz mit der Erwähnung ausgewählter Preise, finden sich auf den hinteren Umschlagklappen seiner sechs schmalen aber – bedenkt man das Niveau! – vielgelesenen Bände wieder.

Den richtigen Menschen hat er sich eingeprägt: Der Dr. Geringer ist ein medialer Paradekopf, zumindest innerhalb seiner Szene, aber das ist ohnehin die richtige. Die etwas anspruchsvolleren Medien bitten ihn beinahe zu jedem Thema um seine Meinung (»schriftlich oder gleich am Telefon, wie Sie möchten, Herr Doktor«), und fast immer liefert er sie prompt, da er sonst eines Tages nicht mehr gefragt werden könnte und genau weiß, wie nahe für den Kopfhandwerker stets der Boden der sozialen Pyramide ist.

Geringers Platz ist vielleicht nicht unter den ersten drei dieser Parademenschen, aber doch unter den ersten fünf. Tendenz augenblicklich gleichbleibend, vielleicht ja bald wieder steigend.

Geringer bezieht die Motorik seines Denkens aus einer prinzipiellen, geschichtlich wie ideologisch passabel fundierten Abneigung gegen die Blödheiten des österreichischen Mittelstands. Er ahnt dabei sogar, daß seine eigenen Anhänger genau in diesem österreichischen Mittelstand zu finden sind, und zwar in dem Segment, das sich traditionell für anders hält.

Denn die dort nehmen ihn ernst, auch wenn er wahlweise über Ausländerfeindlichkeit, Geschichtsbewußtsein oder den Songcontest denkt und spricht und schreibt. Unlängst hat er sogar zur Taubenplage publiziert, vom Standpunkt des Geringer eben gesehen, dessen allgemein anerkannte Intelligenz seinen Zugriff auf jedes Thema adelt.

Robert Geringer ist ein großer Mann, von zahlreichen Komplexen geschüttelt, bezogen auf sein Äußeres nämlich, welches er für derb und lackelhaft hält. Er kleidet sich unauffällig und sitzt verkrümmt (vor lauter hellsichtigem Kummer über die allgemeine Geistlosigkeit, glauben viele) inmitten seiner Gesellschaft. So wie jetzt gerade im »Marika«, auf einem dieser abgestoßenen Plastiksessel, den »Standard« wie eine papierene Wurst in der Hand.

Da geschieht etwas, was an diesem Ort, zu dieser Stunde, Freitag 23 Uhr, gar nicht so erstaunlich ist: Der Radiomoderator Joe Eid, auf dem Weg zu seiner Nachtarbeit beim Radio Eins, betritt das Espresso.

Der Doktor Geringer krümmt sich noch mehr zusammen.

Joe Eid mit seinem unförmigen Trenchcoat, der soeben auffallend tapsig, beinah wie in Trance Aufstellung an der Bar nimmt, ist Stammgast. Wie Geringer selbst schon länger. Er wohnt unweit im Villenviertel, allnächtlich muß er hier vorbei.

Geringer ist jetzt ein Gefäß voll geronnener Herablassung. Er haßt den Eid. Sein Blick stürzt kilometertief auf ihn herab. Der Moderator! Das ist geradezu sein Lieblingsbeispiel für die Verblödung des Landes. Dieser zugedröhnte Tropf, der seine Erfolge ausschließlich aus Lautstärke, Vordergründigkeit und boulevardesken Zynismen baut – ein immerwährender Lieferant für Geringers Befunde zur Dummheit der Nation.

Genußvoll seziert er die sentimentalen und oft genug windschiefen Sprachfetzen des Radiosprechers, und sie leisten ihm immer gute Dienste.

Tief drinnen haßt der Geringer der Eid, und zwar ebenso unreflektiert wie hitzig. Er haßt ihn seines quantitativen Erfolges, seiner Reichweite wegen und auch dafür, daß er die Befindlichkeit so vieler Leute dingfest machen kann, mit ein paar Sätzen, dahingesagt in dieser gräßlichen Kumpelhaftigkeit, ein hastig geschmiedeter, aber in unglaublicher Weise passender gemeinsamer Nenner.

Dem Geringer gelingt das nie. Seine Erfolge kriegen vernünftigen Applaus von ausgewählten Kreisen, korrekten Beifall, der sich, wie der Geringer weiß, sonst eben einen anderen Adressaten suchen würde.

Eid aber, der beleidigende, schmierige, demagogische Radiomensch, wird von seinen Anhängern geliebt. *Geliebt.* Das weiß Geringer, und es macht ihn neidisch und böse, an einem versteckten Ort seiner inneren Landschaft.

Joe Eid seinerseits kennt seinen Widersacher. Ein-, zweimal hat er hinter dem Mikrofon zurückgeschlagen und ein paar Witze über den Fliegenden Akademiker Dr. Gerínger, den Namen auf der zweiten statt auf der ersten Silbe betont, von sich gegeben. Aber Joes Hörern ist der Gerínger egal (was diesen wiederum kränkt), sie kennen den Mann nicht einmal.

Trotzdem: Joe, der kein Trottel ist, ist tiefbeleidigt, wenn ihn jemand, auch metaphorisch, einen Trottel heißt.

Also sollte jetzt im »Marika« das einstudierte Spiel stattfinden: Joe tritt ein, der Geringer schaut verächtlich, bis ihn Joe entdeckt, Joe schaut herausfordernd zurück, von da an gegenseitiges Ignorieren. Die Kids am anderen Tisch nehmen Notiz oder auch nicht.

Statt dessen geht Joe einfach an die Bar, ohne sich umzuschauen.

Irgendwie gebrochen, denkt Geringer, irritiert von dieser offensichtlichen Schwäche des Gegners, der nun ein paar Worte zur einäugigen Kellnerin sagt, worauf Dr. Hook ihm ein Viertelglas voll Weinbrand hinstellt.

Er wirkt, sagt sich der Geringer, als sei er geschlagen worden.

Einen Augenblick empfindet er fast Mitleid für den Verachteten, aber dann gehen seine Gedanken wieder ihrer eigennützigen Wege, und jede Gefühligkeit rutscht an ihnen ab, ins Unterbewußte des Essayisten zurück.

Klar, denkt er, die Drogen, die Parties. Diese Gesellschaft. Das saugt den Eid jetzt langsam aus. Er hat sich dem System verkauft, jetzt hängt das System wie eine viel zu schwere Melkmaschine an seinen Titten.

Vampire ...

Das, denkt der Dr. Robert Geringer, ist das richtige Wort. Vampire! – Titel eines Essays für das »spectrum«, den »Standard«, für wen auch immer, in jedem Fall ganzseitig. Vampire! Geringers geschliffene Sprache wird dieses Bild des leergesaugten Eid als Opfer seiner eigenen Medienmaschine genüßlich ausbreiten, und von dieser Beobachtung ausgehend, wird er ausholen zur luziden Betrachtung eines Verdummungs-

Apparates, der seine eigenen Galionsfiguren von innen heraus auffrißt, bis sie abfallen und durch neue ersetzt werden.

Ich werde ihn besiegen, indem ich ihn bedaure, denkt Geringer, und, nach einem weiteren Blick zur Theke: Ja, er steht vor dem Fall.

Der Dr. Geringer vertieft sich in die Details des neugeborenen Essays und übersieht dabei, daß sich Joe Eid in völligem Gegensatz zu seiner bisherigen Unbewegtheit jetzt so lautlos und blitzschnell wie der Schatten einer fallenden Statue auf ihn stürzt, in einer einzigen Sekunde durch das langgezogene Lokal durch und bei ihm ist.

Er spürt unvorstellbaren Schmerz und merkt erst dann, daß ihn der Radiomoderator mit enormer Kraft an die Wand gestemmt hält, und zwar so, daß seine, des 192 Zentimeter langen Geringers, Füße anderthalb Meter über dem Fußboden hängen.

Die Kids nehmen jetzt Notiz, aber Joes Stimme ist zu leise, als daß sie hören könnten, was er sagt:

»Nichts wirst du schreiben, Geríngar, zu keinem Wörtchen laß' ich dich mehr kommen.«

Langsam stellen sich Kausalitäten in Geringers Hirn ein. Er ist gerade *selbst* die Wand hochgegangen, und zwar deshalb, weil Eid mit einem einzigen eleganten, fast grazilen Griff in seinen Schritt gelangt hat und jetzt Geringers Eier in seiner stahlharten Rechten zusammengedrückt hält.

Es ist ein Orkan des Schmerzes, aber noch schrecklicher, denkt Geringer, ist Joes Gesicht: Dieses Gesicht erzeugt seine beinahe nicht mehr menschliche Angst.

Das Gesicht Eids scheint mißhandelt worden zu sein, es hat eine Wunde an der Schläfe und fast überall häßliche Kratzer. Es ist unrasiert und blaß, es zeigt noch die welken Falten unlängst empfundenen Wehs. Und doch: In diesem Augenblick ist das breite Gesicht Eids wunderschön.

Seine Augen. Sein dionysischer Mund.

Dr. Geringer empfindet Eid, der ihn gerade auf unendlich

demütigende Weise an die Wand eines Vorstadtlokals gedrückt hält, als die schönste und verführerischste Erscheinung seines Lebens.

In den Augen des nach Schnaps stinkenden Joe nimmt er ein seltsames Phänomen wahr: Diese Augen, eben noch weich und braun, werden auf einmal eiskalt und glasklar, das gerade noch blutunterlaufene Weiß der Augäpfel überzieht sich mit einem perlmuttern-grünlichen Schimmer.

Geringer ist es, als blickte er in einen unendlich wohltätigen Brunnen.

»Gelt, Geringer«, kommt es aus Joes sanft geschwungenen Mund, warm und elegant sind die Worte, »alle sehen, daß ich dich fest am Wickel habe, also will ich es nicht jetzt tun. Ich will es später tun. Morgen. Oder in einem Monat. Vielleicht lasse ich es auch tun. Ich habe ja meine Fans. Du weißt nicht, was ich meine? Du kennst ES noch nicht?«

Geringer, der immer verwirrter wird, reißt sich einen kurzen Moment aus der Brunnentiefe von Joes Augen los, im selben Moment brüllt der Schmerz in seiner Körpermitte auf, und sein Blick kippt machtlos in Joes grünschillernde Umarmung zurück.

Während er langsam aufgibt, geht es ihm fremd durch das Gehirn, daß der Eid in diesem Moment ein Weib sein muß, denn wie könnte er, der Geringer, ihn sonst so schmerzlich begehren?

»ES«, sagt Joe lippenleckend, »es ist mein Festmahl. Das Verspeisen deiner Eier, mein fliegender Akademiker.«

Joes gestreckter linker Arm, der den Dr. Geringer wie einen Gekreuzigten an der Rückwand des Café »Marika« festhält, vollzieht eine kaum merkliche Bewegung, und Geringer spürt, wie sich zwei ausgestreckte Finger in sein Sonnengeflecht bohren. Der eben getrunkene Kaffee des Dr. Robert Geringer verläßt den Magen und erscheint in einem schwärzlichen Rinnsal im rechten Mundwinkel.

»Ich werde Kahlschlag halten und deine Hoden, mit etwas Salbei gebraten, an einem frühen Sommerabend verzehren. Du wirst daneben angebunden sein, an einem Bäumchen vielleicht, und dein Leben entweicht langsam aus dem blutigen Loch zwischen deinen Beinen.«

Der Druck auf den Solarplexus läßt nach, Geringer würgt und macht endlich einen erstaunten, röchelnden Atemzug.

Joe betrachtet ihn nicht ohne Zuneigung.

In Geringers Kopf ist noch ein winziges Wölkchen Vernunft hängengeblieben, das sich wundern kann, als seine eigenen Lippen sich zu einem seltsamen, an Joe Eid gerichteten Satz formen:

»Ja, ich liebe dich, Joe, und ich will dich auch.«

Dann rutscht der Geringer langsam die Wand hinunter und bleibt wie eine kaputte Puppe zwischen Marikas Plastiksesseln liegen.

Schon ein paar Minuten später wird niemand mehr von dieser häßlichen kleinen Szene wissen.

Dr. Hook, die alles gesehen hat, wird gar nichts gesehen haben.

Die Kids, vor Staunen eben noch stumm, bleiben seltsam betäubt zurück, wie teilweise ausradiert oder stoned, ohne geraucht zu haben.

Hätte der Essayist und Kulturphilosoph Dr. Robert Geringer irgendwelche Erinnerungen, würde er sich gewiß für sie genieren.

Und selbst Joe Eid weiß, als er den Jeep zwanzig Minuten vor Mitternacht endlich auf der Friedensbrücke hat, nur drei Dinge:

Er hat Kopfweh.

Er ist traurig.

Er wäre gern bei Müller.

Wie fabelhaft, wie götterhaft stark er sich noch vor zwanzig Minuten gefühlt hat, davon hat er keine Ahnung.

5.
Warten auf Joe

Als Joe den Wagen auf der Friedensbrücke hat, ist Amie Turner, seine persönliche Redakteurin im Studio, besorgt.

Sie macht sich ihre Gedanken schon länger, und daß Joe zwanzig Minuten vor Sendebeginn von »Meineid« nicht da ist, paßt nur allzu gut in die Mitte dieser Gedanken hinein.

Das Studio von Radio Eins liegt ebenerdig und hofseitig in einem ausladenden Gewerbebau vom Anfang dieses alten Jahrhunderts. Ein der baulichen Onanie verpflichteter Architekt hat den Ziegelbau erst saniert und ihm dann mit ein paar blaßblau gestrichenen Stahlrohren an der Fassade das gewisse kreative Aussehen verliehen. Die Großbüros der acht Firmen, die da drin hausen, verschlingen monströse Mieten, und weil Radio Eins gar nicht so reich ist, wie es bei seinem großkotzigen Auftreten erscheinen mag, ist sein Studio recht klein, dafür ruhig, weil außerdem weit hinten situiert. Es gibt die Halle draußen mit dem Portier, die beiden Senderäume, das Zimmer des Programmdirektors und der News-Room für den ganzen Rest von Radio Eins.

Hier sitzen am Freitag, dem 11. Juni 1999, in einer schwülen Vorsommernacht um zwanzig Minuten vor Mitternacht, Amie Turner und ihre Sorgen an einem sehr ordentlichen Schreibtisch.

Amie sieht sich um. Außer ihr sind noch drei Leute im Studio: der Nachrichtenredakteur, Heinz, der Tonmeister, der eben Joes Auswahl fertigprogrammiert hat, und draußen der Portier. Heinz grübelt, der Nachrichtentyp macht sich zu seinem für heute letzten Verlesen der Meldungsübersicht fertig, und den Portier sieht sie nicht.

Gerade ist ein neuer Fünferblock von Superscheißmainstream angelaufen. Die Musik erfüllt das Studio so leise wie ein Hauch, weil Elton John ja eigentlich niemand mag außer den Marktforschern und den paar Leuten, die von den Marktforschern als Hörer ausgegeben werden. Amie hat die Meldungsübersicht heute schon zweimal gehört – Kosovo, letzter Wahlkampf zum Europaparlament, giftiges belgisches Protein –, aber jetzt sehnt sie das dritte Mal herbei, damit diese Musik endlich aufhört.

Joe wird schon ein paar gute Nummern ausgesucht haben.

Es ist 14 Minuten vor Mitternacht.

Die Aluminiumuhr an der Wand schaut aus wie eine vorwurfsvoll geballte Faust.

Der Schreibtisch vor ihr ist leer bis auf das Telefon, ein gerahmtes Foto und zwei flache Stapel Papiere.

Amie Turner liebt die Ordnung.

Das ist der einzige Grund, flüstert es hämisch in ihrem Kopf, daß er dich bei sich behält. Du liebst die Ordnung. Daß du *ihn* auch liebst, ist nicht wichtig. Gib es zu.

Einer der beiden Stapel ist die Fanpost. Ausgewählt natürlich.

Nur die charmanten, ermutigenden, ehrlich begeisterten Briefe und mitgeschriebenen Anrufe.

Die Psychos, die Besitzergreifenden und Lästigen sind im Schreibtisch in einer Lade gelandet. Die sieht er nicht.

Der schmale Stapel sind die Beschwerden, auch sie ausgewählt, aus einem wahren Konvolut des Beschimpfens, des Ermahnens, des energischen Sich-Verbittens.

Joe soll nur die sanften Beschwerden sehen. Er soll nicht verstört werden; seine Lust, wie es heißt, soll ihm nicht vergehen. Aber hie und da spürt er doch so etwas wie richtige Kritik.

»Sanfte Kurskorrekturen«, hat ihr der Programmdirektor irgendwie anzüglich zugeflüstert. Er weiß, daß innerhalb des Senders nur Amie den Joe zu erreichen vermag.

Als sie gemeinsam mit Joe vor zwei Jahren den Republik-Popfunk zugunsten von Radio Eins verlassen hat, ist Joe schon dem ganzen nächtlichen Land vertraut gewesen und hat gerade jenes Problem gekriegt, das ihr jetzt – und eigentlich momentan dauernd – Sorgen macht.

Joes Talent, seine manchmal an Zauberei grenzende Begabung – so glaubt wenigstens Amie, die ihn lange kennt –, ist die Fähigkeit, andere Menschen so gut zu verstehen, daß er sie vollkommen glaubhaft in seinen Geschichten wiederzuerwecken vermag. Fast jeder kann, sozusagen, in Joe erscheinen, und auf diese Weise wiederum gelangt der Joe an fast jeden heran.

Das Anteilnehmen, dieses irgendwie fühlbar Gute, das offenbar für alle Leute gilt, das brauchen die Hörer noch mehr als Joes berüchtigte Frechheiten, die eher das Öl sind, damit seine schamlose Humanität besser runterrutscht.

So ist er gewesen. Im Idealfall.

Aber etwa beim Wechsel zu Radio Eins vor zwei Jahren, mit der neuen Sendung »Meineid«, schienen Joes Geschichten – schleichend und bis heute nur von Amie bemerkt – stockender und mühseliger aus ihm zu kommen, die Unverschämtheiten wurden dafür schlimmer. Ein Teil der Fans war darüber noch begeisterter, der Sender im Gespräch, und alle – außer Amie – zufrieden.

Seit ein paar Monaten aber häufen sich Klagen. Joe wird übler und übler. Der Programmdirektor ist eigentlich unausgesetzt sauer.

Joe hat ein künstlerisches Problem, denkt seine Redakteurin, die ihn eben für einen Künstler hält, er leidet darunter wie ein Hund, und er wird davon immer ekelhafter.

Die Faust an der Wand zeigt jetzt neun Minuten vor zwölf.

Amie schaut auf das silbern gerahmte Foto: Es ist neun Jahre alt und zeigt Amie und Joe auf einem Betriebsausflug mit der Redaktion der Tageszeitung, bei der sie damals beide gearbeitet haben. Joe ist auf dem Foto 27, Amie ein Jahr älter.

Zusammen haben sie bei der Zeitung die tägliche Reportage auf der Lokalseite betreut, auf der einzigen Lokalseite, die sich die etwas hochnäsige Zeitung damals geleistet hat.

Anfangs hat Amie selbst noch die eine oder andere Reportage geschrieben, ziemlich gut sogar, aber dann hat sie Joe eben machen lassen. Er hat es so leicht gemacht, und noch viel besser als sie.

Sie hat ihn zu organisieren begonnen, seine Gespräche arrangiert und ihn an all das erinnert, was er Tag für Tag vergessen konnte.

Aus dieser Zeit stammt dieses Foto. Amie hat darauf ein ärmelloses T-Shirt an, wie sie damals gerade noch in Mode waren, knochig stehen ihre Schultern daraus hervor, und ihren Kopf hält sie aufrecht, stolz.

Worauf? Auf Joe?

Der schenkt ihr auf dem Bild eine unbeholfene Umarmung. Sie lacht mit ihren großen Zähnen und irgendwie ungläubigen Augen.

Joe macht ein ernsthaftes, fast melancholisches Gesicht. Er ist schon damals eine dickliche Persönlichkeit gewesen, aber von einer entzückenden, reinen, spätkindlichen Dicklichkeit.

Ein heller, rundlicher, tänzerischer Pan, der sich der Bedeutung seines Weges noch keinen Augenblick bewußt ist.

Amie erinnert sich, daß Joe damals Stimmen gesammelt hat.

So hat er es wenigstens genannt. In irgendwelchen Szenerien, die Joes zufällige, ernsthafte Aufmerksamkeit entdeckt hatte, hat er Leute getroffen, Männer, Frauen, Kinder und Alte, die ihm auf sein Band gesprochen haben. Irgendwelche Wiener mit irgendwelchen Geschichten.

Nächte hindurch hat Joe diese Tonbänder abgeschrieben,

völlig roh und unkorrigiert, wie sie eben besprochen wurden. Das Material ist kaum je in seine Reportagen eingegangen. Das Stimmensammeln war eine private Passion.

Ein Berg mit Papieren voller Wirklichkeit war nach und nach entstanden.

»Einmal, Amelie, mach ich daraus ein Buch«, hat er ihr eines Nachts beim Kaffee gesagt. »Von mir wird kein einziges Wort sein, nur die Schnitte und die Ordnung. Aber sogar dafür bin ich noch zu feig.«

Aber statt dessen hat Joe eines Tages das ganze Papier in zwei Kisten gepackt und weggeschmissen.

Amie hat er gefragt, ob sie mit ihm zum Radio gehen will, dort wolle er nämlich eine Sendung gründen. Jahre vor dem vollkommenen Siegeszug von Spaßkultur und Zynismus hat Joe dieser Sendung einen doppelt ironischen Titel gegeben: »Stimmen der Welt«.

Denn gesprochen hat nur er. Und aus ihm heraus die jahrelang gesammelten Stimmen von lediglich einem Ort: Wien.

So wird einer zu Star. Und vielleicht, denkt Amie um sechs vor zwölf, bleibt es keinem Star erspart, eines Tages ekelhaft zu werden.

Im Augenblick erlebt sie die erste Phase der letzten Jahre, in der sie Müller, die blasse Wissenschaftlerfreundin von Joe, nicht zutiefst beneidet. Es kann gerade kein Vergnügen mit ihm sein.

Da hört sie das meckernde Lachen des Portiers in der Halle und weiß, jetzt ist er da.

Natürlich liebt sie ihn immer noch.

Er kommt herein und sieht schrecklich aus. Nasser Mantel, Verletzungen im Gesicht.

»Was ist denn dir ...«, beginnt sie.

»Pscht«, macht er, mit tieftraurigem Gesicht. Er hockt sich, wie immer, auf ihren Schreibtisch. Sie legt, wie immer, den Arm um ihn.

»Amelie«, sagt er zu ihr – und er ist außer ihrer alten Mutter der einzige, der ihren wirklichen Namen manchmal verwendet –, in einem schönen, altmodischen Tonfall sagt er es und ohne jeden Zynismus: »Amelie, ich bin so müde.«

Knapp vier Minuten hockt der Radiomoderator Joe Eid, der an jenem Tag in den Donauauen von einer strahlend schönen Frau bis aufs Blut geschändet worden ist, neben Amie Turner, seiner treuen Redakteurin, die ihm nicht helfen kann. Er hockt da, die Schultern eingezogen, die fleischige Stirn in Falten gelegt, und er scheint verzweifelt in seinem Geist zu wühlen, auf der Suche nach etwas Ausradiertem.

Eine Minute vor Mitternacht stolpert er pünktlich in den Senderaum eins und macht im großen Stil auf sich aufmerksam.

6.
After midnight

Wie kann ein Tag einem Menschen so viel Grausames antun? denkt Joe, als er sich schwer in den bequemen Drehsessel vor dem Mikrofon fallen läßt.

Fast bedauernd streift sein Blick die Umgebung der kommenden Stunde: das Mikrofon, diese obszöne technische Erektion, die sich ihm hungrig entgegenstreckt. Erste Tap-Taste, um auf Sendung zu gehen, zweite Tap-Taste, um einen Hörer auf Sendung zu nehmen, der auf dem rotblinkenden Telefon anrufen könnte. Die zwei Blickfenster, eins zur Zelle des Tontechnikers, eins zu Amie in den News-Room. Der seit Monaten tote Kaktus auf dem Tisch.

Heinz schaut ihn fragend an, das heißt, es ist gleich soweit.

Joe nickt und macht zugleich eine Gebärde, als schüttle er Dreck von seiner rechten Hand hinter die rechte Schulter, das heißt: Zieh gleich die erste Nummer rein.

Das Zeitzeichen piepst Mitternacht. Joes Signation kommt, dreieinhalb geschickt geklaute Takte, ein 1971er-Solo von Jeff Beck, der gerade ins Thema des Songs zurückkehrt. Dazu die gelangweilte Mädchenstimme: »Sind Sie bei uns? Wir warten. Meineid um Mitternacht. Radio Eins. Mit Ihnen spricht Joe Eid.«

Dann tut Heinz wie befohlen und spielt die bestellte erste Nummer: *Glory and Consequences* von Ben Harper. Noch ins Intro, eine Wiederkehr kleiner nervöser Riffs, wuchtet Joe seine Pranke auf die Tap-Taste und seufzt ins Mikrofon:

»He, Ihr. He. Ich bin da. Wie fast jede gottverdammte Nacht.«

Dann legt Ben Harper richtig los, und bevor Joes rationales Denken sich verabschiedet, geht ihm noch durch den

Kopf, daß dieses Stück selbst für seine Sendung eine scheißharte Eröffnungsnummer ist, es dröhnt wie ein gewaltiger Steinschlag, es rast und poltert, und darüber greint Harpers blechdünne Stimme, ausgezeichnet durch jene fabelhafte Zartheit, die jeden Augenblick in einen todeswunden Aufschrei münden kann. Auch Heinz hat eine besorgte Falte auf seiner Stirn.

Joe hört dem Song noch ein paar Augenblicke zu, dann versucht er sich wieder verzweifelt zu konzentrieren. Wer hat seine innere Schiefertafel so vollständig leergewischt? Was ist passiert?

Was ist passiert?

Doch während er sich diese Frage stellt, nimmt genau das, was ihn leergewischt hat, gemächlich in ihm Platz.

Joe lächelt auf einmal. Er ist ruhig. Ihm ist warm geworden, und er spürt Geborgenheit und in sich drin eine erstaunlich große Kraft. Auf einmal fällt ihm wieder die Begegnung mit dem Geringer ein, und daß er da auch von dieser Kraft erfüllt war.

Wie nur konnte er sich daran zwischendurch nicht mehr erinnern?

Jetzt ist deine Stunde, Joe. Da draußen warten sie auf dich.

Du weißt es, du bist so gut wie nie.

Joes linker Fuß wippt fröhlich zu Harpers angriffslustigem Blues.

Es geht ganz leicht, weiß Joe jetzt. Alles wird gut. Warte nur diesen Song ab. Joe drückt die Tap-Taste schon in Ben Harpers Fade-Out:

»... habe ich eben gottverdammte Nacht gesagt. Pardon. Wollte ich nicht. Ich liebe ja die Nacht, meine braven Seelen da draußen, das wißt ihr doch, oder? Aber Nächte können sehr rätselhaft sein, nicht wahr? Und da ärgert sich eben das kleine Menschenhirn, wie man leicht begreifen wird ...«

Joes Stimme schabt jetzt in ihrer idealen Lage dahin. Er ist in Hochform.

»... eine Nacht müssen wir uns vorstellen wie ein schlecht gepflegtes, ein nachgedunkeltes Gemälde, sagen wir mal, aus dem Barock. Also mit zehntausend Details, die unser spotlightgewöhntes Auge halt erst langsam, eins nach dem anderen, erkennt. Dafür macht die Erkenntnis, quasi mit zusammengekniffenem Auge, doppelt soviel Spaß. Also, Preisfrage: Was sehen wir heute da draußen? Was sticht hervor? Sind die Augen scharfgestellt? Seid ihr bereit? Was sehen wir ...«

Er zögert nur einen Augenblick, dann liegt die Eingebung bereit, als habe er sie selbst vorher hingelegt:

»Wir sehen einen Engel.«

Er genießt das Wort.

»Es ist die Zeit der Engel, denn in Europa haben wir Krieg.«

Harpers Fade-Out, ein langes, ist jetzt endgültig weg, und Joes Stimme vibriert einsam und sexy im Äther.

Draußen macht Joes Redakteurin Amie Turner, ohne es zu wissen, ein bewunderndes Gesicht. Er kann es doch, denkt sie glücklich. Ausgerechnet als ich geglaubt habe, er bricht jetzt ein, macht er seine schönste Sendung.

Sie konzentriert sich und hört zu.

»... die Engel jetzt, das sind die, die im Krieg die Hände reichen. Mit anderen Worten: die Karitativen! Suchen wir uns also als erstes Detail in dieser barocken Finsternis einen Engel aus, was sage ich, einen Oberengel. Den Direktor einer großen Hilfsorganisation!«

Joe nennt den Namen der großen Organisation.

Amie zuckt zusammen wie nach einer Ohrfeige.

»Der Herr Direktor Engel ist schon zu Hause. Der letzte Truck für heute ist unterwegs zu den hungrigen Albanern, und weitergeschnorrt werden kann erst morgen. Der Herr Direktor Engel ruht sich aus. Er vergißt seine Albaner. Er ist daheim. Geschmackvolles Haus, ihr wißt schon, oder, eins der Häuser mit den afrikanischen Masken auf schneeweißen

Wänden. Mahagoniverbau für Fernseher und Video, genau dort sitzt unser Engel. Er konzentriert sich quasi ganz auf sich selbst.«

Joe kichert bösartig.

»Er wählt eine Videokassette aus ...«

Amie haßt Joe – warum nur schon wieder? Sie weiß, daß es jetzt unappetitlich wird. Und so schön hat es begonnen. Amie macht sich bereit, Joe den bösesten aller Blicke zu geben, wenn er gleich anerkennungsheischend zu ihr herüberblicken wird.

»Wollt ihr den Titel des Streifens wissen, den sich ein typischer österreichischer Engel knapp nach Mitternacht ansieht?!«

Amie schaut zwingend und voll Wut durch das Sichtfenster in den Senderaum. Aber Joe will gerade keine Anerkennung von Amie. Er starrt das Mikrofon an.

Dafür bemerkt sie, genau in dem Augenblick, als er den widerlichen Titel eines Pornofilms nennt, so etwas wie ein grünliches Wabern auf der Höhe seiner Augen.

7.
Radiohörer

Die Nacht ist so groß, sagt Joe immer. Und so leer. Wer wartet schon auf ihn da draußen?
   Die Einsamen. Die Nachtarbeiter. Die Autofahrer. Die paar Freunde. Die Leute, die Geld an mir verdienen wollen.
   Joe hat einerseits recht. Die Nacht ist fast leer. Aber noch immer sind genug Ruhelose an seiner Seite.

Draußen in der Vorstadt Floridsdorf hockt ein spätes Mädchen in seiner Anderthalb-Zimmer-Wohnung. Sie steht einen Augenaufschlag vor vierzig und heißt Sanna. Sie ist Ordinationshilfe bei einem Augenarzt und weder häßlich noch dumm. Nur vollkommen allein.
   Sanna pflegt die Geisterstunde wie andere Leute ihre Zimmerpflanzen. Sie gestattet, daß zur Geisterstunde ihre anderthalb Zimmer Existenz ein wenig aus der Façon geraten. Sie trinkt ein Glas Roten, wühlt in ihren Sachen und läßt sogar ein bißchen richtige Unordnung aufkommen (die sie später, kurz bevor sie so um halb zwei wird schlafen können, wieder zusammenräumt).
   Dazu läuft im Radio der Joe.
   Der paßt gar nicht zu ihr, oberflächlich betrachtet, mit seiner dreckigen Art, aber trotzdem macht er sie zu dieser einen mitternächtlichen Stunde glücklich. Ihrer einzigen, ebenso einsamen Freundin hat Sanna gesagt: »Ich hör' den gern, weil er ist mutig. Er scheißt sich nix.« Und Sanna ist fast erschrocken über die Ungehörigkeit ihrer Formulierung. Mit sanfterer Musik würde sie ihren Joe vielleicht noch lieber hören, aber diese Songs werden schon dazugehören, dieser rostige Rock'n'Roll.

Und so hat Sanna den Tuner ihrer kleinen Anlage auch an diesem gerade angebrochenen 12. Juni 1999 auf Radio Eins gestellt. Zuerst hört sie, null Uhr zwei, den rasenden Ben Harper und seine elektrischen Slides, ein bißchen erschrocken macht sie leiser, aber als Joes Stimme kommt, doch wieder lauter, mit einer zärtliche Berührung des Reglers.

»... liebe die Nacht ... Nächte können sehr rätselhaft sein ... Da ärgert sich das kleine Menschenhirn ...«

Sanna, die Ordinationshilfe, wird schon weich. Ist man empfänglicher für alles, wenn der Sommer kommt? Er ist ein Guter, denkt sie, er erzählt mir seine Geschichten, und ich kann dabei ein bißchen loslassen.

»... die Nacht ... ein nachgedunkeltes Gemälde ...«

Sanna lauscht. Auf ihrer häßlichen Schlafcouch liegen ein paar Magazine. Auch die alten Sommerkleider, die nichts mehr sind für sie, hat sie aus dem Kasten gezerrt. Sie sollte sie ausmisten. Neue kaufen, sie hat ja Geld.

In dieser einen Stunde nach Mitternacht, die sie montags bis freitags zelebriert – die Wochenenden (ohne Job, ohne Joe) sind noch schlimmer –, zerfasert sie genüßlich ihr streng kontrolliertes Sein. Sie öffnet sich. Sie streckt sich auf ihrer häßlichen Schlafcouch aus und versucht nicht an später zu denken, wenn sich die zehn Buchstaben ihrer Existenz wieder zum Wort Einsamkeit ordnen werden, womit sie sich (außer zur Geisterstunde) auch abgefunden hat.

Auf einmal runzelt Sanna die Stirn. Sie hat einen Augenblick dem Joe nicht richtig zugehört, aber etwas in seiner Stimme irritiert sie. Sein Tonfall macht sie plötzlich frieren. Erst dann hört sie auf die Worte ...

Was? Also das ... das geht nicht. Wirklich nicht! Der anständige Mensch in ihr wird mit jedem Wort des Moderators zorniger. Joe beschreibt doch tatsächlich einen der wenigen Wohltäter dieses Landes beim ... beim Masturbieren! Das sind doch gemeine Beleidigungen. Das *kann* doch nicht sein.

Sanna findet, es geht viel zu weit. Verraten von ihrem süßen Nachtgefährten!
Joes Stimme nennt den widerlichen Titel eines Pornofilms.
Nein! denkt sie noch einmal, und fast denkt sie jetzt schon laut.
Sie will gerade abdrehen, da kommt ihr Joe mit diesen paar schrecklichen Sätzen zuvor, auf die sie nicht mehr hören mag, aber doch irgendwie muß:
»Und, meine Lieben da draußen, meine schlaflosen Schäfchenzähler, wißt ihr denn, welchen Gedanken unser österreichischer Engel hat, wenn er endlich an den Punkt seiner Befreiung, wenn ich so sagen darf, gelangt? Nein, nein, er denkt nicht an die Vögelchen aus diesem Film, den er gerade betrachtet hat, nein, die waren nur sein Vorspiel. In dem Augenblick, an dem der Schwanz des Engels, Verzeihung, einen weißen Streifen ins nächtliche Universum zieht, da fällt ihm eine Fünfzehnjährige aus dem Flüchtlingslager ein, dürr und hübsch und mit Schatten unter den Augen. Er hat ihr persönlich vor den Fotografen einen Stoffbären überreicht und sich dabei überlegt, daß sie den viel zu großen roten BH wohl von ihrer Schwester geliehen hat und jetzt ganz allein für ihn, den Engel, trägt. Und da ist er, der kleine Tod, der Moment des allergrößten Glücks für einen Engel aus Wien. Hahahaha!«
»Hör auf! Hör doch auf!« Diesmal hat Sanna laut geschrien. Sofort schämt sie sich, aber ihr Schock geht davon nicht weg.
Im verhallenden Schmutzlachen, das Joes Moderation in den nächsten Song überführt, dreht Sanna endlich das Radio ab.
Sie ist empört und gleichzeitig (sie bemerkt es mit Entsetzen) ziemlich erregt. Atemlos.
Sie hat einen roten Kopf. Wie *kann* er nur? Es ist unvorstellbar. Sanna ist ein guter Mensch, und sie erträgt es nicht, wenn man anderen guten Menschen etwas Gemeines tut, und

zweifellos ist der Mann, den Joe da höhnisch als Engel tituliert, ein guter Mensch ... Ihre Beine zittern.

Selbst jemand wie Joe, den sie wegen seines Muts gut leiden mochte, ja, *mochte*, darf nicht soweit gehen.

Nach ein paar Sekunden hat sie sich wieder halbwegs in der Gewalt, so daß sie wieder aufdrehen kann, aber Joe ist gerade weg und läßt die zweite Nummer seiner Nacht spielen.

Sanna hört mit erstauntem, rundem Gesicht zwei Zeilen von Neil Young:

Your Cadillac has got one wheel in the ditch
And one wheel on the track.

Sie dreht wieder ab. Dann holt sie aus dem Vorzimmer das Telefonbuch. Sie wird jetzt, das weiß sie genau, bei diesem unmöglichen Radiosender, den sie das letzte Mal gehört hat, anrufen, um denen ihre Meinung zu sagen.

Das weiß Sanna genau.

Was sie nicht weiß, ist die erstaunliche Tatsache, daß ihr ehemaliger Liebling Joe mit jedem schmutzigen Wort, das er hervorgestoßen hat, die Wahrheit gesagt hat.

Während Amie Turner im Studio Sannas Anruf (bereits den elften innerhalb dreier Minuten) entgegennimmt, geht Joes »Engel«, der Direktor jener allgemein angesehenen karitativen Organisation, der in den letzten Minuten nicht Radio Eins, sondern Joseph Haydn gehört hat, pfeifend ins Bad, um seine Hände zu waschen.

In der Küche der schäbigen Bar »Splendor« in der oberen Burggasse, wo Karl, der Koch, vor allem Gläser waschen, aber im Augenblick gerade drei Steak-Sandwiches für späte Gäste bereiten soll, brüllt Neil Young blechern, aber laut, aus einem kleinen Transistor:

Alabama, you got the rest of the union to help you along ...

Und Karl kann nicht aufhören zu lachen. Karl, der Koch, liebt Joe schon lange. Aber jetzt, nach dieser herrlichen

Geschichte mit dem wichsenden Gutmenschen-Promi, das schwört Karl, wird er den Joe für alle Zeiten lieben.

Karl, der für seine dreiunddreißig selbst schon ein Mordszyniker ist, tanzt zu Neil Youngs schweren Riffen in der stinkenden, kleinen Küche hin und her, so daß das silberne Pentagramm, das an seinem Hals hängt, durch die schwarzen Brusthaare fetzt. So gehört es den Arschlöchern hineingesagt, denkt Karl glücklich, genau so.

Oh, oh Alabama ...

Karl singt mit, und es ist ihm völlig egal, daß die drei Autoverkäufer von nebenan, die sich wie fast jeden Freitag im Splendor ansaufen, auf ihre Steak-Sandwiches warten müssen.

Karl ist Nachtarbeiter seit zehn Jahren. Nachdem er sein Studium, dessen Richtung er tatsächlich nicht mehr weiß, aufgegeben hat, hat er stets gekellnert oder in jenen Spucknäpfen von Bars irgendwelche undefinierbaren Toasts zubereitet, als Rausschmeißer Leute aus angesagten Hütten entfernt oder mit seinem Taxi vor einer dieser angesagten Hütten gewartet, bis jemand rausgekommen oder etwas anderes passiert ist.

Das Splendor ist alles andere als eine angesagte Hütte. Karl ist fix und fertig, auf drei verschiedenen Giften und mit den Jahren überdies ein großer Apokalyptiker geworden. Aber jetzt, diese Radiogeschichte und der Joe, das macht ihn alles geradezu kindlich froh.

Da ist der Joe schon wieder: Erneut quatscht er ungeduldig ins Fade-Out der Nummer hinein:

»Jajajaja, genug von Euch werden denken, ich bin jetzt durchgeknallt ...«, sagt er mit unendlich liebenswerter Stimme – Karl, der Koch, ist fast andächtig –, »... aber das stimmt nicht. Erinnern wir uns nur an die Spielregeln der heutigen Nacht! Wir suchen in der Dunkelheit kleine strahlende Bilder. Ihr kennt doch sicher diese Kinderbeschäftigungstherapie mit dem hochliterarischen Namen Ich-seh-ich-seh-was-du-nicht-siehst? Nichts anderes machen wir jetzt!«

Klar kennt Karl das Spiel. Er grinst. Es scheint ihm fast, als sei der Typ da hinter dem Mikrofon tatsächlich durchgeknallt, aber auf eine ganz und gar innovative Art, als wäre der Eid über eine Grenze gegangen und verbreitete jetzt schon den Duft aus dem Land hinter dieser Grenze. Das Land des Irrsinns! sagt irgendwer in Karl.

»Karl!« schreit jetzt jemand aus der Außenwelt. Der Kellner. Die Steaks. Karl ist es scheißegal.

»... also, das von vorhin, das war nichts als ein kleines Ereignis, sagen wir mal, eine Beobachtung aus der Natur. Man könnte noch viel weiter gehen.«

Ja, denkt Karl, bitte geh soweit du willst, ich geh' mit.

Mit stumpfem Blick starrt er auf die vor ihm liegende Beiriedschnitte, die darauf wartet, von seinem Messer um drei kleine Steaks kürzer gemacht zu werden. Mit einer plötzlichen Anwandlung von wilder Wut rammt er sein Messer in die Fleischschnitte, bis es im Holz des darunterliegenden Schneidebretts steckenbleibt.

Alles an ihm ist lauschende Aufmerksamkeit.

»Gehen wir also einen Schritt weiter«, säuselt Joe und klingt wie einer, der jeden in seine Macht kriegt. »Wenn wir nicht nur die Wirklichkeit betrachten, sondern auch die Träume, die Bilder in den Köpfen, dann wird die Nacht plötzlich reich, meine Lieben, dann wird sie wie eine gutbestückte Bar, oder, für die paar Romantiker, ein blühender Garten.«

Karl lauscht.

»... wenn wir es auf die Träume abgesehen haben, dann müssen wir tief in die Köpfe schauen. Nehmt ihr jetzt hinter mir Aufstellung? Augen zusammengekniffen? Bis das nächste schöne Lied kommt, werden wir gemeinsam in den Kopf eines Schlafenden schauen. Das ist noch viel spannender.«

Karl, der Koch, nickt eifrig, die Augen geschlossen, wie in Trance.

»Nehmen wir jemanden, den jeder kennt, einverstanden?«

schlägt Joe jetzt vor. »Greifen wir doch gleich auf unsere exzellente Bundesregierung zurück!«

Ein böses Lachen, wie der Laut eines Hundes, grollt in der Kehle Karls. Er lockert das Messer und schwenkt es drohend über der Beiriedschnitte.

»... schauen wir uns nacheinander die Gesichter der Minister an, dann lasset uns wählen, natürlich einen, der zur Stunde schon schläft, sonst kann er ja nix träumen.«

Karl, der Koch, beginnt gellend zu lachen. Klar, Joe, du hast begriffen, daß die Welt untergeht, und du fragst dich zurecht, wieso wir jetzt nicht alle eine Mordshetz' haben sollten.

Dann nennt der Eid tatsächlich den Namen des Ministers. Einer von den Altgedienten. Karl, der Koch, verschluckt sich fast.

Und bei der folgenden Geschichte sticht er, die Augen noch immer geschlossen, außer sich vor Begeisterung, immer wieder auf das vor ihm liegende Fleisch ein.

Als Herbert, der Kellner, seine Sandwiches urgieren kommt, wacht Karl auf und bemerkt, daß auch seine linke Hand vom Messer völlig zerfetzt worden ist. Die Besatzung jener Ambulanz, die ihn ins Spital bringt, wundert sich, warum Karl, der Koch, trotz seiner Hand so lachen kann.

Um Viertel nach zwölf fährt ein schwerer Wagen über die Brünner Straße aus den Weiten des Weinviertels auf die Bundeshauptstadt zu.

Drei Männer, alle um die Fünfzig, sitzen im Auto: Die beiden im Fond sind die Nationalratsabgeordneten Cermak und Klein. Die beiden gehören einer der beiden Regierungsparteien an. Sie sind niederösterreichische Abgeordnete, also ist es nachgerade egal und tut nichts zur Sache, welcher Partei sie angehören. Der Mann hinter dem Steuerrad ist der Herr Meisel, der Chauffeur des Abgeordneten Cermak, dessen Dienst-BMW eben benützt wird.

Kurz vor dieser Geisterstunde sind die Abgeordneten einem Zeltfest nahe Hollabrunn entgangen, das ihre Partei knapp vor der Wahl zum Europaparlament ausgerichtet hat, um die Weinviertler von der Überlegenheit ihrer Kandidaten zu überzeugen. Die Nacht ist schwül, es herrscht drückende Stille im Wagen, beide Herren versuchen sich nicht anmerken zu lassen, wie tief sie die eben zu Ende gegangene Veranstaltung deprimiert hat.

»Sie sind so dankbar«, sagt der Abgeordnete Klein.

»Wer?« fragt der Abgeordnete Cermak.

»Na, die Leut'«, sagt der Klein, »am Land.«

Beide sind niederösterreichische Abgeordnete.

»Sie haben ja sonst nix«, bemerkt der Cermak. »Hie und da ein Zelt. Und uns.«

»Stimmt: uns.«

Die Strecke führt jetzt über eine Hügelkuppe. Links und rechts der Straße steht borstiger Wald. Der Meisel, der Chauffeur des Cermak, schaut konzentriert nach vorn und sieht am Wolkenhimmel dieser schwülen Vorsommernacht schwefelgelbes Licht an den unteren Rändern auftauchen. Der Meisel, der oft nachts fährt, kennt das.

Der Nachtschein der Stadt.

Die Tageslichtscheinwerfer des BMW, die dem altgedienten Meisel immer ein bißchen blasphemisch vorkommen – Sonnenlicht in der Nacht, wo gibt's denn das? – huschen über die Fahrbahn und erfassen ein kleines felliges Tier, das sich in den Wald rettet.

»Gehn S', Meisel«, sagt von hinten der Abgeordnete Cermak.

»Bitte?«

»Drehn S' den Radio auf!«

»Selbstverständlich«, sagt Meisel. Er betätigt den Schalter.

Komischerweise stellt sich, wie von selbst, die Frequenz des lauten und marktschreierischen Privatsenders Radio Eins ein, den weder der Meisel noch seine Fahrgäste besonders mögen. Üblicherweise läuft in diesem Wagen das niederösterreichische Landesstudio vom Staatsfunk.

Dessen Frequenz liegt dem Einser benachbart.

Aber irgendwie scheint der Einser heute viel stärker zu senden. Seine Frequenz schiebt sich einfach drüber.

»... nehmen wir jemanden, den jeder kennt ...« Joes Stimme erfüllt mächtig das schwere Auto.

»Jessasnaa«, sagt der Abgeordnete Klein, »dieser furchtbare ...«

Meisel macht sich bereit, den Sender zu wechseln, Joe Eid ist bei den Abgeordneten nicht eben beliebt, zu respektlos und wohl zu sehr am Sex interessiert, denkt der Meisel.

»Moment«, sagt der Cermak jetzt.

»Was ...«, beginnt der Klein.

»Pscht«, macht der Cermak ungeduldig, »der red't übern Ferdl.« Der Ferdl ist Minister der Partei der beiden Abgeordneten.

Gemeinsam lauschen die Abgeordneten dem, was jetzt kommt, etwas, das einfach ungeheuerlich ist.

Die Ruhe, die sich abgesehen vom glasklaren Radioempfang im Inneren des Wagens senkt, hat etwas Beklemmendes. Cermak und Klein schaudern.

»... Träume sind frei wie Mustangs in der Prärie ... man kann sie nicht verhindern ... und unser Minister wird die kleine, weinende Schwester nicht los, die spukt in seinem Kopf und bleibt immerzu in der dritten Klasse Volksschule, tja, wie eben in diesem Frühling, und sie verschwindet nicht und nicht aus dem Schädel von ihrem Brüderchen, was ja jeder verstehen wird ...«

»Ob der Ferdl des hört?« flüstert der Abgeordnete Cermak jetzt tonlos. »Ob sie es ihm sagen?«

»Na, wie denn? Und wer? Du vielleicht?«

»Ja, aber *irgendwem* muß man es doch sagen«, heult der

Klein jetzt auf, so laut, daß vorn der Meisel das Steuer ein Stück verreißt.

»Es ist doch Wahl«, haucht der Klein.

»Aber geh«, faucht der Cermak. »In der Zentrale ruf' ma an. Sofort.«

Er zieht sein Telefon hervor. Aber die Zentrale ist blockiert (und außerdem gar nicht mehr besetzt).

Dennoch versuchen die Mitglieder der besagten Regierungspartei, und zwar jedes für sich, die ganze Nacht hindurch, jenen ihrer Minister, der bei allen Parteifreunden als ›der Ferdl‹ bekannt ist, zu erreichen. Aber der Minister hebt nicht ab. Er hebt und hebt nicht ab. Mehrere Mitglieder der Partei weinen und schreien in dieser Nacht.

»Na, ist es nicht spannend, hinter mir und meinem Seelenteleskop zu stehen?« beschließt Joe schnurrend seine neueste Episode.

Während Neil Youngs Song hat er die Tür des Senderaums von innen versperrt. Alle, die fassungslos durch das Sichtfensterchen zu ihm hereinschauen, sehen das grünliche Licht um seinen Kopf.

Joe bleibt auf Sendung. Im Auto der Abgeordneten erklingt wie in Hunderttausenden anderen Radiogeräten Frank Zappas wunderbare Ballade *Uncle Remus*, und erst am Ende des Songs kommt der Meisel auf die Idee, das Radio wieder abzudrehen.

Stille kehrt wieder im Wagen ein. Der BMW passiert die Stadtgrenze von Wien. Einen halben Kilometer weiter schmeißt der Abgeordnete Cermak in hilfloser Wut sein Telefon aus dem Fenster.

Have you seen us, Uncle Remus?

Auch Elisabeth Müller, von ihren Freunden und Verwandten Elisabeth, vom Mann an ihrer Seite Müller gerufen, hat die Sendung eben dieses Mannes in dieser Nacht nicht bewußt gewählt. So wie auf der einen Frequenzflanke von Radio Eins das niederösterreichische Landesradio beheimatet ist, so ist der andere Nachbar ein Klassiksender. Den wollte Elisabeth Müller auf der Rückfahrt von ihrer Schwester, die in Klosterneuburg lebt, in ihrem kleinen alten Renault hören. Aber auch in diesem Fall überlappt Joes augenblickliche ätherische Macht die Frequenz.

And it's hard, when it hits on your nose, singt Zappa. *On your no-o-ose*, singt der Chor hinter Zappa her, während dieser selbst schon an der Gitarre arbeitet.

Müller hat nur diese Nummer hören müssen, um zu wissen, daß sie in der Sendung ihres Geliebten gelandet ist. Sie seufzt.

»Er ist peinlich, Elisabeth«, hat ihre Schwester auch an diesem Nachmittag wie schon so oft in den vergangenen drei Jahren gesagt, »alles andere ist mir persönlich egal. Aber der Mann ist peinlich. Und alle wissen das.«

»Aber er erreicht die Leute«, hat Elisabeth (wie ebenfalls schon öfter) zurückgemault. Und dabei festgestellt, daß sie schon wieder Joes Arbeit verteidigt, ohne daß es ihr wirklich darum ginge. Sie findet Joes Sendung nicht so schrecklich wie ihre Familie und wohl auch die meisten ihrer Kollegen, aber sie ist auch kein Fan. Sie ist beim Joe um des Joes willen. Und zwar, wie sie ganz genau weiß, eines weichen, tapsigen Wesens wegen, das für die Stimmungen der Welt weit offen steht, und seltsame Dinge aus diesem Zustand heraus vermag. Dieses Wesen bleibt in dem bösartigen, sarkastischen Starmoderator für sie noch immer greifbar, obwohl (wie sie sich, aber nicht ihrer Schwester eingestanden hat) die Gelegenheiten, so tief in den Joe hineinzugreifen, selten geworden sind.

Müller ist das, was man Wissenschafts-Scout nennt. Sie sucht aufsehenerregende Vorhaben aus der Forschung, deren Förderung durch Akademien und Ministerien sie arrangiert. Alles in ihr ist das Gegenteil von dem Geist, der in Joes Sendungen weht. Und trotzdem hat sie schon ein paar Mal sehr lachen müssen über das, was er daherfaselt. Und trotzdem liebt sie seine kindliche Freude an dem, was sie als akustisches Männchenmachen bezeichnet.

Das Gitarrensolo verklingt, die Nummer geht zu Ende. Auf einmal kehrt eine große, drohende Stille auf der Frequenz von Radio Eins ein. Joe sollte jetzt sprechen, aber er tut es nicht. Seltsam. So etwas kommt eigentlich nie vor.

Sein komischer clownesker Anruf, den sie noch am Nachmittag gar nicht ernstgenommen hat, schießt ihr durch den Kopf.

Es fehle ihm die Brustwarze, er sei zusammengeschlagen worden, habe von komischen Frauen geträumt ... Müller hat angenommen, Joe habe sich in der Lobau einfach angesoffen, irgendwo am Wasser, wo er seine innere Kröte pflegt. Der Anruf, hat sie gedacht, war ein Witz, wie so vieles an Joes Art ein Witz ist.

Aber jetzt, im Dunkel der Nacht und angesichts dieser komischen Stille nach dem verklungenen Song, da fällt ihr der Anruf wieder ein, und sie bemerkt, wie sehr sie seine Sätze am Telefon jetzt in der Erinnerung zu ängstigen beginnen.

Jetzt spricht Joe. Nein, er spricht nicht. Er kichert. Lang und schrill.

»So«, beginnt er jetzt, mit einer warmgesprochenen, samtigen Stimme, in der trotzdem etwas ganz Fremdes mitläuft, das Müller Angst macht, »jetzt kommen wir zur Arbeitsplatz-Initiative unserer Bundesregierung. Ich bin angehalten worden, hier ein paar Jobs anzubieten, die in den nächsten Tagen vakant sein werden, weil sich ihre bisherigen Inhaber aus Gründen, die wir hier nennen wollen, als nicht mehr tragbar erweisen werden ...«

Was ist denn das für eine Idee? denkt Müller. Noch immer versucht etwas in ihr zu glauben, daß er besoffen ist und sich danebenbenimmt. Noch mehr daneben, als man es ohnehin erwartet. Aber es ist etwas anderes.

Müller hat das jetzt das Viertel Nußdorf und damit das Weichbild von Wien erreicht. Das Auto steht vor einer roten Ampel. Müller schließt die Augen und lauscht auf das Fremde in der Stimme des Mannes, den sie liebt.

Hinter ihren geschlossenen Lidern erscheint bei diesem fremden Ton in seiner Stimme die Farbe Grün.

»Wir müssen ja nicht gleich nach dem Sessel des Ministers von vorhin streben, meine Schäfchenzähler. Obwohl ich mir vorstellen kann ...« Wieder ein bösartiges Kichern. »Ich habe noch ein paar andere fette Brocken. Etwa den Marketingleiter unserer Telekom. Den kann sein Arbeitgeber wohl kaum noch länger beschäftigen, wenn am Montag diese Geschichte mit dem Versicherungsbetrug von 1992 an die Öffentlichkeit kommen wird. Ich sage nur: Feuerschaden in Döbling ...« Kichern. »Also, wer interessiert sich für das Marketing unserer Briefträger? Ich bin sicher, in drei, vier Tagen ist der Posten aktuell ...«

Müllers Ohren nehmen wahr, daß im Hintergrund, irgendwo im Studio, eine Art Krachen auf den Satz folgt.

»Hoch geht es her bei Radio Eins«, sagt Joe vergnügt. Und macht weiter mit seiner Jobbörse. Er diffamiert Leute. Wichtige Leute, denkt Müller. Als vierten einen ihrer Kollegen. Mit einer ungeheuer schmierigen Geschichte. Sie dreht das Radio ab. *Das ist nicht er.* Sie weiß es ganz genau. Mit der Stille verliert sich das grünliche Licht.

Sehr entschlossen lenkt Müller den Wagen auf die linke Fahrspur. Sie will zum Donaukanal. Sie wird ins Studio fahren und nicht nach Hause. Sie muß ihn holen. *Ich hole dich.*

Aber auch andere Leute hören Radio. Während der Geschichte mit dem Minister und seiner geschändeten kleinen Schwester hat sich ausgerechnet ein außer Dienst stehender Rettungswagen an einer roten Ampel auf der Roßauer Lände in ein wartendes Lastauto verkeilt. Der Rettungsfahrer ist fassungslos.

Trotz der späten Stunde ist der Stau schon achtzig Meter lang, und das auf drei Spuren. Müller drückt auf die Hupe, obwohl es nichts nützt. Sie widersteht dem Drang, das Radio wieder einzuschalten.

Ich hole dich. Ich komme.

Aber zwanzig Minuten später wird Müller viel zu spät kommen.

Erst zwei Wochen ist es her, daß Joe seiner langjährigen Redakteurin Amie Turner gesagt hat: »Wegen Frechheiten schmeißt mich niemand raus. Die einzige Möglichkeit, hier hinauszufliegen, ist es, die Scheißwerbung nicht zu spielen.«

Und genauso kommt es auch. Nach Zappa soll der erste Werbeblock kommen. Bestehend aus zwei kurzen Spots für Motorräder und ein Kontaktmagazin und dann aus *der* Werbung von Radio Eins schlechthin: dem langen, feisten Wodka-Spot. Der Staatsfunk darf keine harten Drinks bewerben. Radio Eins ist aber Privatfunk. Joe paßt gut mit Wodka zusammen. Aber Joe spielt heute keine Werbung. Grünglühend und verbarrikadiert, beginnt er mit seiner Arbeitsplatzbörse.

Das ist der Anfang vom Ende seiner Nacht.

Dabei hört Programmdirektor Harry Ebner niemals Radio. Er weiß, daß sein Radio gut geht, und nur andernfalls würde er es hören. Er ist erfahren genug, anzunehmen, daß die Leute, die er beschäftigt, das Schiff schon schaukeln werden. Aber das Schiff sinkt.

Sein Kumpan Albert von der Werbeagentur, der Mann, mit dem er morgen zum Fliegenfischen gehen will, ruft ihn an.

»Sag mal Harry, du Arschloch, weshalb produzieren wir diese sündteuren Wodka-Spot extra für die Sendung vom Eid, wenn der Eid ihn dann nicht spielen läßt?«

»Was ist los?« Harry Ebner ist irritiert. Bei völliger Stille hatte er soeben den Text eines sehr geheimen Vertrags, den ihm eine deutsche Fernsehanstalt angeboten hat, gelesen. Die

Deutschen sehen den Erfolg seines Senders klar und deutlich. Von wegen Eid, von wegen Wodka. Programmdirektor Harry Ebner hat soeben seinen hohen Marktwert erkannt.

»Und jetzt?«

»Der Eid hat überhaupt seinen seltsamen Tag«, sagt Albert jetzt süffisant, »ich würde mein eigenes Produkt anhören, an deiner Stelle. Wegen des Spots reden wir morgen. Mein Kunde ist sicher sauer. Das Fischen muß ich absagen.«

»Was meinst du mit ...«, fragt Ebner, noch immer nicht begreifend. Aber Albert hat aufgelegt.

Ebners Blick fällt auf seinen Anrufbeantworter, dessen Ton abgestellt ist. Die digitale Anzeige zeigt 21 Anrufe und blinkt desperat vor sich hin. Ebner dreht den Ton auf und betätigt die Abspieltaste. Nach den ersten anderthalb Anrufen begreift er und ruft im Studio an. Die direkte Nummer. Joes rotblinkendes Telefon. Und Joe hebt tatsächlich ab.

»Sie sprechen mit Joe Eid.«

Perfekt höflich klingt das. Und trotzdem grauenhaft.

»Joe, Sie Irrer. Sie haben uns möglicherweise um zwei Millionen gebracht. Wo ist die Werbung? Und was richten Sie eigentlich gerade an ...« Ebners Stimme beginnt zu kippen.

»Verlassen Sie dieses Mikrofon!«

»Hören Sie das?« fragt Joe.

»Was soll ich hören?« fragt Ebner zurück. Joe schweigt.

»Ich habe den Kanzler am Anrufbeantworter. Ich habe Anfragen von der Polizei, Sie Wichser, es gibt 400 Anzeigen, verstehen Sie, VIERHUNDERT!!«

»Hören Sie das?« fragt Joe noch einmal.

»Diesmal schneide ich Ihnen den Schwanz ab, Sie Arschloch!« brüllt der Programmdirektor.

»Hören Sie journalistische Ideale in ihrer schonungslosesten Form, meine Lieben?« fragt Joe jetzt.

Endlich begreift Ebner. Joe spricht zu seinen Hörern. Das ganze Scheißtelefonat ist auf Sendung. Er legt auf und zittert.

15 Sekunden später ruft er noch einmal im Studio an. Andere Durchwahl.

Riedler meldet sich aufgeregt.

Pete Riedler ist der Moderator nach Joe, der auf seine Sendung wartet. Er hat die Sendung von ein bis vier Uhr früh. Pete Riedler ist jung und ehrgeizig, und er haßt Joe über alles.

»Ich nehme an, Sie wissen ...«

»Ja. Wir alle wissen. Er hat sich verbarrikadiert.«

»Sie gehen«, sagt der Programmdirektor, mühsam beherrscht, »zum Hauptschalter. Am Außenbord. Sie schalten jetzt einfach auf Senderaum zwei um. Dann spielen Sie von dort aus hintereinander drei Nummern von Elton John. Währenddessen brechen Sie in den Einserraum ein und machen den Eid unschädlich. Ich meine: richtig unschädlich.«

»Ich weiß, was Sie meinen«, sagt Pete Riedler mit trockenem Mund.

»Wenn alles gutgeht, haben Sie die Sendung vom Eid.«

Ebner legt auf.

Der ehrgeizige Radiomann Pete Riedler versucht nach Kräften dafür zu sorgen, daß alles gutgeht. Joes Stern sinkt.

8.
Die guten Kräfte sammeln sich

Es hätte ein Gewitter geben sollen. Der ganze bleierne Tag, der schwer auf den Türmen hängende Abend, alles hat darauf hingedeutet. Aber Wien darf nicht erlöst werden. Nicht in dieser Nacht auf den 12. Juni 1999.

Die Gewitter gehen in einem mächtigen Umkreis um die Stadt nieder. Über den March-Auen, auf dem Wagram, im Wienerwald. Die Stadt selbst bleibt trocken, ein tränenloses Auge zwischen dröhnenden Himmelsschlägen. Sie wird bloß von einem ungewohnten Nachtwind gebeutelt, der in bösartigen Stößen über den Bezirken rast.

Wien ist berüchtigt für seine Winde. Das ganze Donautal ist es. Die Stadt kennt die Eispeitsche des nordwestlichen Winterwindes, der die Frierenden nimmermüde durch die Straßenschluchten zerrt. Die Stadt kennt den Föhn im Frühling, das pochende Kopfwehwetter aus dem Süden, und sie kennt auch die glücklich machenden, lauen Spätsommerwinde, die aus dem Osten stammen, Gesichter zum Lächeln bringen und die Drachen der Kinder endlich einmal stetig fliegen lassen.

Aber diesen elektrischen Wind jener Nacht, den Gewitterwind, den hat sie kaum jemals zu Gast. Es ist ein Wind wie ein Husten, ein unsichtbarer riesiger Lungenflügel scheint über Mitteleuropa zu liegen, und Wien hat sein Ohr direkt am Rasseln darin.

Dieser Wind rüttelt während Joes Showdown auch an den Scheiben des Studios von Radio Eins. Aber niemand nimmt ihn wahr. Vielleicht ist der Wind ja bloß die Antwort auf Joe, auf dessen eigenen mächtigen Sturm.

Als der Star von Radio Eins mit seiner häßlichen Geschichte über die nächtlichen Umtriebe des »Engels«, des Flüchtlings-Direktors, begonnen hat, hat Amie als erste gehandelt und die Nummer von Joes rotblinkenden Studioapparat gewählt. Aber Joe hebt nicht ab. Er lächelt nur versonnen, als sein Blick auf das rote Lämpchen fällt.

Es ist gesagt worden, daß Joes Persönlichkeit an jenem Abend ihr eigenes Licht verbreitet hat. Dieses Licht war grün, sagt man.

»Jetzt geht er aber an die Grenze«, hat der Tontechniker Heinz hilflos Amie zugemurmelt.

»Er ist längst drüber«, sagt jetzt Amie, »was sollen wir denn machen?«

In dem Augenblick geht die Studiotür auf, und der dünne, kahlgeschorene Pete Riedler, der die drei Stunden nach Joes »Meineid« betreut, kommt herein.

»Na«, macht der Riedler mit vor Häme gespanntem Gesicht, »heut' treibt's unseren Freund aber sehr.«

Klar, er hat es im Radio gehört, denkt Amie.

»Irgendwas muß ihm fehlen«, sagt sie, »das ist doch nicht normal.«

»Findest du?« fragt Pete Riedler und grinst.

Dann lauschen sie gemeinsam der schmutztriefenden Pointe von Joes kleiner Geschichte über den Direktor, den Videoschauer, den Engel der Flüchtlinge. Als sie nach einer halben Minute Neil Young endlich begriffen haben, daß das Unheimliche jetzt eine Pause macht und die Möglichkeit zur Intervention besteht, hat Joe die Tür bereits von innen mit einem soliden Klappsessel verbarrikadiert. Er winkt hinaus und schickt seinen Kollegen Kußhände. Währenddessen läuten bereits alle Telefone im News-Room.

Amie, Tonmeister Heinz und Riedler lassen sich anschreien, beschimpfen, hören kippende Stimmen und sehen geradezu den Schaum vor den Lippen der Hörer. Alle drei werfen, einer nach dem anderen, das Handtuch. Zuletzt keilen sich die Beschwerdeführer um einen Platz auf dem bald völlig überlasteten Anrufbeantworter von Radio Eins.

Pete Riedler sagt: »Jetzt ist es wohl aus mit ihm.« Amie bemerkt die Genugtuung in seiner Stimme.

»Nein, ist es nicht,« zischt sie ihn an, »weil er ist noch da drin.«

»Wir müssen etwas tun«, sagt Heinz.

»Er braucht doch Hilfe«, sagt Amie.

»Und wir?« fragt Pete. »Der Sender? Was brauchen wir?«

Tatsächlich brauchen alle im Studio Hilfe, spätestens jetzt, als Joe mit seiner schlimmsten Geschichte beginnt, mit diesen Träumen des konservativen Ministers von seiner kleinen Schwester und seiner Kinderschuld. Monoton schrillen die Telefone. Tonmann Heinz macht sich nützlich und dreht die Rädchen auf der Unterseite der Apparate auf die kleinstmögliche Lautstärke.

Die Geschichte ist zu Ende. Frank Zappa kommt. Pete Riedler fletscht die Zähne, ohne es zu merken.

Have you seen us,
Uncle Remus?

»So ein gutes Lied«, sagt Tonmann Heinz mit weinerlicher Stimme.

Die Telefone zwitschern leise und technisch vor sich hin.

»Jetzt muß doch die Werbung kommen«, sagt Pete, »dann müßten wir ihn abschalten.«

Aber Joe spielt keine Werbung. Er spricht. Er verteilt sein Gift auf immer neue Menschen, wie ein höllischer Feuerwehrmann, der Benzin aus seinem über dem Kopf geschwenkten Schlauch wahllos in ein Inferno spritzt.

Die Kollegen bemerken, daß das rote Lämpchen am Studioapparat wieder leuchtet. Keiner von ihnen hat da drinnen noch einmal angerufen. Sie ahnen, wer das jetzt ist. Sie hören, wie der rasende Joe den rasenden Programmdirektor dem Hohn der Hörer preisgibt. Dann ruft der Programmdirektor auf Riedlers Drahtlosem an, und Befehle finden ihren Empfänger.

Joe steuert seine Barke auf den vierten Song der Sendung zu. »So, jetzt habt ihr meinen Boß persönlich gehört«, rattert er. »Versprecht mir eins: So böse wie dieser Onkel dürft ihr niemals werden. Dazu paßt das schöne Lied, das jetzt kommt. Wer unter euch es wohl noch kennt? *Die guten Kräfte sammeln sich* ...«

Heinz und Amie kennen es noch: New Wave aus Wien, 1982 oder so. Die Band damals hieß *Chuzpe*. Monotone Männer mit Talent. Riedler, der zu jung ist, das Lied noch zu kennen, rennt zum Hauptschalter, um auf das Zweierstudio umzuschalten.

»Aber jetzt«, sagt Riedler.

Aber irgend etwas blockiert die Sendesteuerung. Joes Sendung bleibt unbeirrt im Äther.

»Es geht nicht«, schreit Riedler.

Amie Turner, der mittlerweile die Nackenhaare wie kleine Borsten zu Berge stehen, weiß, was es ist, was da blockiert: Joe. Joes Hirn. Joes Macht.

»Wir müssen rein«, sagt Pete Riedler.

Er rennt in die Halle und holt einen schweren, chromglänzenden Garderobenständer, der dort steht, aufgabenlos jetzt, es ist Sommer. Grazil nimmt er Anlauf, wie ein Spitzensportler.

Die guten Kräfte sammeln sich, singen Chuzpe, *Sie sammeln sich für Dich und mich.*

Pete Riedler rennt mit dem Kleiderständer auf die Tür vom Senderaum eins zu. Sie springt unter der Wucht des Ansturms sofort auf, wie ein Rammbock bohrt sich der Garderobenständer in den Raum, nimmt Joe und den Drehstuhl auf die Hörner und schleudert ihn gegen das Mischpult. Mit einer blutenden Wunde auf der Stirn sinkt Joe lächelnd zu Boden.

Alles zusammen ist in drei, vier Sekunden passiert. Kaum hat Joe das Bewußtsein verloren, klappt die Umschaltung auf Studio zwei. Kleine Stille. Dann zieht Heinz die Musik hoch, und Elton John greift in die Tasten.

Kein Gewitter über Wien.

Noch immer piepsen unermüdlich die Telefone. Unermüdlich läuten sie. Der Portier, dem nie jemand was erklärt, und Pete Riedler, der ganz sicher glaubt, er sei jetzt der Star der Mitternacht, zerren den schweren Joe aus dem Senderaum.

»Moment«, sagt Amie, als sie ihn weiter an ihrem Tisch vorbei durch den News-Room ziehen, in Richtung Halle, wo der Krankenwagen eintreffen soll, »moment.«

Sie kniet sich neben den Bewußtlosen und schaut ihm lang ins Gesicht. Er ist seit zehn Jahren mein Freund, denkt sie, er ist es sogar schon länger. Er ist begabter als alle, die ich kenne. Und so ein guter Kerl. *Was ist los mit dir?*

In dem Augenblick macht Joe sanft die Augen auf. In diesen Augen wabert das grüne Glimmen.

Amie vermag keine Pupillen zu erkennen. Joes Hand kommt plötzlich von hinten, packt sie an den Haaren und zieht ihren Kopf einen halben Zentimeter vor sein Gesicht. Das Grün schmerzt beinahe.

»Amelie«, sagt er mit schmeichelnder Stimme, »ich hab dir schon seit Jahren ein Kind machen wollen.«

»Was sagst du?« Sie merkt nicht, daß sie heult.

»Ein Kind ohne Arme und Beine, damit dir einmal in deinem Leben jemand nicht davonrennen kann.«

Amies Heulen wird jetzt ganz laut, dauert an und trifft zuletzt auf das Heulen der Sirene von dem Krankenwagen, der Joe holen kommt.

Der Ambulanzwagen, der auf die Baumgartner Höhe zur Psychiatrischen fährt, schlängelt sich elegant durch die schütter werdenden Staus, an den Stellen, wo es Joes wegen Auffahrunfälle gegeben hat. Die Besatzung von Radio Eins geht ins letzte Stück dieser Nacht. Die Telefone zwitschern, bis es hell ist, ohne daß jemand drangeht. Der Sender schickt noch ein wenig schlechte Musik in den Äther. Der Tag wird still, wolkig und kühl. Der Wind ist zu Ruhe gekommen, in einem kläglichen Konzert pfeifen die Amseln von Wien.

Um halb sieben Uhr am Morgen, es ist schon vollkommen hell, wird der Sender endgültig abgeschaltet.

Um halb sieben Uhr am Morgen lenkt ein Minister der österreichischen Bundesregierung seine langsamen Schritte eine Stiege hinunter. Die Stiege führt aus seinem Einfamilienhaus in die kellertief gelegene Garage.

Der Minister, den seine Freunde und seine Frau Ferdl nennen, hat eine Rolle breites Isolierband in der Hand. Er hat selbst nicht Radio gehört in dieser Nacht. Sein kleiner Sohn, der zum siebenten Geburtstag einen schwimmbadfesten Kindertransistor gekriegt und ihn seitdem jede Nacht unter der Decke gehört hat, ist ein Stück nach Mitternacht zu seinem Vater gekommen und hat stockend erklärt, komische Geschichten im Radio gehört zu haben.

Der Minister klebt jetzt Isolierband auf die klaffende Naht zwischen dem Auspuff seines Mercedes und dem Gummischlauch seines Gärtners. Er verschließt auch den Schlitz des Wagenfensters, durch das sich der Schlauch schließlich ringelt, mit mehreren Lagen Isolierband.

Er macht die Wagentür zu und startet seinen Mercedes.

Solange ihm Bewußtsein bleibt, richtet er alles davon mit der Bitte um Verzeihung auf seine drei Jahre jüngere Schwester. Er schüttelt den Kopf, spürt endlich eine große Benommenheit und verstirbt wenige Minuten später in den Abgasen.

Um halb sieben Uhr morgens sitzt ein alter, berühmter Psychiater, der das Vertrauen der Spitzen der Republik besitzt, vor Joe und starrt ihn an.

Joe hockt jetzt seit bald sechs Stunden im Primars-Zimmer der kleinen, exklusiven Abteilung der Psychiatrischen Klinik auf der Baumgartner Höhe, die von den Wienern in guter Tradition stets nur als »der Steinhof« bezeichnet wird.

Vor Joe sitzt der alte Professor, so still, aufmerksam und faltig wie ein Gecko. Joe verharrt noch immer in der eigenartig verkrümmten Haltung, in der er aus dem Ambulanzwagen gekommen ist.

Den Professor hat man vorher telefonisch informiert. Seit kurz nach halb ein Uhr früh hat der Arzt seinen neuen Patienten erwartet und endlich in Empfang genommen.

Joe, mit einer Zwangsjacke verschnürt, sitzt still auf dem Hocker, aber dennoch glaubt der Professor nicht, daß er schläft. Manchmal geht so etwas wie ein Schauer durch den Körper des berühmten Radiosprechers. Der Pfleger im Hintergrund, der zur Sicherheit im Raum geblieben ist, ist längst eingeschlafen.

Und plötzlich – halb sieben Uhr früh – schlägt Joe die Augen auf.

Der Psychiater vor ihm zeigt nicht seine Neugier. Er stellt fest, daß Joes Augen von einem gebrochenen Rehbraun sind, Augen eines Geschundenen.

»Helfen Sie ...«, sagt jetzt Joe.

»Wie kann ich Ihnen helfen?« sagt der Professor.

»Nicht mir. Einer stirbt ...«

»Wer stirbt? Wo?«

»Keine Ahnung ...« Wieder ein Schauer. Joe verstummt für eine Weile.

»Haben Sie ...«, beginnt er schließlich. Schwerer Schleim bewegt sich in seiner Kehle.

»Was?«

»... haben Sie ... haben Sie Brot? Bitte, Brot, bitte.«

»Natürlich!« Der alte Psychiater macht dem wieder erwachten Pfleger ein Zeichen, der schaut fragend und unsicher.

Der Arzt nickt nachdrücklich, und der Pfleger verläßt den Raum. Joe schließt mit schmerzerfülltem Gesicht die Augen.

Der Pfleger kommt mit einem halben Wecken Weißbrot zurück.

»Herr Eidlberger«, ruft der Professor leise, »Ihr Brot.«

Joe macht die Augen auf und schaut gehetzt herum. Der Professor hält ihm ruhig ein Stück Brot hin. Joe faßt mit dem Mund danach, kaut hastig, nimmt ein paar Momente später noch ein zweites.

»Fie find ein uralter Doktor«, stößt er mit vollem Mund hervor.

»Ja«, sagt der Arzt.

Joe schluckt mühsam. Seine Augen flehen.

»In mir ist etwas drin«, sagt er.

»Was?« fragt der Arzt.

Plötzlich sieht er, wie Joes Körper sprungfederartig die Zwangsjacke spannt, wie die Augen des Patienten nach oben rollen und ihn einen Sekundenbruchteil später vollkommen verändert wieder ansehen.

Die Augen glimmen jetzt grün. Und dann spricht dieser gedrungene Mann mit einer eleganten, britischen Frauenstimme:

»Here I am and here I stay.«

Ein Trick, denkt der Arzt.

»Was wollen Sie ...«, beginnt er.

»Here I am and here I stay, baby«, sagt Joe. Seine Augen klappen zu. Der Körper fällt in sich zusammen. Hinter den Lidern kommen Tränen hervor. Weißbrotbrei erscheint in den Mundwinkeln.

Was, denkt der Professor, über seinen eigenen Gedanken erstaunt, was hat diesen Menschen gerade verlassen?

9.
Im Prater

Das, was Joe verlassen hat, fliegt. Es fliegt und folgt dem Donaukanal, einer im Morgenlicht sich windenden Silberschlange, quer durch die Distrikte von Wien. Es saust mit unsichtbarer Grazie durch den Himmel der Stadt, es schnellt an den Flanken der grünen Berge im Westen vorbei, es läßt sich wieder ins Flußtal fallen, zum Wasser, wohin es gehört. Das, was Joe verlassen hat, ist glücklich. Es jubelt.

Ich hab dir nichts versprochen, Geliebter, aber bekommen hast du mehr, als ich dir jemals hätte versprechen können, ist es nicht wahr?
 Noch immer spüre ich dich, Josef.
 Josef ist dein Name, ein alter Name, fast so alt wie meiner. Noch immer spüre ich Dich, Du klebst an mir, wenn auch nicht für immer, so doch bis zu meinem nächsten Bad.
 Und ich? Fehle ich Dir? Ist es leer, dort, wo ich war?
 Tut mir leid, daß ich gehen mußte.
 Gehen. Und fliegen und schwimmen.
 Weitermachen, Geliebter.

Das, was Joe verlassen hat, reibt sich im Flug genüßlich an den ersten, kläglichen Sonnenstrahlen, die zwischen den von der Unwetternacht verbliebenen, schwarzblauen Wolkenbänken über Wien hervorstechen.
 Es fühlt sich wie neugeboren, schön und verführerisch, poliert geradezu, trotz seines hohen Alters.

Bis gestern, Geliebter, das will ich dir versichern, warst du unschuldiger, als du jemals gedacht hast, daß du es sein könntest. Als ich dich betreten habe, warst du wie ein Kind, verglichen zu jetzt. Du warst weich und überrascht und erstaunt. Du warst wie ein unberührtes Leinen für den Tanz meines ruhelosen Bluts.

Es jubelt und fliegt. Es fliegt dem Donaukanal entlang, haarscharf am Wasser, wie eine Libelle. Es widersteht noch dem Wunsch, einzutauchen.

Es macht die Instrumente eines Ausflugsbootes verrückt, das zu seiner Haltestelle am Schwedenplatz rattert. Der Steuermann reibt sich kurz die verschlafenen Augen, dann ist die Störung schon wieder vorbei.

Unter der vielbefahrenen Marienbrücke läßt es die Verkehrsampel ein paar Sekunden lang aussetzen. Aber der Verkehr ist an diesem Samstag zu spärlich für einen Auffahrunfall.

Das, was Joe verlassen hat, läßt sich noch immer nicht ins Wasser fallen. Obwohl es dürstet, aber es genießt auch dieses Anwachsen seines Dursts.

Es staunt darüber, wie sich die Wege des Wassers in seiner Stadt, seiner *Königsstadt* Wien, verändert haben.

Man hat begradigt, reguliert, und zwar schon vor mehr als hundert Jahren, aber das bedeutet nicht mehr als gestern für das, was Joe verlassen hat. Die Wege des Wassers, der Donau, sind gemauert, steinig und ohne Abwechslung.

Die Zweibeinigen. *Diesmal habt ihr es auf diese Art versucht, mich zu überlisten.*

Einen kurzen Moment ist es ungehalten und böse. Aber dann entspannt es sich und kehrt zu seinen Erinnerungen an die fabelhafte Liebesnacht zurück. Es vergißt die verfluchte Regulierung.

Das, was Joe verlassen hat, schwingt wieder in den sanften Nachwehen, die echter Genuß hinterläßt.

Du warst ein wunderbarer erster Wagen für meine Fahrt. Und diese Zauberei, deine Stimme in der Nacht, jedermann hören zu lassen, diesen Trick werde ich dir nie vergessen. Jeder, der es wissen wollte, hat erfahren, daß ich wieder da bin!

Links von dem Fliegenden wird es jetzt grün. *Reste meiner Wildnis,* denkt es.

Es ist der Prater, der erste Vorposten der großen Donauauen, wo es geschlafen (und gestern den Joe betreten) hat. *Reste meiner Wildnis!*

Das was Joe verlassen hat, zweigt vom Kanal ab, segelt gefährlich und unsichtbar über Wipfeln alter Bäume dahin und findet endlich das stille Wasser, das sich bumerangförmig durch das Grün zieht. Die Zweibeiner haben es, gestern oder vorgestern, Heustadelwasser genannt.

Ein Bad, Geliebter, ja!
Und dann laß ich mir von anderen Seiten dienen.
Du mußt mich schon verstehen.
Alles ist so lang her.
Adieu, und wer weiß, komm ich wieder.

Der Czervenka betreibt seit dem Tod seiner Frau vor vielen Jahren mit Hilfe des Egon den Bootsverleih »Zum kleinen Paradies« am Heustadelwasser.

Während der Czervenka mit Vornamen Herbert heißt, heißt der Egon mit Familiennamen ebenso Czervenka, denn der Egon ist Czervenkas Cousin. Aber im grünen Prater, wo sich die wenigen Residenten über weite Wald- und Wasserdistanzen hin anrufen müssen, gilt pro Person nur ein Name. Das heißt: Czervenka für den Chef und Egon für den Narrischen.

Einen Narrischen vom Typ des 27jährigen Egon müßte man heutzutage als Autisten bezeichnen. Aber solche Bezeichnungen setzen sich in Wien, und schon gar im grünen Prater, nicht so recht durch. Egon bleibt ein Narr, wienerisch *Noa* ausgesprochen, was beinahe nach Gottes erwähltem Kapitän klingt.

Egon ist also ein *Noa*, aber dennoch Czervenkas Cousin und daher der erste Maat von Czervenkas kleiner Flotte aus dreizehn Ruderbooten.

Czervenka, ein Mittfünfziger, verkauft Bier und Speiseeis und vermietet stundenweise seine dreizehn buntbemalten Zillen, die von den Ausflüglern durch das brütende Heustadelwasser gerudert werden.

Czervenkas Betrieb ist in diesem Jahr noch nicht besonders angelaufen. Das Frühjahr war wechselhaft, und nun, vor den Toren des Sommers, halten die Wiener noch jeden heißen Tag für den Auslöser eines Gewitters und bleiben sicherheitshalber gleich daheim.

An Czervenkas Tätigkeit ändert sich jedoch selbst bei Hochbetrieb kaum etwas, denn den Großteil der Arbeit, also die Boote loszumachen, festzumachen und den Fahrgästen hinein- und herauszuhelfen, übernimmt der Egon.

Egon ist ein lieber Mensch. Sein Herz ist groß und gehört fast allem, was lebt. Egon lächelt die Menschen an. Er gießt wilde Pflanzen, die zu vertrocknen drohen. Scheint ein Frosch am Rand der Alleen vom Verkehr gefährdet zu sein, dann trägt er ihn in den dunklen Wald, in Sicherheit. Egon ist ein sehr guter Kerl, und so bleibt der Hohn, den er, der *Noa*, von Wien bekommt, ein milder, der sogar auf irgendeine Weise wärmen kann.

Der Czervenka und sein Egon wohnen in einem baufälligen Holzhäuschen, an das ein langgestreckter Bootsschuppen angebaut ist, direkt am Heustadelwasser. Die beiden gehören zu den Wienern, die das ganze Jahr im Prater leben, und nähme man sie von dort fort, würden sie wohl verkommen, denn ihre Wurzeln sind mittlerweile den feuchten, säuerlichen Augrund zu sehr gewöhnt.

Egon ist die Nacht zuvor in der Vorfreude auf ein gutes Geschäft und einen wohlgelaunten Czervenka eingeschlafen, glücklich und stumm.

Aber um sieben Uhr früh an diesem Samstag schreckt er plötzlich aus dem Schlaf mit einem Gefühl, als wäre es Mittag und als hätte er den ganzen Hochbetrieb irgendwo verschlafen, und der Czervenka würde ihn verzweifelt suchen.

Dabei ist es erst sieben. Nichts regt sich im Wald, und auf den nahen Wiesen, nur von weit entfernt, hören Egons feine Ohren ein Auto. Das ist die Funkstreife, die jeden Morgen in der Hauptallee ihre Patrouille fährt.

Sieben Uhr früh erst. Egon will erleichtert sein, aber eine komische Nervosität bleibt zurück. Irgendwo hat ein Wecker geläutet, und wenn es kein kleiner technischer Menschenwecker war, dann war es ein großer, gewaltiger Alarmschrei der Natur.

Egon schaudert.

Als wär' ein Stern ins Wasser gefallen, sagt ihm brav und ordentlich seine innere Stimme eine mögliche Lösung auf.

Egon zieht sich sein einziges Sommergewand, das Blauzeug eines längst pensionierten Mechanikers, an, schleicht am von Schnarchen erfüllten Kabinett des Czervenka vorbei, geht die Stiege hinunter, entriegelt die Tür und schaut über das stille, im nachgewittrigen Morgenlicht blinkende Wasser.

Er riecht es. Brenzlig. Kann ein Wasser nach Feuer riechen?

Egon schlüpft in seine abgeschnittenen Gummistiefel und tritt ans Wasser. Er verläßt nach ein paar Metern den Uferweg und dringt in das Gestrüpp über der Böschung vor. Hagebutten zerkratzen ihm das Gesicht, im nächsten Augenblick trifft ihn ein schnalzender Haselast auf den nackten Unterarm.

»Au«, sagt Egon vorwurfsvoll und freundlich zugleich. Er taucht unter einem anderen Strauch hindurch und steht am algenbedeckten, stillen Wasser.

Brenzlig.

Über einen großen gefallenen Baum kletternd, erreicht er die nächste kleine Bucht. Und da! Egon sieht das Schönste in seinem Leben.

Eine Frau, eine nackte Frau, liegt vor ihm und schläft in der Morgensonne.

Noch nie hat der Egon eine nackte Frau betrachtet. Zwei-, dreimal ist er Mädchen in die Nähe gekommen, meistens solchen, die sich eher zum Spaß auf Praterbesäufnissen mit Egon, dem *Noan*, zum Schmusen eingelassen haben. Mehr war nie. Und gar, daß sich eine ausgezogen hätte, nein.

Bei der Frau, die da liegt, ist der Egon jedoch davon überzeugt, daß sie sich für ihn und nur für ihn ausgezogen hat.

Ihre Kleider hat sie versteckt, denkt der Egon, als ob sie ihn gar nicht daran erinnern wollte, daß es sie, die märchenhaft Schöne, auch in angezogenem Zustand gibt.

Sie liegt am Sand, die Zehen des rechten Beins reichen ins Wasser. Hie und da bewegen sich diese Zehen im Schlaf und verspritzen ein paar Tropfen. Das linke Bein, das Egon näher ist, liegt leicht angewinkelt, ein blondes Haarbüschel schaut an seinem Ansatz hervor. Der Busen der Frau ist wunderschön regelmäßig und sieht hart aus. Der Mund der Schlafenden ist groß und im Schlaf ein bißchen aufgegangen, ihre hellbraunen Haare sind nicht kurz und nicht lang. Die Arme liegen hinter dem Kopf, wie ein Polster aus weichem Fleisch.

Eine häßliche Fliege setzt sich auf den Bauch der Frau, und Egon, viel zu weit entfernt, spitzt die Lippen und bläst, als wolle er sie verscheuchen. Tatsächlich fliegt sie weg. Egon lächelt verzückt. Er macht die Augen zu und läßt sie eine Weile geschlossen. Dann macht er sie wieder auf, um zu sehen, ob alles nur ein Traum war.

Aber die Frau liegt noch immer da, im Schlaf hat sie den Kopf auf die andere Seite rollen lassen. Würde sie jetzt erwachen, dann würde sie ihn sehen.

Egon, flach atmend, wiederholt das Spiel. Er schließt die Augen und läßt sie diesmal eine Weile geschlossen. Er genießt das sündige Labsal, das dieses schöne Bild in seinem Inneren angerichtet hat.

Er öffnet die Augen und stirbt fast vor Schreck. Das Gesicht der Frau ist zehn Zentimeter vor seinem, sie muß sich ganz lautlos auf ihn zubewegt haben, ihre Augen sehen ihn ganz unvorstellbar an. Sie hockt auf allen Vieren vor ihm wie ein sprungbereites Tier einer unbekannten Art.

»Ich bin der Egon, und ich hab gar nix gemacht«, sagt der Egon und verspürt zugleich ein Gefühl, wie er es noch nicht kennt, eine glühende Gier, ein schmerzhaftes Begehren.

»... gar nix gemacht«, wiederholt er leise.

»Hast du auch nicht«, sagt die Frau mit einer Stimme, so schön und glatt, wie Wasser an den Seiten eines frischlackierten Bootes entlanggleitet.

Und dann gibt die Frau dem Egon einen kleinen Stoß. Er fällt flach auf den Rücken in feuchtes Gras.

»Jetzt mußt du werden wie ich«, sagt die Frau.

»Der Egon ...«, beginnt der Egon.

»Nein«, macht die Frau, »pscht.«

Sie öffnet die Knöpfe im Schritt von Egons blauer Hose, und als es ihr beim zweiten Knopf nicht gelingen will, huscht kurzer Zorn über ihr Gesicht, und schon eine halbe Sekunde darauf bemerkt der Egon ängstlich, wie die von seiner Hose übriggebliebenen Hosenbeine um seine Knöchel schlottern.

Was zwischen seinen Beinen lebt, grüßt die fremde Frau.

Egon macht die Augen zu. Er merkt, wie die Haare der Fremden die weiße Haut an seinen Beinen kitzeln. Als er wenig später den lautesten Schrei seines Lebens ausstößt, fliegen alle Vögel auf den Bäumen rund um das Wasser wie auf einen geheimen Befehl hin auf, und der Czervenka fährt in seinem übelriechenden Bett aus dem Tiefschlaf.

»Egon!« ruft er leise.

Aber der Egon meldet sich nicht. Er bleibt den ganzen Tag weg an jenem Samstag, der am Nachmittag doch noch warm und wonniglich wird, und die Wiener, viele Wiener, in den

Prater lockt. Der Czervenka muß jedes Boot selbst übernehmen. Er schwitzt wie noch nie in seiner Karriere.

»Egon!« brüllt er in unbeobachteten Momenten hie und da ins Dickicht. Aber Egon hält sich verborgen.

Erst als es ganz dunkel ist, in der Nacht auf jenen Sonntag, in der die Österreicher ihre Europa-Abgeordneten wählen sollen, kommt er aus dem Wald und führt am Heustadelwasser seinen ersten Auftrag aus.

Geh zu den Booten, Geliebter! Und bring trockenes Holz mit!

Egon füllt jedes der Boote des Czervenka mit Reisig an. Dann macht er die Kähne, einen nach dem anderen, los und stößt sie mit sanfter Gebärde aufs Wasser hinaus. Er arbeitet völlig lautlos. Als die Boote allesamt draußen treiben, steht der Egon auf dem Steg. Er breitet die Arme aus, er schließt die Augen, und als er sie wieder aufmacht, leuchten sie grün.

Die Reisighaufen in den dreizehn Booten entzünden sich gleichzeitig und wie von Geisterhand. Die brennenden Boote ergeben ein traumhaftes, ein über die Maßen sonderbares, aber auch wunderschönes Bild.

Der erschöpfte Czervenka, der unruhig geschlafen hat, wird von lustigem Knistern geweckt. Er schaut aus dem Fenster aufs Wasser und beginnt zu schreien.

10.
Am Vogelberg (I)

»Willkommen am Vogelberg«, sagt der alte Mann. In seinem faltigen Eidechsengesicht flattern geschwinde Augen.

Elisabeth Müller ist tatsächlich ein bißchen aufgeregt. Neben der großen Verstörung, der Angst und der Traurigkeit, die in den vergangenen sechzig Stunden immer stärker geworden sind, steckt noch ein Stück normale Müller in ihr: Diese Elisabeth Müller ist Scout und Wissenschafts-Theoretikerin, und in dieser Eigenschaft imponiert ihr die Begegnung mit dem alten Psychiater, dem Professor Eric Golden, natürlich sehr.

Der Professor ist ein winziger, sehr faltiger, beinahe achtzigjähriger Mann. Er hat randlose Brillen auf der Nase, wenige, bizarrerweise noch immer semmelblonde Haare und ein hellwaches Flattern in den sandbraunen Augen.

Müller ist aufgeregt: Eric, vormals Erich, Golden, Emigrant, Freud-Hörer, später Jungianer und nach seiner Flucht nach New England eine Zeitlang sogar Mitstreiter des Wilhelm Reich. Noch vor den Hippies hat er sich wieder Vater Freud zugewandt, und als gehöre das dazu, ist er auf Zuruf eines Bundeskanzlers in den siebziger Jahren nach Wien zurückgekehrt.

Lehrstuhl, eine kleine, feine Abteilung hier auf dem Steinhof. Golden sollte durch kaum etwas zu erschüttern sein, denkt Müller, aber sie sieht das Gegenteil. Professor Eric Golden wirkt innerlich zerfurcht und sieht sie mit großer Anspannung an, während er diesen nur vordergründig seltsamen Begrüßungssatz zu ihr sagt:

»Willkommen am Vogelberg.«

»Wen meinen Sie denn, die Patienten oder die Vögel?« fragt Müller vorsichtig lächelnd.

»Die Vögel«, sagt der Arzt versonnen.

»Aber die Krähen sind doch gar nicht da.«

Die Krähen vom Steinhof sind ein inoffizielles Wahrzeichen des äußeren Wien. Die Krähen sind Russen, die nur im Winter auf den Ufern und Wiesen von Wien lagern, um einen Hauch von atlantischer Milde mitzubekommen, ehe sie im April die schwarzen Planen ihrer Flügel wieder für die Reise ins Innere des Kontinents aufspannen.

Elisabeth Müller ist während ihrer Studienzeit einmal eigens mit einem Liebhaber zu Sonnenuntergang auf den Steinhof gefahren, um den Krähentanz von der Nähe zu sehen. Gegen fünf Uhr sammeln sie sich auf dem Himmel von Wien, der vom Steinhofer Hügel her völlig einzusehen ist, und kehren in riesigen Scharen auf die borstigen Kuppen hinter der Nervenklinik zurück: Da schlafen sie. Es ist wahr, daß die untergehende Sonne von den Schwingen dieser Krähen völlig verdunkelt wird. Es ist ein beeindruckender, aber auch ein sehr trauriger Anblick.

»Es ist doch Sommer, Herr Professor.«

»Warum alle immer denken, ich spreche von den Krähen?« sagt der Professor mit milder Stimme. Er scheint geradezu dankbar, über Ornithologie sprechen zu können, als wäre er damit sein hauptsächliches, sein so drängendes Thema einen Moment lang los: »Schauen Sie doch da hinaus.«

Mit einer gebrechlichen Altherrenhand nimmt er Elisabeth Müller am Arm, zieht sie sanft ans Fenster seines mit Archivkästen vollgestellten Büros und deutet nach draußen.

»Und wer sind die hier?«

Müller schaut und sieht die Sicheln am Himmel.

Die hier sind die Mauersegler. Hunderte Kamikazeflieger, denkt Müller, und jeder hat hundert Leben, weswegen ihnen nichts passiert.

»Zweihundert Stundenkilometer«, raunt der Professor neben ihr, »und dabei sind ihre Ziele nur millimetergroß.«

Müller konzentriert sich auf die Flugbahn eines der Mükkenjäger, und obwohl sie seine mutmaßliche Beute nicht auszumachen vermag, sieht sie doch, wie er in einem Neunziggradwinkel seine ursprüngliche Flugbahn verläßt, direkt auf das Anstaltsgebäude zuschießt und erst dreißig Zentimeter vor der Fassade wendet, immer mit derselben halsbrecherischen Geschwindigkeit, um schließlich in Richtung der verwinkelten Giebellandschaft der Klinik zu verschwinden.

Jedes andere Lebewesen würde bei diesem Tempo zu Tode stürzen.

»Ich liebe Mauersegler«, sagt der Psychiater, »und weil ich im Winter kaum in Wien bin, nenne ich den Steinhof nur ihretwegen den Vogelberg. Mauerseglern kann nichts passieren, bis jetzt.«

Der Arzt macht eine Pause. Müller stutzt.

»Sie schienen mir immer an den Fäden Gottes zu hängen.«

»Sie glauben an Gott?« fragt Müller.

»Ich kenne keinen alten Mann, der nicht in der einen oder anderen Form an Gott zu glauben beginnt. Aber je später man es tut, umso hartherziger wird Gottes Angesicht.«

In diesem Satz ist die Unsicherheit des Psychiaters wieder verschwunden. Er ist wieder reine Autorität, mit einem Schuß Schlitzohrigkeit.

»Also, Sie möchten zu Ihrem Lebensgefährten?«

»Ja, seit drei Tagen«, sagt Elisabeth Müller.

Es ist jetzt Dienstag. Die Wellen da draußen, denkt Müller, sind irgendwie geglättet. Die große Aufregung ist abgeklungen seit jener Nacht, nicht nur in ihr, und der Sorge gewichen. In dieser Nacht auf vergangenen Samstag haben so viele Bekannte (von ihr, von Joe) angerufen, daß sie aufgehört hat, ans Telefon zu gehen. Es war, als hätten alle Bekannten die bösartige Stimme ihres Schatzes und seine rasiermesserscharfen Worte gehört und wollten sie, Müller, darauf aufmerksam machen.

Sie selbst ist damals, ihrer Eingebung folgend, ins Studio gefahren, von wo Joe bereits abtransportiert worden ist. Sie hat nur noch Amie vorgefunden, Joes langjährige Redakteurin, die eifersüchtig auf Müller ist, seit Müller und Joe sich kennen, völlig gebrochen, von einem Notarzt betreut, umringt von ratlosen (und dennoch, wie es Müller vorgekommen ist, irgendwie schadenfrohen) Kollegen.

Mit diesen Mitarbeitern war zu der Zeit kein Gespräch zu führen.

Die Grunddaten des Zusammenbruchs hat man den nächtlichen Sinnfetzen gut entnehmen können: Ihr Joe, ihr Medienstar, ist Amok gelaufen.

In den paar Minuten, in denen sie selbst die Sendung gehört hat, ist er ihr, die sie ihn in zynischen Stunden wohl kennt, fremd, ganz fremd vorgekommen – irgendwie *benützt*, war es das?

Dann war schon am Nachmittag dieser kryptische Anruf: Brustwarze verschwunden, verletzt, zusammengeschlagen?

Von wem? Alles ist sehr bizarr. Müller lehnt das Bizarre ab. Es steht ihr im Weg. (»... einen Minister der Inzucht beschuldigt, stell dir vor, einen Flüchtlingshelfer zu Tode beleidigt, und nicht nur den, stell dir vor, zehn andere Leute auch ...«) Sie selbst hat die Sendung kaum gehört, was wirklich war, kann sie nicht sagen, also: zu Joe. Joe sehen, ihn berühren, ihn fragen.

Daß er am Steinhof ist, weiß sie schon seit dem späten Besuch im Studio. Noch in derselben Nacht hat sie telefoniert.

Nur ein Portier: »Unmöglich, gnä' Frau, auch nicht für Angehörige, er liegt isoliert.«

Samstag nachmittag kriegt sie einen jungen, unterkühlten Arzt an den Hörer, der ihr wenigstens so etwas wie die offizielle Version auftischt, daß nämlich Joe sich mit einem schweren Zusammenbruch in Behandlung bei Professor Golden befindet. Besuche seien im Augenblick absolut unmöglich. Sonntag dasselbe.

Erst heute früh ist überraschend der Professor Golden mit seiner sanften Stimme selbst am Telefon gewesen.

»Ich weiß, wer Sie sind, Frau Dr. Müller. Man hört Interessantes über Sie. Das Stipendienprogramm der Akademie ist auf Ihrem Mist gewachsen? Alle Achtung!«

»Sie wissen ja eine Menge.«

»Ich gestehe, bis gestern habe ich es noch nicht gewußt«, hat Golden geantwortet. »Ich habe mich umfassend informieren müssen. Ihres Freundes wegen.«

Nicht nur diese Bemerkung, allein die Tatsache, daß der Professor höchstpersönlich ihren Josef betreut, hat Müller das Staatsaffärenhafte an dem Ganzen verdeutlicht.

»Natürlich«, hat der Professor schließlich bemerkt, als habe es nie ein Problem gegeben, »natürlich können Sie zu ihm. Kommen Sie in mein Büro.«

Müller hat ihr kleines Auto bestiegen, das Radio nicht eingeschaltet und ist ihren unerwünschten, bizarren Gedanken weiter nachgegangen. Sie hat ja eigentlich befürchtet, daß alle Zeitungen voll mit Joes Amok sein würden. Aber nichts war. Angeblich hat ein Konkurrenzsender am Samstag kurz über den Ausbruch des Stars berichtet, aber sogar der hat die Geschichte wieder fallengelassen. Als habe ein großes Vergessen eingesetzt. Oder als habe man sich stillschweigend geeinigt.

Das Schweigen über diese Nacht ist groß, und selbst über die ungeheuerlichste ihrer Folgeerscheinungen, daß nämlich der betreffende Minister am nächsten Tag in seiner Garage Selbstmord begangen habe, sind die Gerüchte verstummt.

Erst heute, am Montag (diesem von den recht uninteressanten Wahlergebnissen völlig verstellten Tag), ist eine Notiz in der Zeitung: Herzversagen im Auto, Gott sei Dank noch ehe die Straße erreicht wurde und andere Leute hätten hineingezogen werden können. Das hat Müller vorhin auf dem Weg zum Steinhof an einer roten Ampel in der Morgenzeitung gelesen. Übereinstimmung? Müller ist klug und mißtrauisch.

Der Minister sei von seinem höchsten Sektionschef einstweilen gut vertreten ... Was ist mit den Abertausenden, die sich angeblich in jener Nacht über Joes Beschimpfungen, seine Ausfälligkeiten und Beleidigungen empört haben? Schweigen. Alle halten still. Als verhielte sich die Öffentlichkeit und ihre vielen Stimmen wie *ein* großer, aufeinander abgestimmter Organismus.

Ein Verdikt aus ihrer Kindheit ist angesichts all dessen durch Müllers Kopf gegangen: *Darüber spricht man nicht.* Und jetzt hier, vor diesem vielleicht berühmtesten aller hiesigen Seelenärzte, dessen Berufsethos darauf beruht, über *alles* zu sprechen, was ist hier?

Spätestens beim Blick in die sandbraunen Augen des alten Professors hat sie bemerkt, daß etwas sehr Gravierendes los sein muß. Aber weiß Golden selbst, was?

Noch immer stehen die beiden nebeneinander am Fenster und schauen den Mauerseglern nach, als der Professor sich plötzlich wie ein elektrischer Kreisel zu ihr umdreht und losschnarrt: »Mit wem hat er in den letzten Wochen Kontakt gehabt, so sagen Sie schon!«

Müller ist verblüfft.

»Woher dieses Wissen!? Hat er andere Medienleute getroffen, ich meine solche, die er sonst eher nicht trifft? Hat er Berührungen zu Auskunft- oder Detektivbüros gehabt? Hat er mehr Geld verdient als sonst? Ist er mit irgendwelchen politischen Gruppierungen in Verbindung gestanden? So sagen Sie schon!«

Der Arzt schreit jetzt beinahe. Müller faßt sich.

»Hören Sie sofort mit diesem Ton auf!« fährt sie Golden an. Der zuckt zusammen und verstummt. »Ich habe keine Ahnung, wovon Sie sprechen, ich kenne das Problem meines

Lebensgefährten nicht. Sie haben mich zweieinhalb Tage hingehalten und behandeln mich jetzt wie eine Verbrecherin. Ich verbitte mir das. Ich will zu Josef.«

Jetzt ist ihr leichter. Auch Legenden wie Golden kann man zurechtrücken.

Der Professor schaut sie mit offenem Mund an und setzt sich schließlich hinter seinen Schreibtisch. Er macht ein bekümmertes Gesicht.

»Verzeihen Sie, Frau Doktor«, sagt er, »aber es geschehen seltsame Dinge. In dieser Anstalt und außerhalb. Meine Nerven sind dünn, und glauben Sie mir, das ist in den vergangenen sechzig Jahren nicht mehr so oft vorgekommen. Ich bitte in aller Form um Entschuldigung.«

Eric Golden sieht jetzt tatsächlich aus wie ein begossener Pudel. Müller muß lächeln.

»Was ist denn nun Ihr Wissensstand, Frau Doktor Müller?« fragt der Arzt.

»Daß er wie jeden Tag seine Radiosendung gemacht und offenbar über die Stränge geschlagen hat. Daß er scheinbar eine Art Anfall, wovon, weiß ich nicht, gekriegt hat, und daraufhin zu Ihnen gebracht wurde. Daß man sich eine Nacht lang drüber aufgeregt hat, um jetzt sichtlich wieder zu verstummen.«

»Österreich ist ein stilvollendetes und diskretes Land. Das ist einer der Gründe, weswegen ich zurückgekommen bin«, wirft Professor Golden doppelbödig ein.

»Ich nehme an, mein Freund ist Opfer seiner eigenen Masche geworden«, schließt Elisabeth.

Der Arzt holt tief Luft: »Ihr Lebensgefährte Herr Eidlberger hat in jener Nacht mehreren bekannten Personen unappetitliches, sogar verbrecherisches Verhalten vorgeworfen. Das hat seine Hörerschaft zum Teil empört, zum Teil in Panik gestürzt. Das Auffallende daran aber ist, daß er ...« Golden macht eine Pause; als er fortfährt ist seine Stimme grau, klein und trostlos: »... daß er mit jedem seiner Worte offenkundig recht gehabt hat. Seine sogenannten Opfer haben uns daher vielleicht weniger leid zu tun, als die Herkunft dieses Wissens für die Republik möglicherweise ein echtes Problem darstellt.«

»Aber woher sollte er all das ...«, beginnt Müller.

»Ich weiß selbst gar nichts. Die Damen und Herren, die mich noch in derselben Nacht aus dem Schlaf gerissen haben, sind der Überzeugung, daß der vielgehörte Moderator Joe Eid der Hebel einer Art Verschwörung sein muß. Selbst ...«

»Und was denken Sie?«

»Ich bin Arzt. Ich untersuche einen Kranken. Oder doch einen Verwirrten, der im Interesse der öffentlichen Sicherheit so schnell wie möglich für krank erklärt werden soll.«

Müller staunt über die entwaffnende Ehrlichkeit ihres Gegenübers. Der scheint es zu bemerken und sagt: »Dieselben Damen und Herren erwarten nicht, daß ich Ihnen all das sage.«

»Und warum tun Sie's?«

»Ich wiederhole: Das Stipendienprogramm der Akademie – alle Achtung!« Eric Golden zwinkert. Und wird wieder todernst: »Selbst wenn das mit der Verschwörung stimmt, so dürfte ihr Freund doch psychischen Schaden an der Geschichte genommen haben«, sagt er dann. »Sein jetziger Zustand entspricht der kompletten Erschöpfung nach einer unversehens ausgebrochenen, sehr ernsten Schizophrenie, Frau Doktor Müller. Zudem liegen mir Berichte vor, daß er unnatürliche Kräfte entwickelt haben soll. Und bei unserer ersten Begegnung hat er mir fast den Eindruck gemacht ...«

Der Professor verstummt.

»Was für einen Eindruck?«

»Nun, eines Phänomens, das die europäische Psychotherapie vollkommen leugnet. Meine angelsächsischen Kollegen sind etwas offener dafür. Ich spreche von Persönlichkeitsspaltung. Also von einer zweiten Persönlichkeit, die sich rasant in der Seele Ihres Lebensgefährten entwickelt. Die die erste Persönlichkeit zu überlappen, vielleicht sogar aufzufressen droht.

Müller ist es eiskalt. »Ich will ihn sehen«, flüstert sie.

Golden ist noch nicht ganz fertig: »Aber verstehen Sie mich richtig, ich habe Ihren Freund nur eine kurze Weile in etwas gesehen, was einem Wachzustand nahekommt. In den vergangenen Tagen ist es völlig zum energetischen Einbruch gekommen. Er liegt da und schweigt. Er weint nicht, er lacht nicht, er schreit nicht, er schläft auch kaum, er dämmert nur. Er ist ein reiner Stoffwechsler. Das einzige, wonach er verlangt, ist Brot, immer wieder.«

Müller schluckt.

»Ich habe geglaubt, mehr zu erfahren, darum wollte ich niemanden, nicht einmal Sie, zu ihm lassen. Auch bei den Behörden gibt es genug Neugierige. Aber ich fürchte manchmal, wir werden gar nichts mehr erfahren. Gehen wir jetzt. Sie haben lange genug gewartet. Sie können ihn sehen.« An der Tür sagt er noch: »Spaß werden Sie keinen haben.«

Müller wappnet sich.

Die beiden benützen einen Aufzug, der sie ins Erdgeschoß zurückbringt. Sie folgen einem Korridor, biegen um eine Ecke, folgen einem weiteren Korridor. In diesem Abschnitt der Anstalt ist es gespenstisch ruhig. Wenn Müller sich anstrengt, hört sie von draußen die Schreie der Vögel.

Der Professor holt einen Pfleger aus einem Zimmerchen, der geht ihnen jetzt voran. Der Pfleger schließt eine Tür, die drittletzte in diesem Korridor, auf.

Joes Raum ist lang und schmal. Vor seinem Fenster blüht eine Hollerstaude. Joes Bett ist ein Käfig mit Gittern aus festen Stricken, die an einem Aluminiumrahmen befestigt sind.

»Es ist nur ...«, sagt Golden.

»... zu seiner Sicherheit, nicht?« sagt Müller.

Golden bleibt solange im Raum, bis er weiß, daß auch Müller, die sich einen Sessel ganz nahe an Joes Bett gezogen hat, bei diesem keine Reaktion hervorruft.

Joe liegt in vollkommener Apathie am Bett. Er trägt keine Zwangsjacke, aber einen Sicherheitsgurt, der die Arme an den Rumpf fesselt.

Golden und der Pfleger verlassen den Raum und warten, auf ihre Schuhe schauend, eine lange Weile vor der Tür.

Joe atmet flach. Müller studiert sein eingefallenes, breites Gesicht mit den schwarzen Bartstoppeln. Die Lider der Augen sind bis auf schmale Schlitze geschlossen. In diesen Schlitzen ahnt sie etwas wie einen milchigen Glanz. Und dann ...

Ja. Eine Bewegung.

Joe sieht sie. Er wendet den Kopf langsam nach rechts. Er stemmt seine Lider einen weiteren Millimeter auf. Müller kann jetzt ein bißchen von seinen Augen sehen. Die sind trüb und furchtbar wund.

»Josef«, macht sie leise.

»Ah«, macht Josef. Das ist ein herzerweichender Laut. Ein »Ah«, klein, tönern und voll erschöpfter Erleichterung, der Laut eines schlimmen Buben, der im Arm seiner Mutter einschläft.

Müllers Hand schlüpft ins Innere des Käfigs aus Stricken und findet Joes gefesselte Hand. Die ist sehr warm und ihr Druck beängstigend schwach, aber vorhanden.

Joe schläft jetzt tatsächlich ein. Sein Atem wird ein bißchen tiefer.

Professor Golden und der Pfleger bemerken all das nicht, weil beide auf ihre Schuhe schauen und der Wachsamere von beiden außerdem auf die Schreie der Vögel lauscht.

11.
Hotdog

Der Donau-Oder-Kanal in der Wiener Lobau, oder vielmehr seine drei stehengelassenen Teilstücke, haben ein Dschungel-Ende und ein Schrebergarten-Ende. Letzteres reicht in die Ortschaft Groß-Enzersdorf hinein.

Groß-Enzersdorf liegt gerade vor der Stadtgrenze von Wien, gehört aber dennoch zum Weichbild der österreichischen Bundeshauptstadt. Auf den wenigen verbliebenen Feldern zwischen Groß-Enzersdorf und der Metropole lassen die Bauern bereits eifrig ihr Land umwidmen. Architekten entwerfen Mustersiedlungen. Die Ortschaft fasert aus.

Die Kleingartensiedlung am Donau-Oder-Kanal indes ist ein seit Jahrzehnten gewachsener Verbund. Die Parzellen sind schmale Streifen, die einer neben dem anderen das wannenartig gemauerte Bett des Kanals säumen. Die Holz- und Betonhütten müssen den Gesetzen größtmöglicher Raumausnützung folgen. Die Menschen am Donau-Oder-Kanal haben ihre Parzellen von wunderlichen Vorfahren geerbt, und je mehr Zeit sie selbst hier verbringen – erst nur Wochenenden und Schulferien, später im Ruhestand den Großteil der Tage –, um so wunderlicher werden sie selbst.

Der Herr Herbert ist einer von diesen Wassernachbarn. Herr Herbert ist schon älter, seit diesem Mai 74 Jahre alt. Seit bald zwei Jahrzehnten lebt er als Witwer, doch das hat ihn nicht geknickt. Der Herr Herbert, kinderlos und ohne echte Freunde, ist noch heute ein Beau, und hat er früher schon seine Frau bei jeder möglichen Abzweigung betrogen, so geht er jetzt in aller Offenheit seinen amourösen Wegen nach, die seit ein paar Saisonen zugegebenermaßen fast nur noch zu käuflichen Adressen führen.

Der weibliche Kontakt erhält Herrn Herbert auf eine schmierige Weise stramm: Seine Anzüge läßt er regelmäßig putzen, alle zwei Jahre kauft er sich im Frühjahr einen neuen Panamahut. Er raucht Kent, und auf seine Junior-Tomaten, die er hinter seiner Hütte am Donau-Oder-Kanal zieht, ist er stolz. Seine Pension als ehemaliger Portier in einem Schreibtisch-Depot der Wiener Gemeinde reicht aus, um auch die Huren manchmal ins Budget aufzunehmen. Herr Herbert ist mit seinem Seniorendasein zufrieden. Weil er weiß, daß auch zum betagten Beau die Kondition dazugehört, geht er jeden Morgen siebzig Minuten lang spazieren.

Auch am Dienstag, dem 15. Juni, bricht er um neun Uhr dreißig auf, folgt dem Fahrradweg längs des Kanals, bis er bei einer Stelle, die man den Ebergraben nennt, einen kleinen Fußweg in das wild wuchernde Landschaftsschutzgebiet der Lobau nimmt. Im Wald folgt der Herr Herbert wie jeden Tag dem Kanal in seine wildere Hälfte hinein. Er überquert ihn auf einer morschen Holzbrücke.

Sein Weg ist tagtäglich derselbe. »Konstanten«, sagt der Herbert gern, und streichelt dabei seinen schmalen weißen Schnauzer, »Konstanten erhalten akkurat.«

Er verläßt den Wald, quert ein große Wiese auf dem dafür vorgesehenen Spazierweg, läßt sich einige Minuten auf einer Rundbank, die eine alte Kastanie umschließt, nieder und tut so, als würde er die Landschaft betrachten, während er in Wahrheit seinen eigenen, eitlen Lebensentwurf betrachtet.

Konstanten erhalten akkurat, denkt Herbert wieder einmal. Er bildet sich ein, daß die Damen diese scharfe Wort gern aus seinem Mund hören. Er will schon wieder aufstehen, um wie immer denselben Weg zurückzuspazieren, als er in die Flugbahn einer Existenz gerät, die den Rest seines Lebens grundlegend verändern wird.

Die Stimme kommt ganz aus der Nähe:

»Oh, alter Mann, Sie sind endlich da!«

Der Herr Herbert schrickt auf seiner Bank zusammen und schaut panisch in alle Richtungen.

Es ist die Stimme einer jungen Frau. Aber als er vorhin über die große Wiese gekommen ist, hat er keine Menschenseele gesehen; es ist noch zu früh für die Massen, wie er weiß.

»Wer ...«, beginnt er.

»Na komm schon, denk nach, alter Mann, wo kann ich schon sein?«

Natürlich. Sie muß auf derselben Bank sitzen, auf der anderen Seite der Kastanie.

»Wie kann ich dienen?« fragt der Herbert. Er steht, unruhig an seiner Kleidung nestelnd, da und überlegt, ob er links oder rechts um den Baum herum gehen soll.

»Laß deine rissigen Lippen auf meiner schwitzenden Haut verweilen.«

Hustend bricht Herr Herbert auf. Nach links. Die Frau, die auf der anderen Seite sitzt, hat nichts außer Strümpfen, Strumpfbändern und einem Nietengürtel um die Taille am Körper. Haarnadeln halten ihre halblangen Haare zusammen. Ihr breiter Mund steht heiter offen.

»Alter Mann, es wird Zeit.« Die Arme hat sie über ihren Brüsten verschränkt.

»Verlangst' was?« fragt der Herr Herbert atemlos. Er spürt sein Herz rasen. (Ist das Kondition? fragt er sich.)

»Ja, ich verlange sehr viel«, sagt sie. Dann kichert sie.

Sie springt auf. Sie sorgt dafür, daß alles sehr schnell geht. Herr Herbert kann kaum folgen. Sie duckt sich, greift mit der linken Hand in sein Hosenbein und reißt so fest an, daß der Herr Herbert auf den Rücken fällt. Sie packt seinen Fuß. Dann geht es los. Sie rennt wie ein Pferd und schleift ihn hinter sich her. Wenn Herbert die Augen aufbekommt, dann sieht er zwischen die Beine der Rennenden. Er findet diesen Anblick grauenhaft. Ihre Scham schillert grün. Und die Frau kreischt so laut.

Herrgott, irgendwer muß doch aufmerksam werden, denkt Herbert. Aber anscheinend wird niemand aufmerksam. Herbert spürt, wie sein Schädel über ein scharfe Erhebung – eine Wurzel? einen Stein? – hüpft. Ein leckender Schmerz macht sich in seinem Nacken breit.

Ich habe eine Schädelbasisbruch, denkt er.

Einen Schädelbasisbruch!

»Ja, bleib doch stehen!« brüllt er verzweifelt.

Sie tut, was er sagt.

Sie bleibt stehen, und Herberts Fahrt endet mitten in einer Wiese aus blühendem Löwenzahn. Dann ist sie über ihm.

Für seinen Rückweg braucht Herr Herbert länger also sonst. Die Hose seines grauen Anzugs hängt in zwei getrennten Beinen um seine Füße. Sein Unterleib ist blutig, wie auch sein Kopf, obwohl er keinen Basisbruch, sondern nur eine Platzwunde hat. Von dieser Wunde tropft Blut auch auf den Rücken seines Jacketts.

Aber der Herr Herbert spürt keinen Schmerz. Er hat ein Ziel und er hat einen Wunsch: Herbert will viel Fleisch. *Fleisch.* Nach langem, mechanischen Humpeln erreicht er den Waldrand. Er sieht die ersten Häuser von Groß-Enzersdorf. Aber Herbert hinkt nicht seiner Parzelle zu. Er geht die Erlenstraße nach rechts, wo an der zweiten Kreuzung ein Imbiß-Stand namens Buren-Toni steht. Der Name des Standes bezieht sich nicht auf die Kolonialisten Südafrikas, sondern auf die Burenwurst, für welche der Toni berühmt ist.

Einige Leute verfolgen den langen Weg des blutigen, halbnackten Herbert an die Theke des Buren-Toni. Ihre Gesichter blicken fassungslos.

»Vier Burenwürste«, sagt Herbert fast stimmlos, »süßen Senf und zehn heiße Pfefferoni.«

»Bist du deppert!« ruft der sechsundneunzig Kilo schwere Buren-Toni aus, als er seines Kunden ansichtig wird.

»Bin ich nicht«, sagt der Herbert.

Er will nicht länger warten. *Fleisch.*

Der blutende Gast packt den Inhaber des Würstelstandes mit zwei zu Haken gebogenen Fingern in den Nasenlöchern und zerrt ihn zu sich. Seine andere Hand ergreift die sogenannte Hotdog-Maschine und schiebt sie in die Mitte der Theke.

Die Hotdog-Maschine dient zur Herstellung klassischer europäischer, also ausgehöhlter Hotdogs. Sie besteht aus einer Bodenplatte mit vier erhitzbaren Eisenpfählen. Ein guter Würstelmann hat sie immer eingeschaltet, weil sie zum Aufheizen eine Zeitlang braucht.

Jetzt steht die Hotdog-Maschine genau unter dem erstaunten Gesicht des Buren-Toni. Das Staunen gilt der unnatürlichen Kraft des blutenden alten Mannes. Der Toni weiß selbst nicht, weshalb er sich nicht wehren kann.

Dann hört das Staunen auf, denn der alte Mann senkt seinen Arm und drückt Tonis Kopf nach unten. Zwei der Eisenpfähle wandern flott durch Tonis Gehirn und kommen aus der Decke des kahlgeschorenen Schädels hervor. Die Farbe Rot verbreitet sich inflationär im Inneren des Würstelstandes. Der bärenstarke Toni kann nicht einmal schreien, weil der vordere der Pfähle seinen Kehlkopf zertrümmert hat.

»Grrr«, macht er nur, bevor er stirbt. Die Großmutter hingegen, die ihrem siebenjährigen Enkel ein Eis kaufen wollte, schreit umso lauter.

Der alte Mann, der ein Ohr vom gut fixierten Schädel des Toten heruntergerissen hat, um darauf herumzukauen, dreht sich erstaunt um.

Dann fällt er um und stirbt selbst. Sein Herz. Ist das Kondition?

Das Wesen, in dessen Flugbahn er zwei Stunden zuvor geraten ist, verläßt ihn voll Verachtung.

Einmal waren die alten Männer stark.
Einmal waren sie stark und weise.
Eisern und geschliffen vom langen Leben.
Und jetzt?

Die Polizei ist eine halbe Stunde später da. Zwei Mannschaftswagen voller Uniformen, ein alter Opel mit einer gebeugten Kommissarin.

Die prägt sich das Bild vom Tatort gut ein. Solche Tatorte sind nicht häufig.

Ein Uniformierter tritt an sie heran: »Die Oma sagt folgendes: Sie ist mit dem kleinen Benny wegen dem Eis her, das kommt öfter vor. Na, wie sie fast da ist, hört sie den Alten zum Würstlsieder sagen: ›Nein, bin ich nicht.‹ Dann spießt der Alte den Würstlsieder auf, reißt ihm das Ohrwaschel ab, will's fressen und fällt selber um.«

»Wohl Herzversagen«, unterbricht der Mediziner, der neben dem Herrn Herbert kniet.

Im offenen Opel läutet das Telefon der Kommissarin.

»Opfer tot, Täter auch«, sagt sie in den Hörer, »Blut überall.« Dann hört sie eine Weile zu. »Schon wieder Lobau?« fragt sie dann.

Sie steigt ein und fährt los.

12.
Am Vogelberg (II)

»Gleich sind wir da«, keucht etwa zur selben Zeit der Professor Eric Golden, der mit seiner Besucherin Elisabeth Müller noch einen Spaziergang unternommen hat.

Müller ist eine halbe Stunde allein neben dem endlich tief schlafenden Joe gehockt und hat dessen Hand gehalten. Dann ist sie hinaus und hat dem Professor gesagt: »Er schläft. Tief.«

»Wirklich?« hat Golden gefragt und es zusammen mit dem Pfleger überprüft. Joe schlief ganz tief.

Vor dem Haupttor hat der Professor schließlich gefragt: »Haben Sie noch zwanzig Minuten für mich? Ich meine, weil Sie sich ja mit Vögeln auch ein wenig auszukennen scheinen ...«

»Wollen Sie mir Ihre Papageien vorführen?« hat Müller etwas respektlos gefragt.

»Etwas Interessanteres«, hat Golden geantwortet, und dann sind sie los.

Solche Vorsommertage beschreiben die französischen Romanciers des 19. Jahrhunderts am liebsten, wenn sie eine Kulisse für das kurze Glück ihrer Helden suchen. Goldenes Licht auf den letzten Blütenständen der Kastanien. Kleine, harmlose weiße Wolken wie Schriftzeichen in einem klaren blauen Himmel. Die ziegelroten Pavillons der Nervenheilanstalt liegen unter diesem Himmel im bukolischen Grün verstreut wie eine Märchensiedlung. Eine dicke Frau, die eine Fahne trägt, läuft über eine nahe Wiese. Alles atmet Heiterkeit.

»Wohin?« hat Müller gefragt.

»Da hinauf«, der Professor Eric Golden geantwortet und auf die Kuppe eines Hügels gezeigt.

Da oben steht ein kleiner, vereinzelter Pavillon, dessen eine Seite ganz vom Efeu überklettert ist.

»Sind da auch Patienten?« fragt Müller, jetzt selbst schon ein bißchen atemlos.

»Nein, da sind die Werkzeuge unserer Gärtner drin. Und ich nehme an, daß auch der eine oder andere unserer Insassen seine Pornohefte hier versteckt.«

Sie haben die von Schlingpflanzen freie Südmauer des Pavillons erreicht.

»Und jetzt?« fragt Müller kurzatmig. Sie bemerkt plötzlich, daß Golden eine Schuhschachtel unter dem Arm trägt.

»Jetzt darf ich Sie bitten, mit mir ein paar Augenblicke zu warten, bis das eintritt, was ich Ihnen zeigen möchte. Von hier aus sieht man es einfach am besten. Vielleicht wollen Sie sich die Zeit mit mir vertreiben und weiterhin den Flug unserer Mauersegler studieren.«

Müller seufzt, aber sie tut es. Sie sieht die Vögel, wie sie vom anderen Ende der Wiese kommen, dort, wo der langgestreckte Männerpavillon steht, den sie verlassen haben. Dort fallen sie fast bis zum grasbestandenen Erdboden herab, flitzen jagend über das Grün und richten ihren Flug erst knapp vor der Mauer des Gebäudes, vor dem sie jetzt stehen, wieder senkrecht nach oben. Über der Wiese beschleunigen sie auf Höchstgeschwindigkeit. Müller hat manchmal den Eindruck, als flögen kleine Geschoße auf sie zu, um sie erst im letzten Augenblick zu verschonen.

Sie schielt zu dem alten Wissenschaftler neben ihr. Der wartet und beobachtet. Er wirkt ganz ruhig.

Müllers Blicke gehen wieder zum Männerpavillon zurück. Sie entdeckt das Fenster, das zur Hälfte von einer buschigen Hollerstaude verdeckt ist. Die Flügel stehen offen, zwischen den weißlackierten Gitterstäben weht eine Gardine hervor. Müller fragt sich, ob Joe jetzt träumt.

Pock, macht es neben ihr, ein hartes, trockenes und endgültiges Geräusch. Sie wendet sich um und sieht am Fuße der Ziegelmauer den sterbenden Vogel. Die Flügel schwirren noch einen Augenblick. Ein heiserer Schrei, dann ist es aus.

»Er ist ...«, beginnt Müller.

Pock. Und ein drittes Mal: pock. Zwei weitere Mauersegler sind gegen die Wand gerast. Sie flirren und sterben.

»... er ist mausetot«, vollendet Professor Eric Golden Müllers letzten Satz. »Und die beiden anderen auch.«

Müller schaut fassungslos in den Himmel, wo die übrigen Mauersegler jetzt schreiend und beinahe ziellos im Kreis rasen.

»Das passiert hier, seit Ihr Liebster unser Gast ist«, sagt der Professor bedauernd und legt die toten Vögel umsichtig in seine Schuhschachtel. »Es ist wirklich schade.«

MIMI

Angels eyes the ol' devil sent
They glow unbearably bright
Need I say that my love was misspent
Misspent on Angel eyes tonight
MATT DENNIS/EARL BRENT

13.
Ansicht eines Frontabschnitts

Die Dechantlacke ist keiner von den typischen, langgestreckten, mehr oder weniger bananenförmigen Altarmen der Donau, die noch an das schlangengleiche Mäandern des Flusses vor ein paar hundert Jahren erinnern. Die Dechantlacke erinnert von ihrem Umriß her eher an einen großen Patzen Spucke, der kraftvoll gegen eine Hauswand gespien wurde. Sie fasert an den Rändern aus wie eine Amöbe. Sie ist eine richtige Lacke. Nicht tief, aber weit, mit vielen kleinen Buchten. Die flachen Strandabschnitte der Dechantlacke sind schwer einzusehen, weil das, was der Wiener »Stauden« nennt, also dürftiges Strauchwerk, mit seinen feisten, hellgrünen Wassertrieben den weiteren Blick versperrt.

Die Dechantlacke ist seit vielen Jahrzehnten schon Zielpunkt der allsommerlichen Betriebsamkeit der Wiener Nudisten. Hier finden sie sich ein, nachdem die Unruhe sie aus ihren Wohnungen, von ihren Arbeitsplätzen, aus ihrem leidvoll bekleideten Stadt-Dasein hervorgetrieben hat. Hier schlüpfen sie glücklich aus ihren meist häßlichen (weil ungeliebten) Kleidungsstücken und nehmen das ein, was ihnen als persönlicher Idealzustand eines freien Menschen erscheint.

Zwischen den Stauden verteilen sie sich, liegen teils im Schatten der Urwaldriesen, teils in der prallen Sonne der Buchten, wo sie ihre haarlosen Leiber, seltsame Stilblüten einer zweibeinigen Evolution, vom Weißen ins Rosige grillen lassen. Körperanhängsel aller Art ungehindert an sich herumpendeln lassend, tapsen sie, hitzebedingt hirnverbrannt, in ihrem kleinen, alteingesessenen Reich umher, sie grillen und essen und trinken und sind betrunken, sie singen und brüllen. Sie sind also wie alle anderen Sommermenschen, nur haben sie nichts an.

Diese Entschlossenen schaffen sich selbst an einem Wochentag wie dem Dienstag, dem 15. Juni, Zeit für ihr Plaisir. Oder sie haben diese Zeit ohnehin längst, weil sie die Arbeit aus dem einen oder anderen Grund aufgegeben haben, oder die Arbeit sie.

Hier an der Dechantlacke ist ein neuer Frontabschnitt im Feldzug des Unerwarteten gegen Wien. Verächtlich hat es sich von seinem letzten Spielplatz, dem alten Mann von Groß-Enzersdorf, abgewendet. Mürrisch und mit seinem uralten Pesthauch, den es bei schlechter Stimmung um sich verbreiten kann, die Tiere und Pflanzen des Waldes erschreckend, ist es wie ein dunkler Schleier durch das Dickicht geschwebt, dem Südosten, dem Hauptstrom zu – dieser regulierten Steinwanne! sagt es sich erbost. Aber dann ist da doch wieder dieser Geruch von Fleisch, dieser ganz und gar *versöhnliche* Geruch, dem es so selten widerstehen kann. Viel Fleisch, zwar eingeöltes, sonst aber unverborgenes Fleisch – das Unerwartete, erstaunt und schon wieder gut aufgelegt, stößt auf die Dechantlacke.

Hier lagert, mitten unter den anderen Nackten, das Ehepaar Prochaska. Edi Prochaska, bald fünfzig, Schweißer, aus dem 15. Distrikt, und seine untersetzte, mit ihren 26 Jahren aber noch immer irgendwie jugendliche und weichhäutige Frau Olga aus Polen.

Die Geschichte des Ehepaars beruht eigentlich auf dem Entschluß von Olgas Bruder Jiri Dombrowski, 1989 bei der Öffnung des großen Einmachglases Ostblock nach Westen zu ziehen. Jiri, ebenfalls Schweißer, hat Wien gemocht und sich also beim Edi Prochaska verdingt, der ohnehin vorhatte, sich auf irgendeine Weise etwas aus dem aktiven Geschäft zurückzuziehen, um sich winters dem Pool-Billard und sommers der Dechantlacke widmen zu können. Drei Jahre später sind in Danzig die kranken Eltern des Jiri gestorben, und die noch nicht einmal zwanzigjährige Olga hat niemanden mehr gehabt. Hat sie der Jiri nachkommen lassen. Haben die Behörden Aufenthaltsgenehmigungsschwierigkeiten gemacht. Hat der Edi Prochaska, dem Jiri für seinen Fleiß verpflichtet, sie geheiratet.

Der Prochaska, eigentlich ein eherner Junggeselle, hat schon bald Freude an der Ehe mit Olga gefunden und ihr in den ersten vier, fünf Jahren mit großer Entschlossenheit eigentlich andauernd beigewohnt. Zweimal ist sie schwanger geworden, zweimal hat sie abtreiben müssen, weil der Edi Prochaska keine kleinen Kinder aushält. Vielleicht hat ihr das das Herz gebrochen, vielleicht war es auch alles zusammen, seit dem Sterben ihrer Eltern. Seit zwei, drei Saisonen nun hat sich Edis Feuer etwas gelegt, aber Olga besitzt für ihren Mann auch die Vorteile des Kochens und des Putzens, und mit derselben Wut, mit der er ihr in den ersten paar Jahren nachgestiegen ist, überwacht der Edi Prochaska nun das Einhalten dieser Pflichten. Sommers darf die Olga mit dem Edi zur Dechantlacke, obwohl sie sich für die allgemeine und die eigene Nacktheit dort noch immer geniert, aber dem Prochaska ist es lieber, sie holt sich an seiner Seite einen Sonnenbrand und macht ihm die Biere auf, als wenn sie zu Hause hockt und womöglich gar nix arbeitet.

Olga Dombrowski hat den Prochaska, ihren Mann vor dem Gesetz, niemals wahrhaft geliebt und mit den Jahren sogar hassen gelernt. Aber sie ist ein gläubiges Mädchen, und sie gesteht sich keine bösen Gedanken zu.

Die Prochaskas braten am Dienstag, dem 15. Juni, nebeneinander liegend in der nach einem regnerischen Wahlwochenende zurückgekehrten Vorsommersonne, zwischen ihnen ein halbleerer Sixpack und eine halb verzehrte Salami.

»Edi! Geh' ich jetzt baden«, sagt Olga leise.

»Moch wos d' wülst«, antwortet Edi, ohne die Augen zu öffnen. Er liegt auf dem Bauch. Mit dunklen Gefühlen betrachtet Olga das Muster von Eindrücken, die das rosa Waffelhandtuch auf dem dunkelroten Hintern Edis hinterlassen hat.

Olga wandert über das kleine Rasenstück, auf dem die beiden lagern, durch eine Gruppe junger Trauerweiden und Essigbäume zum steinigen Strand, an dem gerade niemand ist.

Olga ist allein. Sie kniet sich an den Rand des Wassers und betrachtet darin ihr Spiegelbild. In einem Spiegel, der sich leicht bewegt wie jetzt die Oberfläche der Dechantlacke, als gerade jetzt ein mildes Lüftchen darüber hinwegstreicht, in einem Spiegel, der also nicht starr die unansehnliche angebliche Wahrheit wiedergibt, in einem solchen Spiegel ist Olga Prochaskas Gesicht noch immer sehr schön, ein rundes, barockes Puppengesicht, in dem nur die Kleinheit der Augen, die herabgezogenen Winkel des Mündchens unangenehme Kontrapunkte setzen.

Aber auf einmal ... Da ist noch ein anderes Gesicht, sieht Olga. In ihrem eigenen Spiegelbild, oder darunter, unter Wasser.

Ein Gesicht mit grünen, leuchtenden Augen, aus denen grüner Balsam auch in Olgas Gedanken dringt.

Wir Frauen sollten uns keine Wohltat schuldig bleiben, nicht wahr, mein kleiner, nackter Schatz?

Ja, macht es erlöst in Olga Prochaskas Seele.

Ich liebe dich.

Ich liebe dich auch, denkt Olga.

Niemand ist an der kleinen Bucht zugegen, also kann auch niemand sehen, wie plötzlich der Kopf der am Wasser knienden Schweißersgattin von gepflegten, wunderschönen, aber unsichtbaren Händen in das seichte Wasser gezogen wird, eines nahezu endlosen Kusses wegen. Olgas Gesicht verschwindet darin. Ihre dunkelbraunen Haare verschwimmen auf der Wasseroberfläche zu einer Blüte.

Der Kopf bleibt sechs oder sieben Minuten unter Wasser. Olga sollte längst erstickt sein. Aber weil niemand an der Bucht ist, kann auch niemand staunen, als sie ihn dann doch, wenn auch langsam, wieder aus der Dechantlacke hebt.

Das Unerwartete ist durch Olgas kleinen Puppenmund in ihr Innerstes gedrungen. Es hat von innen die arme Frau gestreichelt, an den Brüsten und in der Mitte, es hat von innen seine grüne Kraft der geplagten Schwester aus Polen gereicht.

Olga ist jetzt von innen schwer bewaffnet. Um ihren Kopf ringeln sich ihre dunklen Haare. Ihr Puppengesicht ist wunderschön und tödlich. Langsam macht sie sich zu ihrem Lager und zu ihrem Mann Edi auf.

Als ihn das Wurstmesser zum ersten Mal in den sonnenverbrannten Hintern trifft, wirft sich der Schweißer Edi Prochaska noch herum und reißt die Augen auf. Er sieht das Gesicht der Frau, mit der er seit sechseinhalb Jahren verheiratet ist. Und obwohl er begreift, daß ihn diese Frau jetzt umbringen wird, kann er sie doch für den winzigen Bruchteil einer Sekunde noch wunderschön finden. Olgas Mund ist offen, ihre nassen Haare hängen ihr schlangenhaft ums Gesicht, ihre Haut ist so weiß, als hätte sie im ganzen Leben kein Sonnenstrahl getroffen.

Ihre Augen sind grün. Das ist mir noch nie aufgefallen, denkt Edi, und dann kommen die Stiche von vorn und machen einer nach dem anderen Schluß mit ihm. Solange er noch kann, schreit der Prochaska laut und schrecklich, und zwischen den Stauden erscheinen zahlreiche Gesichter.

Sekunden später steht ein gutes Dutzend aufgeregter Nudisten im Wald und spricht über Mobiltelefone mit der Polizei.

Als die Kommissarin am Tatort eintrifft, haben die Uniformierten den Strandabschnitt bereits weiträumig abgesperrt. Die Nudisten reden noch immer in ihre Telefone, nunmehr, um ihren Verwandten und Bekannten von dem zu erzählen, was sie gesehen haben.

Die Kommissarin tritt an die Absperrung, und bevor sie darunter hindurchgleitet, denkt sie noch: Wir sind Helden. Helden, weil wir *das hier* sehen, weil wir davon Zeugnis ablegen können, weil wir Kraft unserer Sinne erklären können: Das Böse ist wirklich. Deshalb sind wir Helden, denkt sie, so einfach ist das.

»Und?« fragt sie, als sie bei der Leiche des Prochaska ankommt.

»Er und seine Frau kommen schon seit Ewigkeiten hierher«, beginnt der Chef der Uniformierten, »Sie ...«

»Schneller«, sagt die Kommissarin.

»Gar nix«, sagt der Uniformierte ein bißchen beleidigt, »die Tante dort vorn, seine Frau, geht baden, kommt zurück, nimmt den Wurstfeitel und zerlegt den Typen. Aus. Wir haben zirka 14 Zeugen.« Die Täterin, ergänzt er, habe sich widerstandslos festnehmen lassen. Wo? Gleich vorn, am Wasser.

Die Kommissarin läßt den Schweißermeister Edi Prochaska wieder zudecken, weil sie schon ein paar kleine Fliegen auf ihm entdeckt hat.

Olga Prochaska hockt, noch immer nackt – und sehr weiß, wie die Kommissarin bemerkt –, am Ufer. Die Hände sind mit glänzenden Achtern hinter dem Rücken fixiert. Eine Puppe, denkt die Kommissarin. Olga Prochaska rührt sich nicht.

»Frau Prochaska?« beginnt die Kommissarin.

Olga schaut sich nicht einmal um.

»Hallo!« Die Polizistin stößt sie an der Schulter an. Keine Regung.

Sie bemerkt, daß ihre Täterin tot ist. Schon wieder, denkt die Kommissarin. Dann hört sie etwas Grauenhaftes: das Husten einer Toten.

Die Mörderin Olga Prochaska hustet tatsächlich im Tod und spuckt jenes Stück ihrer Zunge aus, das sie abgebissen und dann verschluckt hat, um zu ersticken und über die ganze Geschichte nicht mehr reden zu müssen.

Solche Dinge sehen, denkt die Kommissarin Mimi Sommer ein weiteres Mal, als sie schließlich in ihren Opel steigt, das macht uns zu Helden. Böse Helden, gute Helden? Superhelden jedenfalls.

14.
Porträt einer Heldin

Die Kommissarin Mimi Sommer, in der Vollendung ihres fünfunddreißigsten Lebensjahres begriffen, ist ein unansehnlicher Mensch. Von bösen Zungen wird sie zuweilen sogar *schiach* geheißen.

Vor ein paar Monaten hat Mimi eine Illustrierte gelesen. Darin stand ein populärpsychologischer Artikel über verwahrlosende Frauen: Es gebe einen Zustand der Unansehnlichkeit, ist da gestanden, der noch unansehnlicher als alle anderen sei. Und zwar jenen Zustand, in dem noch einzelne Reste an eine frühere, adrette Persönlichkeit erinnerten. Das mache die übrige Verwahrlosung besonders traurig. Später nämlich, nach jahrelanger Gleichgültigkeit gegenüber dem eigenen Äußeren, stelle sich wieder so etwas wie eine natürliche Reinheit des Unansehnlichen ein, geradezu eine Erleichterung verglichen mit jenem deprimierenden Zwischenzustand. In dem, wie Mimi fest überzeugt ist, sie selbst gerade mittendrin steckt.

Aber so wolltest du es, oder? – Nein, das nicht, ich wollte meine Ruhe. – Ja, eben. Was du jetzt hast, ist Ruhe. Ruhe ist Unauffälligkeit. – Bist du sicher? – Ja, schau doch: Die Superhelden haben aufgehört, mit dem Schwanz zu wedeln. – Das ist das Wichtigste, stimmt.

Solche Gespräche sind es, die hie und da in Kommissarin Sommers Kopf herumspuken. Aber jetzt, in der Jahreszeit, die ihren Namen trägt? Nein, da kann man nur brüten. Und ruhen. Ruhen. Das ist tatsächlich das Wichtigste.

Es ist warm. Um sie herum brütet alles andere auch. So liegt sie einfach da, in der Dämmerung, hinter herabgelassenen Jalousien, und starrt auf die Innenseite ihrer Lider, und das ist das Beste, was man tun kann, wenn man so aussieht wie Mimi, wenn man so allein ist wie sie.

Mimis Wohnung ist klein, ein Schlauch in einem Neubau am Donaukanal, zweiter Distrikt, der glänzenden Inneren Stadt gegenübergelegen. Autos grölen Tag und Nacht von der Oberen Donaustraße herauf, und wenn es nicht gerade unter Null hat, stinkt der Kanal. Aber Mimi denkt ohnehin, daß die Stadt ein krankes Monster ist, und da kann man gleich in einer ihrer schlimm verschlackten Hauptschlagadern hausen.

Am 15. Juni kommt Mimi von zwei Tatorten in ihre Wohnung, sperrt die Tür auf und steht in der Küche, schmale Anrichten links und rechts, sie geht geradeaus weiter, rechts Duschkabine, links Klo, und ist im einzigen richtigen Zimmer. Von dem geht ein Fenster auf die grölende Obere Donaustraße, ein Fenster, dessen schwarze Jalousien immer heruntergelassen sind, seit Mimi Sommer hier wohnt. Das Zimmer ist so schmal wie der Rest der Wohnung, aber scheinbar sogar noch schmäler, weil es vom Einbaukasten mit Mimis Sachen auf der rechten Seite zu einer Art Korridor zusammengedrängt wird.

Am Ende des Korridors, unter dem stets verdunkelten Fenster, kauert, breit und niedrig, Mimi Sommers Bett. Auf ihm liegen unsagbar weiche Decken aus teuren Stoffen, aus Kaschmir und Seide. Dazwischen liegen elf pfauenblaue Kissen herum. Dieses Bett ist das Schönste in Mimi Sommers Leben. Neben ihm kreiselt ein kleiner, zitronengelber Kunststoffventilator. Sein zirpendes Rotieren ist, vom verhaltenen Gegröle der Straße abgesehen, das einzige Geräusch in der Wohnung.

Wann immer sie kann, fällt sie zwischen ihren Jagden halbstundenlang in der Oberen Donaustraße ein, schaltet ihr Telefon ab, kriecht auf ihr Bett und brütet vor sich hin. Dinge fallen ihr zufällig ein, richtig kluge Dinge, ganze dicke Fälle hat sie auf diese Weise gelöst, aber das Nachdenken über sich selbst, diese gewissen Spukdialoge, das verscheucht sie.

15. Juni, Viertel nach drei. Würstelstand und Nudistenteich. Nicht eben wenig für einen Dienstag. Und beide Mörder sind irgendwie schneller gewesen als ich. Ex und weg. Na ja, egal.

Mimi Sommer, vor nicht ganz 35 Jahren zu Ehren eines Schlagersternchens auf den, wie sie bis heute findet, lächerlichen Namen Mireille getauft (und schon damit, wie sie manchmal denkt, auf einen unsympathischen Weg geschickt), Mimi Sommer, Juristin im Sicherheitsbüro, Ermittlerin mit dem geheimen Fachgebiet *Unappetitliche-Sachen-die-sonst-keiner-will*, Mimi Sommer, die häßliche Frau.

Mimi ist einssiebenundsiebzig, aber sie wirkt beinahe einen ganzen Kopf kleiner, weil sie sich so krumm hält. Das war schon in der Volksschule so. Das Haltungsturnen hat sie geschwänzt.

Mimis Körper ist knochig und auf wunderliche Weise krumm. Ihr Hals ist, manchmal sieht man das sogar, lang und schlank. Kommissarin Sommer hat kleine Ohren, ihre Haare sind glanzlos und struppig, sandbraun einst, vor anderthalb Jahren – Reste früherer Adrettheit! – rot gefärbt und dauergewellt, seitdem scheckig, ausgefranst, gespalten, meist zu einem häufchenartigen Knödel zusammengebunden. Kleine rote Pickel auf den Schultern und Oberarmen, mit schmutzigen Fingernägeln drückt sie manchmal darauf herum.

Sie trägt ein Trägerleibchen in verwaschenem Neongrün, hoffnungslos unmodisch, weiße Bundfaltenhosen aus Baumwolle mit ein paar Grasflecken von der Wiese neben dem toten Edi Prochaska. Knöchelhohe Laufschuhe, aus der Zeit, als Laufschuhe noch Joggingschuhe geheißen haben. Ihre Augen sind Schlitze mit einem mißtrauischen Stückchen Graublau. Ihr Mund schmallippig, stets bereit, den Kollegen etwas Böses zurückzufauchen, und jetzt, auf dem Bett zwischen den blauen Kissen, einen halben Zentimeter geöffnet.

Sie schläft jedoch nicht. Sie macht ihre kriminalistischmathematischen Übungen: Alle Dinge, die für ihren Bericht addiert werden müssen, wandern kurz durch ihr halbwaches Bewußtsein, fast von selbst, und kriegen so etwas wie eine unsichtbare Karteikarte.

Herbert ... Alleinstehend. Kleingärtner. Hotdog-Maschine. Kleiner Bub möchte ein Eis. Das Ohr des Buren-Toni ... Dechantlacke. Bier und Salami. Das Wurstmesser ...

Der zitronengelbe Ventilator zirpt.

Mimi Sommers Mutter, die viele Männer gehabt hat – und zwar bis zu ihrem Tod vor zwei Jahren durch Gehirnschlag, während eines Busausflugs nach Slowenien –, Mimis Mutter, die zunächst als Rezeptionistin und zuletzt als Buchhalterin eines altmodischen Hotels in Graz gearbeitet hat, wo Mimi geboren ist, war eine sehr unangenehme Frau, wenn auch zeit ihres Lebens schön anzusehen – *fesch* hat man damals gesagt.

Mimi ist der hysterischen, selbstversessenen, eitlen Schreckschraube gottlob knapp nach der Schule entkommen. (Jus? Das geht doch in Graz. – In Wien geht es aber besser. Diese Antwort war die einzige echte Initiative Mimis, ihr Leben betreffend.) Jetzt fragt sie sich, ob ihre zunehmende Häßlichkeit Teil eines geheimnisvollen Mechanismus ist, der sie niemals, nicht einmal äußerlich, so werden läßt, wie es ihre Mutter war.

Mimi fragt sich auch, wann sie ihr Leben endlich wieder einmal wird selbst beeinflussen können. Sie scheint es gerade nicht in der Hand zu haben. Was heißt gerade: Bei der Polizei ist sie immer noch, nur weil vor acht Jahren das Innenministerium, bei dem sie nach dem Studium Arbeit gefunden hatte, diese Spezialeinheit plante: Schnelle Hilfe bei Gewalt gegen Frauen. Genau da hätte Mimi hinwollen, aber dann ist kein Geld dafür dagewesen. Die junge Beamtin mit frischer Polizeiausbildung, bereits dem Sicherheitsbüro zugeteilt, hat dann eben Fälle bearbeitet, die ungefähr dem geplanten Arbeitsbereich entsprochen hätten. Also Sittlichkeitsgeschichten.

Schmutz. Irgendwann überhaupt das geheime Fachgebiet: *Unappetitliche-Sachen-die-sonst-keiner-will*. Und dann die Kollegen, die restlichen Helden: Um ihren sichtbaren und unsichtbaren Fingern zu entgehen, hat die Kommissarin über acht Dienstjahre lang unansehnlicher werden müssen.

Diese Dinge denkt Mimi nicht an der Oberfläche ihres nachmittäglich brütenden Hirns. Dort tanzen noch immer die Details der heutigen Tatorte. Die persönlichen Dinge watscheln im Unterbewußtsein eins nach dem anderen dem schwarzen Meer der Verdrängung zu.

Mimi steht plötzlich von ihrem Bett auf. Sie geht zum Waschbecken, am Weg dorthin nimmt sie ihr Schulterhalfter vom Boden auf und hängt es um. Vor dem Spiegel beim Waschbecken schaut sie sich ins verkniffene, häßliche Gesicht, dann schließt sie die Augen und stellt sich noch einmal den leblosen Körper des Schweißers Edi Prochaska vor. Nach wenigen Sekunden kann sie sich übergeben. Erleichtert wirft sie eine verwaschene Jeansjacke über, setzt ein Ray-Ban-Imitat auf und fährt Berichte schreiben ins Sicherheitsbüro.

15.
Bildnis eines Generals

Das Wiener Sicherheitsbüro mit dem angeschlossenen Polizeigefangenenhaus Roßau ist ein klobiger Möchtegern-Palast aus der Gründerzeit, der an der Roßauer Lände über dem Donaukanal steht. Der Grundriß des Gebäudes hat die Form des Buchstabens L. Genau im Eck dieses L besitzt es einen kreisrunden Turm mit einer ebenso kreisrunden Kupferkuppel obendrauf. In einem opulenten Barockmuseum, wie es Wien ist, muß diese Kuppel als dürftig bis lächerlich erscheinen. Man hat sie mit einem zu engen Söldnerhelm verglichen oder, noch respektloser, mit einer dicken Eichel.

15. Juni, 19 Uhr 30, Abend eines langen Tages.

Die untergehende Sonne spiegelt sich in den Glasscheiben eines Hochhauses auf der anderen Seite des Kanals und dringt auf diesem Weg noch einmal in die finstere Welt des Sicherheitsbüros, das einige alte Wiener noch unter dem aus der Zwischenkriegszeit stammenden Frauennamen »Liesl« kennen. Alle Regime, die in diesem ausgedienten Jahrhundert über dem Land waren, haben diesen Platz für ihre Verhöre und Gefangennahmen benutzt. Die Aura des Gebäudes ist demzufolge alles andere als heiter.

Im großen, runden sogenannten Generalszimmer fällt das vom Hochhaus reflektierte Sonnenuntergangsglühen auf das rechteckige Gesicht des dazugehörigen Generals, des Hofrates Anton Lajda, Leiter des Wiener Sicherheitsbüros.

Das hochgestellte Rechteck, dessen Höhe seine Breite um nur weniges übertrifft, ist an seinen Seitenflanken von akkurat geschnittenen Koteletten würdevoll gerahmt. Die Majestät dieser Physiognomie könnte nur dann noch größer sein, wenn da nicht die ebenso rührenden wie kindischen Ohren wären, die klein aber entschlossen vom Kopf abstehen wie die beiden Hälften eines entzweigeschnittenen Schmetterlings. Der Hofrat Anton Lajda hat große, wache, augenblicksweise sogar schwärmerische Augen und einen geschwungenen, irgendwie naschlüstern wirkenden Mund. Er rasiert sich zweimal täglich und trägt niemals etwas anderes als Dreiteiler, im Winter aus Tweed, im Sommer aus Khaki. Der Hofrat hat sein herrschaftliches Zimmer karg möbliert, in einer Ecke steht eine kleine historistische Sitzgarnitur, an einer Wand der Kasten mit seinem persönlichen Archiv. Ein breiter, schwerer Tisch vor dem Erker, sonst nichts. Hinter der Sitzgarnitur steht eine kleine, teure und überraschend leistungsstarke Stereoanlage, mittels derer der Herr Hofrat Lajda seine über alles geliebten Opern hört. Weil sein barocker Mund während mancher Arien offenstehen zu bleiben droht, hat er sich angewöhnt, nur noch Ouvertüren zu hören, wenn er Besuch erwartet. Jetzt wartet der General auf seine Offizierin Mimi Sommer und hört die Ouvertüre des »Tannhäuser«. Lajda hat das Fenster geschlossen, weil ihn die Bratendüfte der Vergnügungsmeile am Kanal stören. Sein Khakibein wippt zu Wagner.

Hofrat Lajda ist ein Mann, der in den sechziger Jahren als Polizist begonnen hat, später Untersuchungsrichter wurde und in seinen besten Jahren zur Polizei zurückgekehrt ist. Eine mustergültige Karriere. In den sieben Jahren, die er das Sicherheitsbüro nun leitet, hat Lajda, dessen Geist und Stilgefühl legendär sind, es geschafft, daß seine dereinst unter einem geradezu debilen öffentlichen Erscheinungsbild leidende Truppe wieder ernst genommen wird. Heute dreht das Fernsehen keine Spottserien mehr über die Kriminalpolizisten der Stadt. Hie und da zerraufen die Medien seine Bande ihrer Brutalität oder, wie Lajda es nennt, Unerzogenheit wegen, aber der Hohn wird zusehends leiser. Zu Recht, denkt der Hofrat, der genau weiß, wie viele Übeltäter und Schläger er in seinen Reihen hat, aber er weiß auch, daß keiner von ihnen nicht in irgendeiner Form talentiert wäre. Und etwas Respekt vor der Polizei ist auch nicht ganz schlecht. Das ist eine Erkenntnis, die wie Grundwasser sein vordergründig liberales und besonnenes Weltbild durchzieht. Dabei lacht der Hofrat Lajda für sein Leben gern. Über Sachen allerdings, die er sich selbst aussucht. Seine gute, wenn auch unglückliche Offizierin etwa, die jetzt erscheinen soll, amüsiert ihn. Sie genießt das zynische Wohlwollen ihres Generals. Er mag sie sogar ein wenig, auch wenn er es nicht genießt, sie anzusehen.

Er nimmt die Berichte der Offizierin und legt sie auf den Besprechungstisch.

Als Mimi klopft und die Tür öffnet, sieht sie den Hofrat aufrecht dastehen und auf sie warten, mit seinen gleichmäßig silbermelierten Haaren und seinen glänzenden Augen. Sie sieht, wie die untergehende Sonne, die sich im gegenüberliegenden Büroblock spiegelt, die Silhouette des Hofrats an den Rändern vergoldet.

Das hier, denkt sie, das ist der Boß aller Superhelden, und entweder er ist der schlimmste oder der beste. In jedem Fall ist er gefährlich und schlau.

»Abend, Herr Hofrat«, nuschelt sie irgendwie hervor, ihre Stimme hat kaum Chancen gegen Lajdas ewige laute Musik. Der Herr Hofrat dreht leiser.

»Ich habe den Wagner ihrer Berichte wegen gewählt«, sagt der Hofrat und bedeutet Mimi, daß sie sich setzen soll. Er selbst bleibt stehen, was Mimi sofort unangenehm ist. Aus der linken Außentasche seines Jacketts zieht er eine zusammengerollte Zeitung und wedelt damit vor Mimi in der Luft herum.

»Haben Sie das gelesen, Kollegin?« fragt er donnernd. Die Zeitung, die wöchentlich erscheint, kümmert sich vorwiegend um die Kunstszene und mag die Polizei nicht. Mimi überlegt, ob irgend etwas drinstehen könnte, was mit ihrer Arbeit zu tun hat.

»Hab' ich nicht, Herr Hofrat«, sagt sie schließlich.

»Wir kriegen vier bis sechs Generationen von Gelsen dieses Jahr«, sagt der Hofrat in hochtheatralischem Flüsterton, »das steht da drin. Es ist der Sommer der Blutsauger und der Vampire, Frau Kollegin. Und ich höre Opern, mein Blut ist also süß.« Er lächelt entzückt, Mimi lächelt verlegen zurück.

»Dieser Sommer wird in jeder denkbaren Form hart für uns werden«, sagt Lajda jetzt und setzt sich endlich, ganz Teil seiner perfekten Inszenierung, väterlich und besorgt neben seine Kommissarin. »Sie kennen ja die Schwierigkeiten, die wir mit den Afrikanern haben. Und jetzt muß ich persönlich darauf achten ...« – augenblickslang spricht er wie zu einem kritischen Journalisten – »... daß alle einschlägigen Verdächtigen von uns mit Samthandschuhen angefaßt werden, personalintensiv, Sie verstehen mich schon.«

Sowieso, geht es Mimi durch den Kopf, sowieso versteht sie, die Koks-Neger, die angeblichen, ein Superthema für die Straße, die Zeitungen spielen schön brav mit, sie hofft nur, daß die armen Männer Afrikas nach diesem Herbst, wenn das Parlament gewählt ist, wieder etwas Ruhe haben werden. Ihr Rayon ist das ohnehin nicht. Aber was kommt jetzt?

»Also«, schließt der General, »muß die Gruppe Fleißner an die Suchtgiftler ausgeborgt werden.«

»Aber ...«, fängt Mimi an. Den Magister Fleißner, dieses Arschloch, und seine drei Unterläufer hält Mimi zwar allesamt überhaupt nicht aus, aber es ändert nichts daran, daß die Gruppe Fleißner in denselben Revieren jagt wie sie – Sitten- und Kapitaldelikte in der Zone zwei. Die Zone zwei ist Transdanubien, das weite lichtlose Land hinter dem Fluß. *Das* kann sie nicht alles alleine machen. Ihr General lächelt sie reizend an. Mimi entschließt sich, doch nichts zu sagen. Immerhin gibt es noch die Fink und den Fabian.

»Nur für den Sommer. Und wir wollen ja hoffen, daß nicht jeder Tag so ist wie heute.« Seine gepflegte Hand pocht auf Mimis Berichte. »Aber ich weiß sehr wohl, wie schwer das ist für Sie. Umso mehr, als die Kollegin Fink und der Doktor Fabian ...« Lajda macht eine Pause. Ich hab es gewußt, denkt Mimi. »... na ja, vorübergehend bei der Staatspolizei tätig sind. Ich weiß nicht, ob sie von diesen Voruntersuchungen im Umfeld dieses verrückt gewordenen Radiosprechers gehört haben, no, wie heißt er ...« Mimi grummelt etwas. Sie weiß nicht, wie er heißt, wer auch immer. »Geht uns jedenfalls nichts an«, sagt der Hofrat zufrieden. »Tatsache bleibt, daß Ihre nächsten sechs, sieben Wochen schwere Arbeit sind.«

Ich bin doch nicht die Putzfrau von allen, denkt Mimi und weiß im nächsten Moment, daß sie es natürlich schon ist. *Unappetitliche-Sachen-die-sonst-keiner-will.* Und zwar jedes Jahr mehr. Ihre Art von Verbrechen ist die, bei denen nur noch aufzukehren ist. Mimi ist die häßliche Tante mit der Schaufel in der Hand.

»Ich werd' mich im Herbst bei den Gehältern persönlich für Sie verwenden, Kollegin Sommer«, sagt der Hofrat, der Mimis Gedanken im Augenblick genau nachvollziehen kann, auch wenn ihr verkniffenes Gesicht nichts verrät. »Kommen S' halt zu mir, wenn Sie was brauchen.« Der Hofrat zwinkert Mimi freundlich zu.

»Erinnern Sie sich«, beginnt seine Kommissarin, »daß ich vor sechs Monaten ...«

Lajdas Gesicht wird melancholisch, seine Stimme taucht in den Mollbereich. »Natürlich erinnere ich mich an Ihre Bewerbung zur Wirtschaftspolizei. Aber schauen Sie, Frau Kollegin, dort arbeiten doch Leute, die sich ihr ganzes Leben mit nichts anderem beschäftigt haben. Und bei Ihnen soll das so einfach gehen! Und ich muß Ihnen schon auch sagen, daß Sie eine meiner besten Kräfte auf genau Ihrem Gebiet sind. Eine

Koryphäe geradezu! Machen Sie so weiter und ich verborg' Sie ab nächstem Jahr für Gastprofessuren an kriminalistischen Instituten in ganz Europa.« Lajdas Stimme schwingt wieder so hoch wie im Hintergrund der »Tannhäuser«. »Und dann«, schließt er und kratzt sich mit einem trockenen Geräusch in der rechten Kotelette, »habe ich noch eine kleine Überraschung, von der Sie gleich profitieren.« Mimi ist gespannt. »Einen Mitarbeiter.«
»Ich will keinen.«
»Sie brauchen aber einen. Es ist keiner von den unsrigen. Ein guter Mann aus Linz, der sich hat hersetzen lassen, aus persönlichen Gründen. Vielleicht erzählt er's Ihnen ja. Ich glaube, er wartet unten schon auf Sie. Und ich verrate Ihnen eins: Sie kennen einander schon.«

Ich kenne aber keine Linzer, denkt Mimi. Der »Tannhäuser« schweigt jetzt still.

»Gut, Frau Kollegin ...«, beginnt der Hofrat, als auf seinem Schreibtisch vor dem Erker das Telefon läutet. »Lajda«, sagt der Hofrat in den Hörer. Er sagt es gedehnt und nasal. Es klingt wie Leider.

Schon die Nennung seines Namens, überlegt Mimi, ist eine Absage. Höflich und bedauernd zwar, aber eine Absage. Leider. Der Hofrat, der seinem Anrufer zuhört, nickt ihr zum Abschied freundlich zu, Mimi hebt die Hand und schleicht hinaus, die Tür leise hinter sich schließend.

Wer wird das wieder sein, denkt sie, als sie die Stiegen hinunterschlurft. Aber als sie ihre Bürotür öffnet und sieht, um wen es sich bei ihrem neuen Mitarbeiter handelt, da weiß sie im selben Moment auch, daß der Chef, der Hofrat Lajda da oben, der Boß aller Superhelden, gleichzeitig der schlimmste, perfideste, beschissenste von allen ist.

»Grüß' Sie, Frau Kollegin«, sagt Mimis neuer Mitarbeiter, ein rotblonder Mann, der trotz der Hitze eine graue Natojacke trägt und vor Mimis Schreibtisch auf einem Hocker sitzt. Es ist das Schwein, das sie vor bald zwei Monaten in der Lobau wegen Sexgeschichten verhaftet hat.

Mimi läßt den Plastikbecher voll Kaffee, den sie sich eben aus dem Automaten geholt hat, fallen, dreht sich um, verläßt ihr Büro und schmeißt die Tür hinter sich zu. Während Sie die Stiegen zum Hofrat Lajda hinaufrennt, wird ihr auf einmal glasklar, daß der Chef jetzt in seinem Büro sitzt und lacht, mit seiner vollen melodischen Stimme so lange lacht, bis ihm ehrliche Freudentränen über das rechteckige Gesicht rinnen, daß sein Lachen sich mit Wagners dämonischem Vielklang und dem Lachen aller anderen Kollegen zu einer entsetzlichen Kakophonie vermengt. Die Kommissarin Mimi Sommer macht auf dem Absatz kehrt, läßt alle eventuellen Tränen an ihrer steinharten Seele abperlen und kehrt in ihr Büro zurück.

Zwanzig Minuten später weiß sie, daß das Schwein kein Schwein ist, sondern tatsächlich ein Polizist aus Linz. Er heißt sogar Bruckner, was wie ein schlechter Witz klingt. Zwei Schlepper-Ringe hat Bruckner auffliegen lassen, der dritte wäre in greifbarer Nähe gewesen, aber da hat aus politischen Gründen ein anderer die Lorbeeren haben müssen. Also hat sich Bruckner beleidigt auf Sauftour begeben, und zwar nach Wien, wo ihn keiner kennt, und dann sogar weiter Richtung Hainburg. Nach Bratislava hat er wollen, aber an der Grenze war er schon so voller Wodka, Speed und Koks, daß er wieder umgedreht hat. Auf einem Parkplatz hinter Petronell ist er zu einer polnischen Nutte ins Auto gestiegen. Die Nutte fährt in die Pampa, irgendwo an den Rand der Donauauen, und dann kommt der erste Teil des Vergessens, sagt Bruckner.

Er erinnert sich, daß er ohne Hose und Unterhose mitten im Urwald an einer Forststraße gelegen ist. Daß er versuchen wollte, zu Fuß durch die Au bis zum nächsten Ort zu kommen. Und da kommt der zweite Teil des Vergessens, diesmal fehlen ihm fast fünfzig Stunden, eigentlich bis zu jenem

Moment, wo er Mimi das erste Mal getroffen hat. Bruckner ist halbnackt durch den Wald geirrt. Die Leute, die ihn bemerkt und gedacht haben, er habe es auf kleine Kinder abgesehen, haben sich geirrt. Bruckner sagt, er habe es auf gar nichts abgesehen gehabt. Aber nach alledem wollte er jedenfalls nicht mehr nach Linz.

Klar, dort wird auch über Leute gelacht, denkt Mimi, wird alles schon irgendwie stimmen, denkt sie, sonst wäre er ja jetzt nicht hier.

»Morgen, halb acht, suchen wir sofort um ein eigenes Büro für Sie an. Und nachher fahren wir über die Donau.« Mimi geht grußlos. Natürlich stimmt Bruckners Geschichte. Und trotzdem ist alles zusammen eine Riesengemeinheit.

Mimi Sommer glaubt zu spüren, wie das ganze finstere Gebäude leise über sie kichert, als sie es gegen halb zehn Uhr abends endlich verläßt.

Es ist noch hell. Ein endloser Tag.

16.
Opfer und Schwein

Mimi Sommer, Opfer, das keines mehr sein will, und Inspektor Bruckner, Schwein, das nie eins war, segeln miteinander in den Juli. Opfer und Schwein werden ihre Reputation als Mistschaufel ebensowenig los wie den Spott. Düster und monströs kichert das Sicherheitsbüro, die Jahreszeit ist heiß, und jenseits der Donau, in der Zone zwei, ist viel zu tun.

Das Böse hält augenblicklich still, aber über das Blutbad bei den Prochaskas an der Dechantlacke ist sehr viel geschrieben worden und über jenes beim Buren-Toni immer noch genug. Im Fernsehen ist zum Thema Gewalt im privaten Umfeld ein Gipfelgespräch zwischen Politikern, Polizisten und Psychiatern einberufen worden (Superthema offenbar, hat Mimi noch gedacht, vor allem jetzt, wenn sich die meisten Koks-Neger als anständige Menschen herausstellen), und im Studio sind einander unter anderen Professor Golden vom Steinhof und Hofrat Lajda vom Sicherheitsbüro gegenübergesessen, zu welchem Anlaß sich der Hofrat gedacht hat, daß der Professor immer müder ausschaut, und der Professor, daß der Hofrat immer eitler wird.

Das Böse hält still, aber es ist da. Mimi und Bruckner spüren bei ihren Einsätzen, daß die Angriffslust der Wiener auf schwer bestimmbare Art wächst, so allmählich wie die Hitze, die Tag für Tag ein dreiviertel Grad zulegt. Die Aura dieser Aggressivität wird dunkler und dichter, der schwarzen, nahe am Ultraschallbereich summenden Wolke von Moskitos vergleichbar, die sich Abend für Abend aus den Wäldern am Fluß erhebt. Mimi bemerkt eines Tages, wie vertraut sie mit diesem Gelsengebiet wird, mit dem seltsamen, glucksenden Viertel im Nordosten, das sie vor dem einen Einsatz im April kaum gekannt hat ... (Schwein, Natojacke, hat ihr Bewußtsein zu diesem Einsatz immer noch notiert, *here I am and here I stay* hallt es ein Stück tiefer wider). Schön langsam wird sie jetzt ortskundig. Sie steuert den Opel mit ziemlicher Sicherheit zwischen Aspern, Kaisermühlen, Stadlau, Eßling und den niederösterreichischen Orten Raasdorf und Groß-Enzersdorf hin und her. Sie lernt sogar die kleinen Gassen zu unterscheiden, die dieses Land der Einfamilienhäuser, der Felder und vereinzelten Einkaufszentren durchziehen. Es fällt ihr auf, daß viele dieser Gassen nach Früchten, Bäumen, Blumen, Kräutern heißen. Die Au ist immer in Mimis Nähe. Noch denkt Mimi nicht, daß die Au böse ist. Aber ein gewisses Stück tiefer in ihrem Bewußtsein spürt sie es doch.

Die Stadt schwappt gemächlich in den Sommer. Mit der Hitze sterben vermehrt die alten Leute. Viele Rettungswagen erscheinen auf den Straßen, die ansonsten verkehrsarm sind und fast ohne Kinder, weil, ziemlich unbemerkt, gegen Mittsommer die Sommerferien begonnen haben.

Was ist zu tun? Die Würstelstandgeschichte scheint der Kommissarin Sommer noch nicht hinreichend aufgeklärt. Der Täter ist zwar tot, aber ob die Tat so unmotiviert war, wie es die einzige Zeugin, diese Pensionistin, die ein Eis wollte, beschrieben hat, das ist kaum gewährleistet.

Mimi und Bruckner befragen die einzige Verwandte des verstorbenen Herrn Herbert, eine Halbschwester, die den Kontakt zu dem selbstsüchtigen Witwer schon vor Jahren aus Antipathie abgebrochen und dementsprechend wenig auszusagen hat. Sie verhören die Lebensgefährtin des so bestialisch zu Tode gebrachten Würstelmannes, die ihren Verblichenen kein einziges Mal über den Herrn Herbert hat sprechen hören, und schließen daraus, daß der Herr Herbert kein naher Bekannter des Toni gewesen sein kann. Und sie befragen die Nachbarin des Herrn Herbert in der Kleingartensiedlung am

Donau-Oder-Kanal. Sie kommen zweimal hin, das erste Mal ist niemand da.

»Was, zur Baronin wollen Sie?« fragt ein fetter Mann, der ein paar Parzellen weiter unten seine Blumen gießt. »Oje«, sagt er noch.

Als sie anderntags wiederkommen, haben sie Erfolg. Die Frau, die man hier »die Baronin« nennt, ist eine Mittsechzigerin mit dünnen vertrockneten Extremitäten und einem fetten Rumpf. Die Baronin trägt bei Mimis und Bruckners Besuch ein marineblaues Kostüm mit Goldknöpfen, das unter den Achseln spannt und dunkle Flecken hat, viel zu heiß für den Tag, und Strümpfe. An den Füßen dennoch Turnschuhe für die Gartenarbeit. Ihre Haare sind fliederfarben und onduliert, und eine dicke Fassade aus Schminke klebt an ihrem Gesicht. Die Augen sind klein, berechnend und böse.

»Was gibt es denn?« fragt die Baronin, als sie die beiden Besucher sieht und an den Maschendrahtzaun kommt. Die Sprache ist gepflegt, aber gepreßt.

»Einen schönen guten wünschen wir«, sagt der Bruckner. Für seine laute, breite Art zu reden ist ihm Mimi in diesen Momenten immer dankbarer. Ihr eigenes Sprechen ist zu verhalten, ihre Worte sind zu undeutlich für solche oberflächendialogischen Erfolge.

»Bruckner, Sicherheitsbüro, und das ist die Frau Magister Sommer, wir hätten ein paar Fragen wegen dem Herrn Nachbarn, dem seligen ...«

»Es geht um Alltagsgewohnheiten etcetera«, sagt Mimi leise. Die kleinen gefräßigen Augen der Baronin haften an der unscheinbaren Polizistin außerhalb ihres Gartens. Sie ist klug genug, um zu erkennen, daß Mimi der Chef ist.

»Was soll ich Ihnen sagen ...«, die Stimme der älteren Frau ist ebenso schneidend wie eitel. »Wenn Sie da hinunterschauen, sehen sie vier kleine Blumenbeete. Und das sind meine Rosen. Mignon-Rosen und Ivory-Rosen. Das ist das einzige, wofür ich mich hier interessiere. Ich züchte hier meine Rosen. Seit 25 Jahren, und ich habe auch nichts anderes vor. Daß man hier von Proleten, von Verbrechern und Gesindel umgeben ist, das übersehe ich.« Ihre Worte Lüge strafend, peitschen die Blicke der Baronin das gesamte von der Straße einsehbare Stück des Kanals.

Das Böse ist hier, denkt Mimi angesichts der Baronin fasziniert und schaut erst die erstarrte Frau hinter dem Zaun an, dann folgt sie deren verächtlichen Blicken und sieht andere Menschen, sogenannte Anrainer, Kinder auf Stegen, dicke Männer in Liegestühlen unter Sonnenschirmen, alte Frauen, die im Unkraut herumstochern. Alle mehr oder minder regungslos in der brütenden Hitze. Wenn die alle so geladen sind, denkt Mimi, wie der Würstelstandbesucher und seine reizende Nachbarin hier, dann ist das eine wirklich gemütliche Siedlung.

Die Augen der Baronin kleben wieder an Mimi, die es bemerkt und sich strafft.

»Ich lebe für mich, ich kümmere mich nicht um andere Leut'«, sagt sie. Sie lächelt verschlagen, wobei eine dürre Zunge zwischen den schmalen Lippen hervorschlüpft und das kartondicke Zinnober auf deren Oberfläche poliert. »Aber wenn Sie tatsächlich glauben, daß ich Ihnen etwas sagen kann, dann ...« Sie macht eine damenhaft-verlogene Geste der Einladung.

Klar, eitel, sagt sich Mimi, die will tratschen. Sie und Bruckner treten ein, umrunden die Hütte, die aus den Bauteilen einer abgewirtschafteten Südstaaten-Villa zusammengesetzt scheint, und stehen endlich zwischen den heiligen Beeten. Auf eine weitere Geste der Baronin, die sich in der Folge als Hilde von Scheibner vorstellt, setzen sich die unangenehm berührten Polizisten auf eine dick gepolsterte Hollywoodschaukel, die angesichts des winzigen Gartens monströs scheint.

Die Baronin stelzt zwischen ihren Beeten hin und her: »Schauen S' nur, jedes Stöckchen von denen kostet mich zehn Jahre Pflege, aber dafür geraten sie wohl, die Kinder, finden S' nicht?«

Die Blüten und Knospen sind tatsächlich eindrucksvoll, auch wenn sie, wie Mimi findet, ihrer Mutter insofern gleichen, als sie einigermaßen geschminkt aussehen.

Der Bruckner beginnt mit der Fragerei: »Nummer eins, was wir gerne wissen wollen ...«, sagt er und schaut einen völlig leeren Notizblock an, »wie sind denn so die Eßgewohnheiten gewesen von dem Herrn Herbert, man wird ja ein bissel was sehen können durch die Maschen ...«

»Eßgewohnheiten«, wiederholt die Baronin, die sich von der Betrachtung einer Blüte aufrichtet und dabei einen Schmerz im Rücken spüren muß, wie Mimi vermerkt, denn ihr Gesicht verzerrt sich vor Schmerzen, »was für Eßgewohnheiten?«

»Na, ist er fortgegangen, hat er sich zu Haus' was gekocht?« führt der Bruckner geduldig aus. Mit offenem Mund studiert Mimi das larvenhafte Gesicht der Befragten.

»Weg'gangen wird er sein, er ist ja immer weg'gangen, aber ich glaube weniger, um zu essen, bitte, das vielleicht auch, eher aber, um es zu treiben, wenn sie diesen Ausdruck gestatten.«

Kurze häßliche Stille. Aber jetzt läuft die Maschine, denkt Mimi. Bald weiß sie, daß die Rosenliebhaberin ihren Nachbarn Tag und Nacht studiert haben muß, um zu so vielen Details über sein Dasein zu gelangen. Studiert und beneidet, wohl um den traurigen Sex, den er manchmal hatte. Sie hat nicht mal den, denkt Mimi, ich ja auch nicht, aber ich find' es nicht so schlimm. Sie sieht den Neid der Baronin noch immer über der Schrebergartenlandschaft hängen, wie eine schwer zu vertreibende, zart hepatitisfarbene Wolke.

»Seine Anzüge, bitte! Dreimal hat er einen Anzug angehabt, genau dreimal, dann hat er ihn putzen lassen. So ein

Geck. Geschwitzt hat er wie verrückt, wenn er mit den verpackten Anzügen aus der Putzerei gekommen ist, aber abends war er wieder herausgeputzt und parfümiert, dieses Parfum übrigens, sag' ich Ihnen ...«

Der Bruckner fragt schon gar nicht mehr richtig. Gelegentlich moderiert er den Wortfluß ein Stück nach da oder nach dort.

»... No, wenn ich's doch sag, ins Puff. Ins Freudenhaus, bitte!«

Mimi, die fast die ganze Zeit geschwiegen hat, stellt plötzlich eine unerhörte Frage. Die Frage ist in ihr gewachsen wie ein fleischiges Unkraut nach dem Wolkenbruch.

»Na, und Sie, Frau ... Frau ...«

»Von Scheibner.«

»Genau. Sind Sie dem Herrn Herbert auch nahegekommen, also körperlich, mein' ich jetzt?«

Der Mund der Baronin steht drei, vier Sekunden lang offen, und noch etwas muß an ihrer Physiognomie verrutscht sein, Mimi sieht, wie die Schminke auf der rechten Gesichtshälfte einen schnell breiter werdenden Haarriß kriegt.

»Das ist doch eine Frechheit!« schnappt die Alte.

»Na, wo Sie ihn so auffallend gut kennen«, ergänzt die Kommissarin.

»Ich kenne überhaupt niemanden. Niemanden, und schon gar nicht gut!« Sie fährt wie ein plumper Kreisel herum, und noch einmal geißeln ihre Blicke die Umgebung. Ihre Stimme wird im Folgenden schrill, die Kinder am Steg auf der anderen Kanalseite schauen lachend von ihrem Spiel auf, und als sie merken, wer da gegenüber schreit, wird ihr Lachen noch lauter.

»Schauen Sie sich doch diesen Ruß hier an, da ist doch keiner drunter, mit dem man zu tun haben will, das sind doch nur Säufer und Schläger mit ihrer Brut, das Allertiefste halt, und zwar überall hier, glauben S' mir das. Wie es stinkt! Wie es hier ausschaut! Mit was für einem Geschmack die Leut' ihre Gärten einrichten. Glauben S' mir, keinem will ich näher kommen, als ich's leider ohnehin schon bin, lieber tät' ich sie alle vertilgen. Vertilgen!«

Das zweite Mal schreit sie das Wort laut und krächzend in die mittlerweile halbwegs aufmerksame Umgebung. Irgendwer schreit etwas zurück, aber Mimi und Bruckner verstehen nicht, was.

»Des wollt' ma eigentlich ned wissen«, bemerkt oberösterreichisch trocken der Bruckner.

Die Baronin bricht jetzt sichtlich ein. Sie läßt sich mürbe in einen Gartenfauteuil sinken. Mimi sieht plötzlich Ringe um ihre eingesunkenen, kleinen Augen. Die wirken grün, geht es ihr durch den Kopf, komisch, schlechte Ernährung vielleicht, wahrscheinlich aber eine Täuschung, ein Abglanz von diesem versifften Kanal mit seinen Algen ...

»Verzeihen Sie«, flüstert die Baronin, »verzeihen Sie, bitte. Der Sommer ist unerträglich, weil er ist ...« Sie wischt sich gleichgültig über das Gesicht und erzeugt eine breite Spur verschmierten Make-ups. »Er ist so heiß. Alles steht hier still. Der Platz hier ist wie ein stinkender Kessel. Verstehen Sie? Ich leide.«

Mimi macht dem Bruckner ein Zeichen, sie verabschieden sich. Die Baronin kommt ihnen nach zum Zaun. Am Tor ist die Verschlagenheit wieder da: »Natürlich bin ich ihm niemals nahegekommen, schreiben Sie das in Ihren Bericht. Ich hab' ihn zwar erkannt als Schweinigl, der er war, aber ich war von diesem Menschen innerlich immer meilenweit entfernt. Immer. Schreiben Sie das gefälligst!«

Die Polizisten sagen nichts mehr, steigen in den Opel und fahren.

Böses Land am Wasser, nichts wie weg. Mimi sitzt am Steuer, Bruckner ist mit den Neulingen unter seinen Gelsenstichen beschäftigt.

Die Tage vergehen, der Juli erscheint, und allmählich kommen die dritte und die vierte Generation von Moskitos auf die Welt. Und wer von ihnen Blut saugen will, geht meistens zum Bruckner, noch ein Grund für Mimi Sommer, ihrem neuen Mitarbeiter dankbar zu sein. Bei hundert Stichen, die er kriegt, kommen drei oder vier auf sie.

Sie mag den rothaarigen Linzer überhaupt nicht ungern, ja, sie fühlt beinahe schwesterlich für ihn und schätzt, wie vollkommen er sie in Ruhe läßt, wahrscheinlich, weil er selbst in Ruhe gelassen werden will. Sie sagen nicht, daß sie sich in Ordnung finden, sonst wären sie keine Polizisten, die einander höchstens das Gegenteil wissen zu lassen pflegen. Aber am Freitag, dem zweiten Juli, gehen sie knapp vor Mitternacht miteinander immerhin zum Heurigen in den Wienerwald, nachdem sie vorher eine nächtliche Befragung im Prater durchführen haben müssen.

In den Prater ruft sie die Kollegenschaft aus dem Kommissariat Leopoldstadt. Sie erreichen den Bruckner im Sicherheitsbüro am Telefon:

»Aah, Bruckner, du bist der neue lustige Herr aus Linz. Habe die Ehre«, hört Bruckner aus dem Zweiten Distrikt. Man weiß um ihn, man scherzt, schon wieder. Mimi, die Bruckner gegenübersitzt und ein Protokoll fertigmacht (Jiri Dombrovski, der Bruder der verstorbenen Mörderin Olga Prochaska, hat doch tatsächlich angekündigt, nach den grauenhaften Vorfällen nach Polen zurückzugehen, und zwar als Priester der Armenmission), Mimi also sieht, wie sich das Gesicht des Linzers kurz verdunkelt.

»... ja ja, wir müssen uns kennenlernen«, hört der Bruckner den Spaßvogel weiter reden, »im Augenblick brauch' ma' Euch aber dienstlich, also Dich, Bruckner, und die Frau Chefin Sommer, weil offensichtlich hamma hier eine Entführung. Hamma uns überlegt, das geben wir gleich mit den besten Wünschen weiter an Euch. Und zwar ...«

Bruckner hört genau zu, dann legt er auf, ohne sich zu verabschieden.

»Es gibt im Prater einen Bootsvermieter«, sagt er zu Mimi, »dem sie schon vor zwei Wochen dreizehn Schinakeln angezündet haben.« Sie nickt. Das war in der Zeitung. »Jetzt zeigt er noch dazu die Entführung eines behinderten Verwandten an.«

»Wo ist denn das?« fragt Mimi.

Bruckner schaut auf seinen Block: »Heustadelwasser«, liest er ab.

»Geh, schon wieder der Gelsenwald«, sagt Mimi, und dann, als sie Bruckners verdrossenes Gesicht sieht: »Na kommen S' schon. Ich spend' Ihnen nachher was von meinem Blut.«

Der Czervenka sitzt am Gästetisch vor seiner Baracke unter zwei elektrisch illuminierten Lampions in den Farben Gelb und Rot. Sein faltiges oder, wie man hier sagt, markantes Gesicht zeigt tiefen Gram. Stockend und in zerrissener Chronologie erzählt er, was war. Er spricht zum Bruckner und schaut nur manchmal schuldbewußt zu Mimi hinüber. Die, die seine Boote angezündet haben, meint der Czervenka, die sind auch am Verschwinden vom Egon schuld. Ganz sicher.

Mimi fragt sich schweigend, ob der Egon vielleicht irgendwo dem Herrn Herbert begegnet ist, ehe der seinen letzten Einsatz am Würstelstand antrat. Wenn ja, dann sicher im Grünen, denkt sie bitter. Das Grüne wird ihr immer verhaßter. (Bäume sind doch Monster, oder? Mimi hat das noch immer so gesehen.) Sie hofft für den verschwundenen Egon, daß es nicht so war.

Sie fragt den Czervenka: »Der Bursch' ist zwei Wochen weg, und jetzt rufen S' uns?«

Der Czervenka zuckt zusammen wie nach einem Schlag: »Der Egon war ja ned offiziell bei mir. Der ist doch a Noa.

Der g'hört ja eigentlich in die Pfleg'. Obwohl er's gar ned braucht.«

»Und wo sollen wir jetzt nachschauen, nach so langer Zeit?«

»So a Scheiß-Saison!« bricht es aus dem Bootsvermieter heraus, und dicke, schmutzige Tränen rinnen über sein Gesicht. »Z'erst des Kraftwerk, das Wasser steigt um an ganzen Meter, dann der Regen im Frühjahr, dann die Gelsen und jetzt diese Gemeinheit.« Er schneuzt sich in die Hand. »Dem Egon is's immer herrlich 'gangen bei mir.«

»Fragen könn' ma ihn ja nicht«, sagt der Bruckner salomonisch.

»Was mach' ma jetzt?« fragt der Czervenka.

»Wer' ma sehn«, sagt die Mimi.

So beginnt der heiße Juli, so werfen die sogenannten Hundstage ihre Schatten voraus.

Kommissarin und Inspektor wollen noch essen gehen, und zwar möglichst weit weg vom Prater, von der Lobau, vom Fluß, vom Kanal – von allem, was nach Au riecht. Sie fahren ans Ende der Höhenstraße zu einem Heurigen mitten in den kegeligen Hügeln des Wienerwaldes. Der Fluß ist weit weg. Man hört ihn nicht, man sieht ihn nicht, man riecht ihn nicht. Es gibt Gelsen, aber weniger, und die teilen sich gerecht auf beide Polizeibeamte auf. Bruckner ißt Blutwurst und Mimi Schwarzwurzelsalat. Jeder trinkt zwei rote Gespritzte, und man redet zum ersten Mal ein bißchen. Über dies und das, nichts aus der Zone zwei, nichts aus persönlichen Terrorzonen.

Mimi will den Bruckner gerade fragen, wie es ihm in der Nacht, als sie ihn verhaftet hat im Wald, ergangen sei, als die beiden gestört werden. Katharina, eine Studienkollegin der Mimi Sommer, die sie damals schon nicht ertragen und seither zehn Jahre nicht gesehen hat, taucht mit einem prominenten Typen beim Heurigen auf. Die ist wie angedroht Anwältin geworden, denkt Mimi nach einem Blick auf das teure Dior-Kostüm, und außerdem mit einem einflußreichen Kollegen unterwegs. Ich will nicht, ruft es in Mimi.

»Mein Gott, Mimi, sowas!« Katharina inszeniert ein sinnlos lautes Wiedersehen.

»Servas«, sagt Mimi. Es klingt sauer.

»Gut schaust d' aus«, gurrt Katharina. Der Satz hat ein Schild um den Hals, auf dem Lüge steht. Alle sehen dieses Schild. Mimi antwortet nichts. »Irgendwer hat mir gesagt, du bist bei der Polizei.« Katharina spricht das Wort bedauernd aus, wie den Namen einer beschwerlichen Krankheit.

»Wir müssen was arbeiten«, sagt die Kommissarin Sommer jetzt trocken und definitiv. Die zwei ziehen ab.

»Aha«, sagt nachher der Bruckner, der die Kurzform des Namens seiner Chefin zum ersten Mal gehört hat, versonnen, »aha, Mimi.«

Doch die Augen der Chefin sind zornig und düster, und wären sie nicht so eng, könnte Bruckner auch die Verwundung in ihnen sehen:

»Für Sie Frau Magister Sommer. Frau Magister Sommer und aus.«

17.
Eden

Das Flußland ist gut. Seine Erde ist schwarz und feucht. Das Flußland bewegt sich, denn es treibt unmerklich auf dem Grundwasserspiegel der Donau hin und her. Seit an der Freudenau das Kraftwerk in Betrieb ist, hat sich dieser Grundwasserspiegel noch einmal einen guten Meter gehoben. Jetzt ist das Flußland besonders unruhig. Es tanzt geradezu.

Das Land ist reich und wild und millionenfach bewohnt. Auch dort, wo sich seine Urwälder öffnen und kleinen, augenförmigen Lichtungen, Feldern und Kahlschlägen Platz machen, auch dort sind seine Bewohner Legion.

Sie singen am Tag, sie schreien in der Nacht. Sie zirpen, rascheln und quaken allezeit. Es sind Käfer und Wildschweine, Raben und Aasfliegen, Rehe im Unterholz und Fledermäuse in den hohlen Bäumen. Es bewegt sich. Es herrscht reger Verkehr, viel mehr geschieht auf den Lebensadern des Flußlandes als in den Straßen der benachbarten, trägen und sommerlich entleerten Menschenstadt.

Überall kann man hinschauen und finden. In das schwarze torfige Erdreich zwischen den Wurzeln der riesigen, lebensmüden und von Misteln zerfressenen Bäume. Wenn der Blick an einer Stelle zur Ruhe kommt, dann ist plötzlich überall winzige Bewegung. Kleine Würmer, Engerlinge, Fliegenlarven und Käfer ackern den Boden durch, mischen Reste und Vorstufen irdischen Lebens in ihrem unsichtbaren aber allgegenwärtigen Alchemistenkessel.

Man kann auch in die Altarme und Weiher schauen, so weit man eben sehen kann bei dem schlammigen, grünlichen Untergrund der Gewässer. Aber schon an der Oberfläche und ein, zwei Handbreit darunter wird man schwindlig vor Bewegung: Wasserläufer befahren den Wasserspiegel, darunter lauert die bestialische Brut der Libellenlarven und Gelbrandkäfer; Mückenlarven, Wasserflöhe und winzige Fische zucken im Sonnenlicht. Die uralten Gesichter der Sumpfschildkröten und Wasserfrösche sind von gelb-grünen Wasserlinsen eingefaßt.

Man kann auch in den Himmel schauen. Die beste Stunde für die Himmelschau ist der mittlere Morgen, vielleicht halb neun Uhr; mitten im Flußland suche man sich einen Platz am Rand eines Wassers oder einer Wiese, und dann schaue man in diesen Himmel, der sich gerade mit seinem kräftigsten Blau füllt, sich scheinbar dehnend, fast als wäre er ein Zeppelin und das Blau sein wundersames Gas.

Nun muß sich der Blick auf den Teil des Himmels konzentrieren, der knapp über den Baumkronen des Flußlandes liegt, und man wird sehen, daß selbst der Himmel von den Bewohnern des Flußlandes erfüllt ist. Es fliegt und flattert in ihm, es fleucht und schwebt und treibt einfach dahin, es flirrt vor tausenden und abertausenden winzigen Wesen: Mücken, Gelsen, Eintagsfliegen, Motten, Schlupfwespen, wilden Bienen und Florfliegen. Die niedrigste Schicht des Himmels ist der Spielplatz der geflügelten, kurzlebigen Bewohner des Flußlandes. Es ist ein Spiel, das sich nichts schenkt und keine Zeit zu verlieren hat. Es ist immer wieder herrlich anzuschauen.

Egons liebster Platz zum Himmelschauen befindet sich am Ufer eines fast zur Gänze vom Wald umgebenen Altarmes, eines mehrere Kilometer langen und ziemlich breiten Wassers, das die Förster der Unteren Lobau als das »Mittelwasser« bezeichnen.

Wenn Egon hier ist, und das ist er seit fast zwei Wochen jeden Morgen, dann sticht es ihn jedesmal kurz in der Brust, weil ihn vieles an sein altes Leben am Heustadelwasser erinnert, an den Czervenka und seine Boote. Aber nur kurz ist der Moment der Erinnerung. Denn eigentlich ist es hier doch sehr verschieden von Egons alter Existenz. Hier gibt es keine Radwege, keine Stege und keine Menschen außer ihm.

Man hat Egon einmal erzählt, daß der allererste Mensch ganz allein in einem wunderbaren Garten voller Tiere gewohnt hat, bis er eines Tages eine Frau dazugekriegt hat. Dieser Garten hat Eden geheißen. Egon denkt, daß es bei ihm umgekehrt war: Erst die Frau, dann Eden.

Als er aus seinem alten Leben aufgebrochen ist, dem Czervenka mit seinen großen Laternen auf dem Wasser ein Zeichen setzend, von dem er bis heute nicht weiß, ob der es verstanden hat, seitdem ist Egon Herr der Wildnis. Sein blaues Mechanikergewand hängt in Fetzen an ihm herunter, aber sein Gesicht ist fröhlich, verrückt und schön. Es ist sonnenverbrannt, es glüht. Egon hat sein altes Leben verlassen müssen, hat sich, wie er es für sich nennt, *freigenommen*, weil dieser Sommer der Sommer seiner Liebe ist.

Die Frau hat ihn, Egon, ausgesucht, hat ihn in diesen Garten geleitet, und wenn es ihr genehm ist, dann besucht sie ihn hier. Egons große Schwierigkeit mit den anderen Menschen, daß er sich nicht in das große Gesellschaftsspiel des Sprechens, des Zuhörens und Verstehens fügen kann (obwohl er die wichtigen Dinge doch genauso gut weiß wie alle anderen), diese große Schwierigkeit hat er mit seiner Sommergeliebten nicht. Als er das erste Mal zu ihr sprechen wollte, hat sie nur »Pscht!« gemacht, und von da an ist alles klar gewesen.

Hinter dem buddhistischen Tempel ist er damals in die Neue Donau gestiegen und hat sie durchschwommen, wobei es ihn anderthalb Kilometer abgetrieben hat. An der Insel ist er an Land gekrochen und hat in einem Haselwald den Tag verschlafen. Am folgenden Abend ist er durch das Entlastungsgerinne bis zum Hubertusdamm geschwommen und von dort, am nächtlichen, von knurrenden Hunden gesicherten Öllager vorbei, bis in die Lobau geschlichen. Die unsichtbare Hand der Geliebten hat ihm sein Eden gewiesen.

Nein, er muß nicht sprechen mit seiner Sommergeliebten, es genügt, seinen Geist mit dem der schönen Frau zu verschränken, und alles wird glasklar. Sie ist nicht immer bei ihm. Sie läßt ihn auch allein. Sie sagt nicht, wo sie ist. Manchmal kommt sie erschöpft zurück, manchmal amüsiert, manchmal wütend. Egon hat sie mitgeteilt, daß sie leidet, denn ihr Fluß ist krank. Egon kann das gar nicht glauben, alles ist doch so schön, so sommerlich und fröhlich, alles spielt so gern mit ihm.

Egon tut den Tieren nichts an, und selbst die Sträucher, deren Früchte er ißt, behandelt er zärtlich und respektvoll. Er gräbt Pilze und Wurzeln aus, reißt ein paar Beeren ab, hier und da findet er einen Weichselbaum auf einer Wiese. Egon ist dünn, aber zäh und stark. Weil auch manchmal Stechäpfel und Belladonnen in seinem Essen landen, dringen die Farben des Flußlandes noch prächtiger und metallischer in Egons Hirn, und die Stimmen des Landes klingen noch voller, majestätischer, eine niemals verstummende Sinfonie. Egon genießt und schaut und lernt. Er wartet auf seine Geliebte und studiert die Wildnis. Wenn die Geliebte kommt, egal wie aufgelegt, dann macht er sie wieder glücklich, und sie ihn, obwohl er es ja schon ist. Dabei widersteht er ihr manchmal. Er spielt nicht alle Spiele mit. Es kommt vor, daß sie Dinge von ihm will, deren Sinn er nicht begreift, die ihm fremd und übel erscheinen. Da verharrt er mitten im wortlosen Liebesspiel, da bleibt er auf halbem Weg stehen, wird starr und verweigert sich, und sie läßt tatsächlich ab von ihm, weil sie ihn liebt, wie sie ihm tonlos versichert. *Unschuldigste Pflanze, Du*, läßt sie in sein Hirn dringen, wenn sie ihn in solchen Momenten aus ihren grünen Augen anschaut.

Es ist gesagt worden, daß der Egon ein herzensguter Mensch ist.

Es muß auch gesagt werden, daß sich daran nichts ändert, bloß weil Egon seinesgleichen flieht. Selbst dasjenige, das in diesem Sommer aus dem Grundwasser des Stroms gekrochen ist und dieses wirre Eden jetzt beherrscht, ist erstaunt vor Egons milder Güte, vor diesem zarten, milden Lächeln auf dem Angesicht der Schöpfung.

An jedem Dschungel der Welt kleben die Fingerabdrücke der Menschen. In der Lobau, am Ausguß Wiens, ist es nicht anders. Gesiedelt ist hier vereinzelt schon immer worden, zumindest bis man das Gebiet unter Naturschutz gestellt hat. Es sind teils Bauern, teils Privatiers mit seltsamen Kleinbetrieben, die hier ihre versteckten Residenzen haben, meist flache, geduckte Bauwerke hinter von wilden Ranken überwachsenen Zäunen. Am Mittelwasser gibt es zwei Hühnerfarmen, weiter oben ein Verschrottungsunternehmen an einem Wasser namens Alte Naufahrt, das Grundwasserwerk der Gemeinde in der Nähe des Öllagers und in der Mitte schließlich das Forsthaus mit dem angeschlossenen kleinen Museum und einem Wirtshaus, wie es in Richtung Groß-Enzersdorf noch eines gibt, und noch eines an der Donau, damit die Naturfreunde nicht nüchtern nach Hause müssen.
Aber wenn man will, kann man den Menschen großräumig ausweichen. Und Egon, der sich längst mit traumwandlerischer Sicherheit durch seinen Garten bewegt, legt großen Wert darauf, das zu tun. Hier, wo so wenige Menschen leben, fallen einzelne besonders auf. Blaue Dieselwölkchen und lange, lößfarbene Staubwolken verraten die Bauern mit ihren Traktoren schon viele Kilometer weit, knackende Stiefel und hechelnde Hunde zeigen aus größerer Entfernung einen Jäger an. Die Hunde wittern den Egon übrigens nicht. Wenige Handbreit latschen sie manchmal an dem im Unterholz Verborgenen vorbei, als habe der Versteckte einen Schutzgeist, der ihm hie und da eine Käseglocke überzieht. Aber solche

Begegnungen sind ohnehin selten. Egon sieht sich vor. Er nimmt Witterung auf, wenn er aus dem Wald kommend einen der Wege oder gar ein Feld queren muß, er sieht sich lang in alle Richtungen um und achtet darauf, so schnell als möglich wieder Deckung zu gewinnen. Er ist mehr in der Nacht unterwegs als tagsüber.

Die Tage vergrübelt er entweder an seiner vom Lande kaum zu erreichenden Bucht am Mittelwasser oder auf einem aufgegebenen Hochstand der Jäger. Manchmal hockt er auch auf einem Baum, oder wenn es zu heiß ist, im Inneren eines anderen Baumes. Viele von den sterbenden, erstickten Waldriesen sind hohl, und zusammen mit bewegungslosen Eulen und Fledermäusen läßt sich in den modrigen Domen das Ende der Hitze und die Dämmerung abwarten.

Es ist schwer zu sagen, ob er schläft. Seine Augen sind meistens geschlossen, aber etwas in Egon bleibt stets auf Empfang. Sie könnte auftauchen. Oder ihn rufen, aus einem anderen Winkel des Garten Eden.

Am Nachmittag des zweiten Juli, einem Datum, das längst nicht mehr auch nur in die Nähe von Egons Bewußtsein kommt, tut sie es. Egon liegt an der Bucht am Mittelwasser, sein rechtes Bein ragt ins seichte, lauwarme Wasser.

Pscht!

Ein Ruf? Er schlägt die Augen auf und richtet seinen Blick auf sein Bein: Die Hose des Blauzeugs ist fast völlig abgerissen, das Bein ist blaß und nackt. *Krötenregen!* Egon muß lächeln, als er sieht, daß eine Karawane höchstens fingernagelgroßer kupferfarbiger Kröten, eben am Ende ihrer Metamorphose, das Wasser der Bucht verläßt und eine Straße über sein weißes Bein bildet. Behutsam packt er eine nach der anderen und setzt sie ins Gras. Dann erstarrt er wieder. Ja, ein Ruf. Er macht die Augen wieder zu, zieht die Luft durch die Nase ein und konzentriert sich.

Pscht! Geliebter, was ist denn jetzt?

Ja, gut, verstanden, denkt der Egon. Südlich. Er steht auf, wobei er darauf achtet, daß er keine der nagelneuen Kröten zertritt. Dann teilen seine Hände das hohe Schilf. Er läuft los.

Laufen im Dickicht ist eine Kunst. Egon beherrscht es mit fast stets geschlossenen Augen. Seine dünnen Arme sind vorgestreckt, wenn er so gebückt dahinrennt, sie teilen vor ihm das Unterholz. Er findet seinen Weg, und nur manchmal, wenn er Menschenspuren queren muß, hält er an. Dann taucht er wieder ins Grün ein, und nur unbewußt registriert sein Kopf aufgrund kleiner Zeichen, wo er ist: Seine Füße spüren Kribbeln und beleidigte Bisse. Also ist er nahe dem Ameisenhaufen hinter dem Napoleonstein. Der Boden wird stachlig und trocken. Er ist hinter dem Grundwasserwerk in den Föhren. Kurz darauf öffnet er die Augen. Er ist am Hubertusdamm, der Grenze zwischen Eden und dem Strom.

Hier willst du auf mich warten?

Egon trabt im Schatten des Waldrandes weiter und achtet darauf, daß ihn vom Damm aus, wo Radler und Spaziergänger unterwegs sind, niemand sieht. Hinter einer Gruppe von Birken merkt er plötzlich, an welches Ufer sie ihn diesmal gerufen hat.

Vor ihm liegt das Schwarze Loch. Das Schwarze Loch ist ein kreisrunder Weiher mit einem Durchmesser von vielleicht dreißig Metern, dessen Wasser sehr tief ist. Die Leute der Lobau wissen nicht mehr, ob der Teich auf natürliche Weise entstanden ist oder 1945 von den Bomben der Amerikaner so schön rund geschossen wurde. Das Wasser des Schwarzen Lochs ist kälter als jenes der anderen Altarme.

Jetzt ist es hier gerade menschenleer, aber manchmal kommen Angler zum Schwarzen Loch; es geht das Gerücht, daß schon vor Jahrzehnten bei einem Hochwasser ein enormer Wels in diesen Teich gelangt ist und noch immer drin lebt. Nur ein paar wollen ihn jemals gesehen haben, und die sind sich nicht sicher. Vor allem alte Fischer lauern dem Phantom zuweilen auf.

Über eine felsige Böschung klettert Egon zum Ufer hinab. *Er* kennt den Wels. Immer, wenn Egon hier ist, taucht er auf und grüßt ihn. Der Fisch ist so groß wie ein Sofa. Schlangenartige Barteln wachsen links und rechts aus seinem Maul. Seine Augen mustern Egon unverwandt, dann taucht er wieder ab, um da unten darauf zu warten, daß alle anderen Tiere dieses Gewässers ihn und niemanden sonst ernähren.

Und die Geliebte? Noch nicht hier?

Als der Wels diesmal auftaucht, erschrickt Egon, denn der Fisch kommt direkt am Ufer hoch. Sein Schädel ist flach und ledrig. Er treibt ein wenig hin und her, dann schlägt er mit dem Schwanz und schwimmt zur Mitte des Teiches.

Garten Eden, gutes, wildes Land.

Auf einmal wird es heißer und heißer, und sie ist da. Heute trägt sie gar nichts. Sie liegt nackt neben Egon am Ufer, ihre Haut ist zart und rosig wie bei einem Kind. Sie hat eine Gänsehaut und dreht sich murrend herum. Ihre grünen Augen sind hungrig, und ihr Mund lacht. Egon legt sich zu ihr.

Der Wels in der Mitte des Schwarzen Lochs macht noch einen Satz, der hohe Wellen schlägt, und verschwindet dann.

Egon glüht und weiß, er ist nicht nur der erste Mensch, sondern hat auch noch viel Glück dazu.

Und nachher? Sie fängt wieder damit an:

Zeig, daß du mich liebst, meine Blume, und tu irgend etwas.

Was? Egon ist argwöhnisch.

Na, schau doch, dort!

Er folgt ihrem Blick und sieht zwei sechzehn-, siebzehnjährige Mädchen auf ihren Fahrrädern auf der gegenüberliegenden Seite des Schwarzen Lochs den Hubertusdamm entlangstrampeln.

Es ist doch ganz leicht!

Nein! Egon ist stark und unnachgiebig. Was nicht geht, das geht nicht. Manchmal ist er der Herr. Eines der Mädeln schaut zu dem Gewässer herab, es kann Egons Geliebte nicht

sehen, den Egon aber wohl, es macht eine Bemerkung, das andere Mädel schaut auch her. Die beiden sehen einen fast nackten, zerrauften Mann, und sie radeln schneller.
Komm jetzt. Liebst du mich oder nicht?
Ich liebe dich, aber ich bleibe ganz sicher hier sitzen.
Unzufrieden wälzt sich die Geliebte am Ufer herum.
Dann eben nicht. Dann das große Blühen.
Das gerne, denkt Egon.
Kennst du die Bäume mit den Früchten aus weißem Porzellan?
Egon hört genau zu. Das letzte Rot des Himmels schwindet langsam. Plötzlich wird es kalt, und sie ist verschwunden. Unter dem Mantel der Nacht macht sich Egon an ihren Auftrag. Er findet viele Bäume mit Früchten aus weißem Porzellan.

18.
Asche zu Asche

Die Kommissarin Mimi Sommer kommt anderntags zeitig ins Sicherheitsbüro, obwohl es ein Samstag ist. Weil sie weiß, daß ihr neuer Kompagnon, der Bruckner, auch zeitig zu arbeiten beginnt, und weil sie sich – nicht direkt aber doch irgendwie – entschuldigen will für ihr Schnappen am vorigen Abend beim Heurigen, wo doch eigentlich alles angenehm war und friedlich. Ihre Laune ist halt zum Teufel gegangen wegen dieser hübschen, reichen Studienkollegin und der ganzen Ungerechtigkeit der Welt.

So trifft die Mimi kurz nach sieben ein, zu der vielleicht unschuldigsten Stunde dieses sinistren Polizeipalastes, während der die Sonne wie eine nachlässige Bedienerin die Fluchten und Korridore und Polizistenzimmer fegt, um sich bald andere, freundlichere Plätze zum Scheinen zu suchen.

Der Bruckner aber ist schon dagewesen und jetzt schon wieder fort.

»Notruf, 22. Distrikt«, sagt der Journaldienst.

Zehn Minuten später ruft Inspektor Bruckner von einem Wirten aus an: »Morgen, Frau Magister Sommer«, sagt es aus dem Hörer und Mimi kriegt gut mit, wie genau der Inspektor die letzten drei der vier Worte betont, obwohl der Empfang schlecht ist. Sie geniert sich ein bißchen.

»Wo sind S' denn?« plärrt sie laut in den Hörer. Der Empfang wird noch schlechter.

»... Hiasl.« hört sie.

»Wo?«

»Beim Roten Hiasl, Dechantlacke.« Jetzt klappt es besser. »Kommen S' vielleicht doch selber, wir haben a großangelegte Brandstiftung.«

»Boote?« fragt Mimi, »Würstelstände?«

»Strommasten, alte hölzerne ... Und zwar fünfunddreißig.«

»Echt?« fragt Mimi. Aber was der Bruckner dann sagt, versteht Sie wieder nicht.

Sie rennt zum Opel und fährt zum Roten Hiasl. Dechantlacke, klar. Schon wieder Lobau. Mimis innere Stimme hat über die geographische Komponente der Fälle aus den letzten beiden Wochen längst schon ihr Urteil gesprochen: Sicher kein Zufall. Und warum? Keine Ahnung. Mimis innere Stimme ist sehr unverblümt.

Es ist Samstag und schon wieder ein bißchen heißer. Offenbar wollen alle Wiener an ihren Strom. Ob euch das guttun wird? fragt die innere Stimme. Gusch! sagt Mimi zu ihr, und die innere Stimme schweigt.

Der Rote Hiasl ist ein alter Flußwirt, der teils durch saufende Nudisten, teils durch Hochzeiten und andere geschlossene Gesellschaften immer reicher, moderner und geschmackloser geworden ist. »Tor zur Lobau« prangt in schweren Bronzelettern über dem Gastgartentor. Drin steht der Bruckner mit einem kleinen Bier an der Schank.

»Guten Morgen«, grüßt er vorsichtig. Mimi nickt nur, stupst ihn aber mit der Faust freundlich in den Oberarm. Der Bruckner zeigt sein Erstaunen über diese freundschaftliche Geste nicht.

»Strommasten«, sagt der Bruckner, »nicht gerade am neuesten Stand der Technik, der ganze Sumpf hier ist verkabelt wie in den fünfziger Jahren. Hartholzmasten mit Porzellanisolatoren. Dreißig von denen, meistens an Kreuzungspunkten und Verteilerknoten, haben unbekannte Täter den Zeugenaussagen zufolge zwischen ein und drei Uhr früh abgefackelt. Keiner weiß, warum nicht der ganze Wald gebrannt hat. Die Spurensicherung kommt natürlich nur langsam voran. Die Plätze sind zum Teil kilometerweit auseinander. Bei den vier

Tatorten, wo sie bis jetzt waren, haben sie festgestellt, daß die Masten fast zur Gänze eingeäschert sind, es gibt Benzinspuren. Das ist alles penibel präpariert worden.«

»Die Zeugen?«

»Ein paar Anrainer. Die haben es aus der Ferne lodern gesehen und sich nicht hingetraut. Interessant ist ...«

»Was?«

»... na, daß zwei, nein, sogar drei Zeugen, darunter der Förstergehilfe, angegeben haben, daß das Feuer an mehreren Stellen zugleich ausgebrochen ist.«

»Mehrere Täter?«

»Scheint so. Oder einer mit einem Netz aus Lunten. Nur die Masten sind verbrannt, außerhalb eines Umkreises von achtzig Zentimeter Durchmesser ist alles glücklicher Nationalpark.«

Bruckner trinkt aus, und die beiden fahren mit dem Opel so nah wie möglich an einen der Brandplätze heran, an denen die Spurensicherung gerade beschäftigt ist.

»Es ist sogar sicher Benzin«, sagt der Chef der Spurengruppe. »Wir haben's auch im Boden gefunden, wenn auch nur ein paar winzige Spritzer. Sie haben supersauber gearbeitet.«

Wo der Mast war, ist nur noch eine runde Stelle mit weißer Asche übrig, die im lauen Sommerwind manchmal ein bißchen in die Umgebung schneit. Mittendrin, wie Eier in einem apokalyptischen Nest, die schönen altmodischen Porzellanisolatoren. Die Leitung ist direkt am Mast durchgeschmort, ihre zwei Teile führen wie Hälften eines endlosen Regenwurms in zwei Richtungen davon.

»An manchen Stellen«, sagt der Spurensicherer, »sind die Kabel ins Wasser von irgendwelchen Tümpeln gefallen. Wo noch Strom war, hat es die halbe Nacht geknistert. Daß der Wald hier noch steht, ist ein Wunder, rein technisch gesehen. Seit einer Woche ist es nur schön gewesen.« Er schaut ernst: »Glauben Sie an was Politisches?« fragt er Mimi.

»Ich glaub' nur an Gespenster und an Gelsen«, sagt Mimi. Sie schaut den Bruckner an und beide spazieren, der Stromleitung folgend, ein Stück in den Wald hinein.

»Vor vier Jahren hat es wirklich was Politisches bei einem Strommasten gegeben. Aber das war erstens der Hauptversorger von Wien Süd, und zweitens haben sich die Anarchos, die ihn pflücken wollten, selber in die Luft gesprengt«, sagt Bruckner.

Sie runzelt die Stirn: »Und welcher Profi sucht sich die unbedeutendste Stromleitung von Wien aus?«

»Na ja, immerhin ...«, beginnt der Bruckner.

»Was? Wer ist denn betroffen?«

»Die Hälfte der Anschlüsse in diesem Gebiet, das sind zwar nicht sehr viele, aber es ist doch ein Schotterwerk dabei, außerdem die Hendlfarm, wo angeblich die automatische Fütterung ex gegangen ist, und vor allem die Steuerung vom Grundwasserwerk der Gemeinde. Vielleicht haben Sie ja das gemeint ... Obwohl da ein, zwei Masten auch genügt hätten.«

Mimi schaut fragend.

»Alles wieder gut dort drüben«, sagt Bruckner, »die haben eine neuere Leitung auch noch, und die hat es nicht erwischt.«

Die Stimmen der Spurensicherung sind jetzt still. In den Bäumen rufen Vögel und Grillen im Gras. Es ist sehr friedlich.

»Bruckner«, beginnt Mimi. Sie sagt es so leise, daß der Linzer, der in seinen Notizblock starrt, es zunächst noch gar nicht hört. »Bruckner.«

»Bitte?«

»Der Meuchler von der Würstelhütte war vorher in diesem Wald hier spazieren.«

»Na ja, hier ...«, sagt Bruckner.

»Aber im selben Wald. Und der Tümpel, an dem die Prochaska ihren Schweißer zerlegt hat, liegt auch im selben Wald.

Heute nacht brennen die Elektromasten in diesem Wald und vor zwei Wochen die Ausflugsboote in einem ähnlichen Wald. Ich frag' mich, ob's nur wegen der Gelsen ist, daß ich denke, alles gehört zusammen.«

Bruckner macht ein schwer deutbares Gesicht und lacht schließlich: »Vielleicht samma ja romantisiert, Frau Kollegin, weil ma uns in diesem Wald kennengelernt haben.« Sofort wird er wieder ernst: »Das war jetzt ein blöder Witz«, sagt er sachlich dazu.

»Das war's wirklich«, sagt Mimi. Sie schweigt einen Augenblick. »Bevor diese Tussi gestern dahergekommen ist, meine Bekannte, war ich gut aufgelegt.«

»Ich weiß«, sagt der Bruckner, »ich auch.«

»Da hätt' ich Sie gern etwas Intimes gefragt. Können Sie sich wirklich an nichts mehr erinnern, was in der Nacht los war, in der ich sie verhaftet hab'?«

»Ich hab's doch gesagt: doppeltes großes Vergessen.«

»Aber haben Sie nicht irgend jemandem getroffen? Wissen Sie gar nix?«

»Die Hur'. Die slowakische. Aber das war ja am Anfang.«

»Von was?« bohrt Mimi.

»Vom Vergessen«, sagt Bruckner. »Wie sie mich geschnappt haben, weiß ich noch, daß ich sehr erleichtert war, als ob der mit der Sensen oder was Ähnliches in der Nähe vorbeigegangen wär'.«

»Das klingt katholisch, Bruckner«, sagt Mimi. Sie beschließt, dem Kollegen nicht zu erzählen, was sie in der Nacht auf dem Funk gehört hat.

»Was mach' ma jetzt«, möchte der Bruckner wissen.

»Wir werden uns die Nächte hier anschauen«, sagt die Kommissarin. »Ich fang an, dann hab ich's hinter mir, weil in der nächsten Nacht sind Sie dran, Bruckner, und Sie lösen mir garantiert den Fall.«

Der Bruckner starrt auf seine Gelsenstiche und blickt

drein, als würde er gleich heulen. Aber er schweigt, und sie gehen zurück Richtung Opel. An der Stelle des ehemaligen Masten wühlt Bruckner mit seinem Schuh in den Überresten.

»Asche zu Asche«, sagt er trotzig. »Das war jetzt katholisch.«

19.
Nach Abgang der Sonne

Nach Abgang der Sonne geht Mimi ins Kino. Sie sucht sich eine Vorstellung im Freien aus. Eine der Leinwände, die sie im Sommer in den Parks aufstellen, rundherum ein paar Imbisse, auf dem Programm meistens Klassiker und ein paar Kunstfilme.

Mimi nimmt den Film namens *Lost Highway*, und zwar, weil sie den Bill Pullman gern mag, der da mitspielt. Der Park, in den sie geht, ist der Augarten im zweiten Distrikt, rechts von der Leinwand erhebt sich der Buckel eines Flakturms. Da flattern jetzt nach Sonnenuntergang noch einmal die Tauben auf, ehe die Nacht kommt und der Film beginnt.

Lost Highway. Bill Pullman spielt Saxophon, und außerdem ist er der Mörder seiner Frau, vielleicht aber auch nicht, denn vielleicht hat er einen Doppelgänger, oder sein Geist befehligt zwei Männer statt nur sich selbst, und all das wird Mimi nicht so klar, weil sie, ohne im Geringsten unaufmerksam zu sein, weniger die Handlung des Films sieht als seine düsteren, schönen Bilder.

Es ist ein verhangener Film, Pullmans Saxophon spült den Teil von Mimis Bewußtsein leer, den sie zur Abwechslung einmal nicht mit beruflichen Dingen gefüllt haben möchte.

Der Film kommt und geht, zerfasert in seine Bilder, und Mimi, die weit oben am auf der Tribüne sitzt, träumt ein paar andere Bilder dazu, seltsame Masken steigen aus dem Untergrund ihrer Seele, sie lächeln und ziehen Grimassen, sie zwinkern oder heulen, Mimis Verstand ist halb abgedunkelt, die Zeit zieht sachte an ihr vorbei, und ihr Körper entspannt sich ein bißchen.

Nach dem Film holt sie sich an einem der Stände ein Curry

und wandert in seltsamer Verfassung mit dem Pappteller durch den Park. Sie läßt sich auf einer Bank nieder und ißt ihr Nachtmahl. In den Kronen der Kastanien über ihr ist plötzlich eine Bewegung, ein großer Vogel wird halb im Schlaf von Ast zu Ast gehüpft sein, aber sie sieht ihn nicht, die Äste, die Zweige und Blätter versperren wie aus Bösartigkeit die Sicht. Alles da oben ist wie immer schweigend und verschlossen. Schweigende Monster eben.

Sie will noch kurz nach Hause, bevor sie – ›so ein Stückel nach Mitternacht‹, hat sie dem Bruckner angekündigt – zur Observation des Unbekannten, des Feuerteufels, in die Lobau aufbrechen will.

Kurz vor Mitternacht hockt sie in ihrem brütenden Nest an der Donaustraße, und sie ist dem Zentrum der Stadt wirklich dankbar, daß es aus so viel Stein und so wenig Vegetation besteht. Sie streckt sich zwischen drei geöffneten Kartons mit Fotos auf ihrem weichen blauen Bett aus, und der Luftzug des kleinen zitronengelben Ventilators pfaucht durch ihr malträtiertes Haar.

Kurz vor Mitternacht, und jetzt starrt sie schon eine Viertelstunde lang die Fotografie ihrer damals noch jungen Mutter an, die offenbar schon mehrmaliges Ausmisten der Fotokisten überstanden hat, sonst wäre sie wohl nicht da. Es ist eine bräunlich getönte Schwarzweißfotografie aus der Mitte der Sechziger. Mimi hat das Studio mit dem unangenehmen Fotografen in der Grazer Innenstadt noch selbst kennengelernt.

Dieses Foto hat Mimi gar nicht gesucht, sondern etwas anderes, ganz Bestimmtes, aber trotzdem bleibt dieses Porträt irgendwie jetzt schon viel zu lang in ihrer Hand, so, als klebe es an ihr, oder als ob die Zeit still stehe.

Vom Gesicht ihrer verstorbenen Mutter geht noch immer eine seltsame Anziehungskraft aus. Es ist voll sirupsüßer Lockung, und nur an der gespannten Haut an den Schläfen, an den festgezurrten Lippen, am berechnenden Blick merkt man das, was an Mimis Mutter so schrecklich gewesen ist. Dieses auf schwer zu bestimmende Weise Illusionslose, dieses bei lebendigem Leibe Tote im Dienst der Gesellschaft.

Mimi schafft es endlich, das Bild aus ihrer Hand und vom Bett gleiten zu lassen. Sie wendet sich dem letzten Karton zu und wühlt noch ein paar Minuten, bis sie endlich hat, woran sie sich vorhin im Park so glasklar erinnert hat.

Es ist eine quadratische, knallbunte Siebzigerjahre-Aufnahme mit weißem Rahmen. Es zeigt eine Volksschulklasse auf Ausflug, Mimis Klasse. Mimi war acht, als die Klasse mit ihrer Lehrerin nach Murau gefahren ist, um unter Mitarbeit eines Naturschützers drei Tage lang in langen Spaziergängen den Wald zu beobachten, soweit man Drittklässler hat dazu motivieren können. Mimi erinnert sich noch heute daran, wie froh ihre Mutter darüber war, daß das Mädel einmal aus dem Haus war.

Es sind fünfzehn Buben und Mädeln, die Lehrerin und der Typ vom Naturbund – Mimi sucht und findet ihr Gesicht.

Dann schaut sie den Hintergrund an, einen dreißig Meter hoch aufragenden schwarzen Hochwald aus Tannen und Föhren. Das war der erste Wald, an den sich Mimi erinnern kann. Schweigende Monster. Auf diesem Foto wirken die Bäume kleiner und entrückter, als sie es in Mimis Erinnerung sind – sogar in ihrer Erinnerung an früheres Betrachten dieser Fotografie.

Aber das Schreckliche des Waldes findet sie doch: Auf dem schmalen und – wie es damals allgemein geheißen hat – elfenhaft schönen Gesichtchen von Klein-Mimi, eigentlich Mireille.

Ja, sie hat sich gefürchtet. Es gibt keine schönen Märchenwälder, hat sie sich gedacht. Nur schweigende Monster mit Zweigen statt Krallen.

Das Mädchen Mimi trägt auf der Fotografie einen rosa Anorak, es war noch kühl, Frühjahr, und das Gesicht ist klein und verzagt.

Das Schwarzgrün des Waldes auf dem Bild verblaßt. Mimi läßt auch dieses Foto auf den Boden gleiten.

Sie macht ein paar Minuten noch die Augen zu, dehnt sich unter Knacken und Knirschen ihrer Wirbelsäule auf dem gemütlichen Bett zu ihrer vollen Länge, wie eine Katze. Dann trinkt sie eine Schale lauwarmen Tees aus und schlüpft in einen dunkelblauen, leichten, aber langärmeligen Sweater mit Kapuze. Sie zieht unmögliche rostrote Leggings an und ihre Joggingschuhe.

Am Spiegel über dem Waschbecken will sie eigentlich unerkannt vorbei, aber plötzlich bleibt sie doch stehen. An ihrem Gesicht ist etwas anders. Ein paar Augenblicke starrt sie sich an und fragt sich, was es ist. Dann merkt sie es mit einem freudigen Staunen und einer Spur von Befangenheit: Ihr Gesicht wird schöner.

Es strahlt von innen.

Ist das die reine Natürlichkeit, die in der Illustrierten am Ende des Unscheinbarwerdens steht?

Ihre Augen scheinen weiter hervorgekommen zu sein.

Das Verkniffene, das ein zusammengepreßter Mund bei einer Physiognomie bewirken kann, ist verschwunden, weil Mimis Mund weicher ist; Mimis langer Hals steht aufrecht, und der Kopf schaut, das muß man sagen, in dieser Haltung einfach ein bißchen günstiger aus. Mimi dreht sich weg und setzt die Kapuze auf. Den Opel, den sie unten in zweiter Spur geparkt hat, pflückt sie einem Abschleppwagen unter Vorzeigen ihrer Dienstmarke wieder vom Kran.

Während sie die Praterstraße entlang auf Lasallestraße und Reichsbrücke zufährt, ruft sie im Sicherheitsbüro an. Es ist zwanzig nach zwölf. Der Bruckner, der das ganze Papierzeugs rund um die Brandstiftung übernommen hat, ist natürlich noch da.

»Und, Aufbruch ins Glück?« fragt er.

»Genau«, sagt Mimi, »was war?«

»Nix. Ich fahr jetzt z' Haus'. Morgen bin ich früh da. Sie werden ja schlafen wollen.«

»So was Ähnliches«, sagt Mimi. »Vielleicht meld' ich mich«, sagt sie noch.

»Gut«, sagt Bruckner und legt auf. Mimi schaut das Telefon an, dann schaltet sie es ab und legt es ins Handschuhfach. Sie überquert die Donau, fährt an den Türmen der UNO und deren Umgebung vorbei, wo alles dunkel und schläfrig wirkt. Nachher rechts auf die Erzherzog-Karl-Straße.

Im Auto nervt das erste Summen einer Gelse.

Das Flußland streckt seine langen Finger nach der Kommissarin Mimi Sommer aus.

Das Flußland ist in Erwartung des Regens. Länger als sieben, acht Tage kann eine solche Hitzewelle in Wien nicht dauern. Zu knapp an der Kante zwischen atlantischem und kontinentalem Klima liegt die Stadt, als daß sich Wetterstimmungen wirklich gemütlich einrichten könnten. Auf Hitze folgt Blitz und Wettersturz. So ist es, so war es immer.

Ein Dschungel wie die Lobau ist nachts immer ein Jagdplatz, aber diesmal läuft alles hastiger unter der Vorahnung des Gewitters, das sich wie ein großes Kraftfeld langsam über den Himmel schiebt. Marder lauern Vögeln auf, Dachse graben Mäusenester aus. Wildschweine ackern Felder im Dschungel um, und alles das geschieht in Eile. Die Bewohner des Flußlandes bringen allerhand voran, während sich die Atmosphäre allmählich immer weiter auflädt, bis nach Mitternacht plötzlich jedes Wesen zu der plötzlichen Gewißheit kommt, es sei gut für heute. Alles duckt sich und kriecht in seinen Bau, wird ein Teil der Ruhe vor dem Sturm.

Nur Egon streift noch immer gelassen die Saumpfade seines Gartens entlang. In Ruhe bedeckt er seine Lager aus Benzinkanistern und Feuerzeugen mit vorbereiteten Planen. Er besucht seine Ausgucke, patrouilliert auf seinen Routen.

An der dem Dorf Eßling zugewandten Flanke seines großen Reviers spürt er erstmals den Eindringling. Er kommt näher an ihn heran, und dann fühlt er, schon aus der Ferne: Es ist eine Frau.

Als habe das Geheimnisvolle nur auf diese Erkenntnis Egons gewartet, ist es mit einem Mal an seiner Seite, heiß, flirrend, nervös. Eifersüchtig.

Ja, Besuch, Liebster. Man ist deinen roten Blüten von gestern Nacht auf der Spur.

Egon schnauft und duckt sich in dem Gestrüpp, das ihn verdeckt. Die für fast alle Welt unsichtbare Hand seiner Geliebten streichelt ihn am Hals, während er angestrengt in Richtung der eingedrungenen Frau lauscht.

Hinter Eßling gibt es am Rand des Waldes einen Parkplatz für Spaziergänger. Dort hat Mimi den Opel eingeparkt.

Einen Augenblick lang überlegt sie, ob sie das Telefon nicht doch mitnehmen soll, aber die gewisse Stimme sagt ihr, daß es darum ohnehin nicht geht.

Es geht doch nur um dich und diesen komischen Wald.

Das Handschuhfach bleibt zu. Mimi stopft ihre Leggings in die Schuhe und zieht dünne Handschuhe über. Den aus der Kapuze hervorschauenden Rest ihres Gesichts reibt sie mit Gelsensalbe ein und trabt langsam ins Innere des Urwalds.

Und vielleicht hat auch tatsächlich irgendwo ein Lausbub einem anderen etwas zugebrüllt, aber wenn, dann war es weit entfernt, und die Kräfte dieser Nacht haben den Ruf umgeleitet, so daß er zuletzt zu Mimis Linken aus dem Wald zu kommen scheint.

In jedem Fall *glaubt* Mimi, diesen Ruf zu hören, und als der Gürtel der Bäume und Büsche sich einen schmalen Spalt weit auftut, überwindet sie sich und dringt ins Dickicht ein.

Es wird in kurzen Abständen schwierig, dann mühsam, zuletzt eine Qual. Überall sind unsichtbare Ranken, Disteln,

Kletten. Überall bleibt sie hängen. Sie ist bald außer Atem. Der Schweiß bricht ihr aus. Als sie eine kleine Lichtung im Wald erreicht, an der man zwischen den säulenartigen Stämmen zweier Aubäume sogar ein Fleckchen Himmel mit einem einzigen Stern sehen kann, da beschließt sie zu rasten, hockt sich auf einen Baumstumpf und versucht, wieder zu Atem zu kommen.

Keine zwei Meter Luftlinie Entfernung von dem Stumpf, auf dem sie sitzt, steht Egon im Inneren eines hohlen Aubaums. Er atmet ganz flach, und nicht einmal die Eichhörnchen oben in den Ästen hören ihn. Er schaut durch einen Spalt auf die fremde Frau, und weil seine Augen im Dunkel längst schon besser sehen als bei Licht, wo er sie meist geschlossen hält, kann er jede Regung auf dem Gesicht der Frau sehen.
 Die Geliebte steht neben Egon und in Egon, sie schaut durch seine Augen und denkt in seinem Kopf.
 Dich will sie, du bist heute ihr erster Preis, sagt die Geliebte.
 Ach, denkt Egon, die hat doch die Hosen voll.
 Bist du sicher, Liebster? Wollen wir ihr nicht zuvorkommen?
 Nein, die tut nix. Egon schüttelt den Kopf.
 Schau, denkt er dann, jetzt heult sie.

Es war ein Fehler Mimis, sich zur Rast hinzuhocken. Denn unmerklich hat ihr Körper es sich in den paar Augenblicken der Rast gemütlich auf dem Baumstumpf eingerichtet, und als ihr Geist ihn wieder zum Aufstehen bringen will, da schafft er es nicht mehr.
 Es ist die Angst. Sie hat sich angeschlichen, legt ihre Hände um Mimis Hals und lähmt die Kommissarin.
 Scheiße, ich habe kein Telefon! Ich muß jemanden rufen, irgend jemandem. Irgendwer muß mich doch retten!
 So und ähnlich fährt es ihr durch den Kopf.
 Ihr Herz schlägt viel zu schnell, und ihr Atem kommt

heiser und schadhaft wie bei einem kaputten Blasebalg aus ihr hervor.

Über ihr schweben die Hände der Bäume.

Eine Zunge des kommenden Gewitters ist vor den einzigen Stern gezogen. Überall raschelt es, und große Äste krachen im Wald unter den Tritten namenloser Ungeheuer.

Diesmal ist sie ganz allein. Kein Telefon. Kein Funk. Kein Auto mit Türen.

Ein kleines Wesen kriecht zielstrebig in ihrer Legging das Bein hoch. Mimi beginnt sich panisch zu kratzen.

Nichts Friedliches ist da draußen. Kein Vogel, nichts.

Nur ihr Widersacher, der Wald.

»Bitte, bitte«, flüstert Mimi halblaut, »laßt's mich doch in Ruh.«

Und jetzt heult sie.

Sie macht die Augen zu vor Furcht, aber es hilft nichts, denn wenn sie die Augen zumacht, dann hören die Ohren noch lauter, und das bewirkt, daß sie die Bedrohungen näherkommen zu hören glaubt.

So macht sie die Augen wieder auf und verteilt den Schrecken auf zwei Sinne.

Die Tränen fließen, und Mimi wünscht sich jemanden, der ihr hilft, als sich endlich diese gewisse respektlose Stimme aus ihrem Inneren durchsetzt:

Genau. Jetzt heulst du. Und morgen kündigst du. Der Klang der Stimme ist spöttisch. Und übermorgen suchst du dir einen Therapeuten. Dem sagst du, daß dein Problem alles ist, was älter ist als du, sogar ein Baum kann dich wegen seines Alters an deine gräßliche Mutter erinnern und fix und fertig machen.

»Nein«, sagt Mimi laut.

Doch. Du nimmst sozusagen deinen Abschied. Du fügst dich.

»Nein.«

Mimi steht auf. Und die Stimme ist ruhig.

Sie reißt die Augen weit auf und streckt die Arme von sich, weil sie sich so größer machen kann.

Sie lauscht.

Gar nix, denkt sie, nix außer einem Gewitter, das kommt. Daher der Sturm und der Lärm im Wald. Bald haben wir Regen.

Es gibt keine Drohung. Oder doch keine Angst mehr. Weniger zumindest.

Sie setzt sich wieder nieder und ist jetzt vollkommen ruhig.

Sie muß lachen, weil sie hat es überstanden. Sie schläft ein.

Drei Stunden später wird sie auf demselben Baumstumpf wieder wach. Es ist ganz hell, halb sechs. Eine gute halbe Stunde vor Sonnenaufgang.

Nirgends hat es gebrannt, das weiß Mimi Sommer so genau, als wäre sie während ihres totenartigen Schlummers überall in diesem Wald zur Kontrolle zugegen gewesen.

Nein, nicht heute Nacht.

Ihr Leib tut ihr weh vom unbequemen Kauern.

Das Gewitter hat noch immer nicht begonnen, jeden Augenblick muß es losbrechen. Sie hastet aus dem Wald zurück in Richtung Parkplatz.

Im Opel sucht sie die Reservezigaretten Bruckners und zündet sich erstmals seit zehn Jahren wieder eine an.

20.
Vor Aufgang der Sonne

Am Strom, an der uralten Donau, hängt jeder fest, der sich einmal auf sie eingelassen hat. Die Donau ist schon eine ganz besondere Überlandleitung gewesen, bevor der Mensch sie in seinen Kraftwerken zur Erzeugerin der Elektrizität versklavt hat, um seine Kleingeräte an ihr zu speisen. Die Donau ist stark, und wehe dem, der sie sich zum Spielzeug wählt.

Der Kommerzialrat Prechtl ist am Sonntag, dem 4. Juli 1999, schon um fünf Uhr früh an Bord seines Motorbootes »Daphne«, das im Yachthafen von Kahlenbergerdorf zwischen Klosterneuburg und Wien seinen Platz hat. Die Daphne ist ein für vier Personen zugelassenes Hochleistungsmotorboot, mit dem der Kommerzialrat Prechtl, im Brotberuf Inhaber einer gutgehenden Vergaserwerkstatt für US-amerikanische Automodelle, am Wochenende und in den Ferien einer von den paar hundert Privatkapitänen wird, die den Strom bei Wien leidenschaftlich befahren.

Die Privatkapitäne sind – was für Österreich nicht unüblich ist – willige Knechte der Bürokratie: Das Stück Strom, das sie bereisen dürfen, ist gewöhnlich klein und muß durch hohe Gebühren erkauft werden. Üblicherweise liegt das permittierte Fahrtstück zwischen den zwei es begrenzenden Flußkraftwerken, es sei denn, man besitzt die teuren Schleusenkarten und zahlt auch Berechtigungsgeld für benachbarte Stromabschnitte.

Des Kommerzialrats Grenzen sind die Kraftwerke von Greifenstein und der Freudenau, aber dieses Reich genügt ihm: Damit hat er Wien.

Das hat *Glamour*, sagt er gern.

Er hat die Hauptstadt, er hat die Donauinsel, er hat die schicken Strombäder flußaufwärts.

Seine Daphne ist hochfrisiert, und das freut den Prechtl, der als Vergasertechniker Motoren gut beurteilen kann. Prechtl ist ein fetter Mann, der, zur Sicherheit und um das Gleichgewicht nicht zu verlieren, zumeist mit weit von sich gestreckten Armen an Bord der Daphne balanciert. Aber hat er einmal alle Vorbereitungen zu einer Fahrt hinter sich gebracht, hat er die Leinen erst gelöst, dann fällt er wie eine reife Frucht in seinen komfortablen Kapitänssessel, läßt das 300 PS starke Motorboot an und verläßt seinen Ankerplatz an der Marina von Kahlenbergerdorf.

Dann schnellt der Prechtl, seine bärenhafte Unbeholfenheit zu Lande hinter sich lassend, wie eine Mischung aus Vogel und Delphin mit der Daphne über die Wellen. An Plätzen, wo er gut zur Geltung kommt, parkt er die Daphne mit einem eleganten Anker vor den Stränden, setzt Sonnenbrille und Schirmkappe auf und wuchtet sich mit ein paar Bieren, einem Transistorradio und einem lichtstarken Teleskop auf den Bug, bis irgendwer, der sich für sein Gefährt interessiert, näher geplanscht kommt und ein nach austauschbaren Regeln ablaufendes Gespräch beginnt.

Im besten Fall gutaussehende Damen. Da charmiert der Kommerzialrat dann, wie er es nennt, und bläst seinen aufgedunsenen Körper noch ein bißchen mehr auf. Zu mehr kommt es nie, nicht etwa wegen der mühseligen Ehe mit einer gottlob zur Seekrankheit neigenden, zankseligen Kommerzialrätin, sondern weil die Statur des Prechtl ihn an Romeo-Spielchen am Wasser hindert. Der gute Eindruck, sagt er Freunden und anderen Kapitänen, ist erzielt. Das ist die Hauptsach'.

Ihm reicht, sagt er, *Glamour*.

Kurz nach fünf, am 4. Juli 99, startet die Daphne in Kahlenbergerdorf.

Düster hängt ein Gewitter in der lauen, manchmal von

Böen bewegten Morgenluft, aber Prechtl, der sich als Kapitän im Wetter nicht schlecht auskennt, hat im Gefühl, daß es irgendwie nicht so schlimm wird.

Er löst die Leinen.

Er tuckert, leise und unauffällig noch, wie auf Pirsch flußaufwärts. Er will sein teuer bezahltes Teilstück des Stromes heute von oben nach unten gemächlich aufrollen. Es ist ein Sonntag, allerhand wird los sein.

Ein versperrtes Kästchen unter dem Armaturenbrett der Daphne enthält das teure Teleskop. Der Kommerzialrat liebt es, damit die Ufer abzusuchen.

Er fährt nicht ganz bis Greifenstein, schon vor dem noch leeren Strombad Kritzendorf wendet er und ankert vor einer sandigen Bucht.

Prechtls Teleskop gleitet über die altertümliche Badeanlage von Kritzendorf und die angrenzende, aus Angst vor Hochwassern auf Pfählen errichtete Gartensiedlung.

Ganz langsam erwacht sommermorgendliches Leben. Irgendwo bellt ein Hund, irgendwo anders schreit ein Säugling, ein früher Angler mit Kescher und Kübel trottet dem Prechtl durch den kreisrunden Blickausschnitt.

Noch keine Schwimmer. Und keine Gelsen.

Es ist die beste Stunde, um den Sommer zu erleben, zumindest für Dicke, denkt der Kommerzialrat. Er öffnet das erste Bier des Tages und ißt dazu zwei Längen einer Landjäger, ohne sein Fernglas dabei aus der Hand zu geben.

Es herrscht vollkommene Ruhe. Die Borduhr zeigt fünf Uhr 38 an.

Da hört der Kommerzialrat Prechtl eine Frauenstimme seinen Vornamen sagen: »Alois.«

Wie jeder Mensch, der eine Stimme hört, die zu nichts Sichtbarem gehören kann, sagt der Prechtl zunächst einmal:

»Was?«

Obwohl er den Inhalt des Rufs haargenau verstanden hat.

Die Stimme wiederholt es bereitwillig:

»Alois. Hier, Alois.«

Der Kommerzialrat hat jetzt gut lokalisiert, daß die Stimme von unterhalb des Bugs herkommt, dort, wo die Ankerkette im Wasser verschwindet, eine von seinem jetzigen Platz nicht einsehbare Stelle.

Verständlicherweise nervös, stemmt er sich hoch und krabbelt zum Bug.

»Schneller, lieber Alois.«

Der Kommerzialrat schiebt sein fleischiges Gesicht an die Bordkante und sieht, neckisch an der Ankerkette baumelnd, eine ausgesprochen attraktive Weibsperson, die nichts anhat.

Das Tragische ist, daß das Gesicht der Frau zirka 40 Zentimeter unter Wasser steckt, die Beine entziehen sich im grünlichen Flußwasser der Sicht.

Trotzdem spricht sie: »Endlich, Alois.«

Der Prechtl ist überzeugt, im Vollbesitz seiner geistigen Kräfte zu sein, er anerkennt also die Tatsache, daß so etwas nicht möglich ist in der Welt der Vergaser und Kommerzialräte.

Aber was soll er machen? Sie spricht. Und dabei schaut sie ihn mit offenen Augen an, wo doch der Prechtl weiß, daß Menschenaugen unter der Oberfläche des Flusses kaum offenzuhalten sind, feiner Sand ist im Wasser, und bald brennen sie davon. Man muß zwinkern und sie schließen.

»Hilfst' mir nicht hinauf?« fragt die Stimme. Die Frau lächelt.

Wenn jemand unter Wasser spricht, geht es Prechtl durch den Kopf, müßten Luftblasen aufsteigen. Das tun sie aber nicht.

Er merkt, wie ein wahnsinniges Kichern in ihm aufsteigt:

»Bist du 'leicht das Donauweiberl?« fragt er glucksend.

»Genau.« Die Frau unter Wasser scheint richtig erfreut zu sein. Sie streckt einen Arm hoch.

Der Kommerzialrat Alois Prechtl streckt wider seine Vernunft die Hand ins Wasser.

Wenig später, elf Minuten vor sechs, gewinnt der Kommerzialrat Prechtl sein Bewußtsein wieder und merkt, daß er wie eine Boje, mit der Hand krampfhaft die Ankerkette umklammernd, neben seinem Boot Daphne treibt.

Wie soll ich da rauskommen, denkt er, die Leiter ist oben im Boot.

Aber das, was eben in ihn eingetreten ist, gibt ihm Kraft, so daß er plötzlich fähig wird, trotz seines Fetts wie ein junger Bademeister aufs Deck seines Bootes zu hechten.

Ja, er ist ganz bei der Sache.

Mit flinken Griffen holt er die Ankerkette ein, setzt sich auf seinen bequemen Stuhl, und jetzt, ja, jetzt läßt er den Motor so richtig aufheulen. Menschen in Kritzendorf werden aufmerksam, aber da ist der Kommerzialrat eigentlich schon weg.

Er legt den Gang ein und begibt sich auf die ihm befohlene Mission.

Sein Ziel liegt flußabwärts, am Ende seines Reichs.

Der Strom verbindet die Menschen. Zu jeder Zeit und jeder Stunde. Mira Jadran ist zweiundzwanzig Jahre alt und eine schöne Rom, die mit ihrer viele Dutzend Köpfe zählenden Familie in einer Reihenhaussiedlung am Biberhaufenweg im 22. Distrikt lebt.

Mira ist noch unverheiratet, und sie läßt sich Zeit damit, das zu ändern. Ihre Familie ist Anfang der Achtziger aus Rumänien geflüchtet und in Wien geblieben, wo man Verwandte hat.

Mira hat gut Deutsch gelernt, auch wenn sie zu Hause noch immer Romanès sprechen. Nein, sie hat es nicht eilig zu heiraten, auch wenn ein paar in der Familie tratschen, aber die Urgroßtante mit ihren 92, die die wichtigste von allen ist, findet es ganz in Ordnung, wie Mira ihr Leben anlegt.

Die ist schon gut, sagt die Urgroßtante. Sie ist schön. Sie arbeitet. Sie verdient. Sagt die Großtante und fragt: Wer von euch Hammeln soll denn gut genug für sie sein?

Mira ist Raumpflegerin, auch wenn sie sich selbst Putzfrau nennt. Sie arbeitet sieben Tage die Woche, aber jeden Tag nur zwei Stunden. Ihr Dienst beginnt um halb sechs und endet um halb acht. Das Angenehme an der ganzen Sache ist ihr Dienstort: Die Personalfirma, für die sie tätig ist, setzt sie im nagelneuen Kraftwerk Freudenau ein.

Das heißt: Im Sommer kann Mira in nur ein paar Minuten mit dem Fahrrad zur Arbeit fahren. Quasi um die Ecke, auch wenn sie dabei den halben Fluß überquert.

Mira hat im Kraftwerk beim Putzen sechs Kolleginnen, aber weil sie die Hübscheste ist, hat der Dienstkoordinator sie zu den Ingenieuren in den Kontrollraum eingeteilt.

Am Sonntag, dem 4. Juli, gegen fünf Uhr, macht sich Mira wie gewohnt mit dem Rad auf den Weg zur Arbeit. Ihre Route führt den Biberhaufenweg südwärts entlang, dann auf der Steinspornbrücke über das Entlastungsgerinne der Donau, dann die Insel stromabwärts bis zum Wehr des Kraftwerks.

Vor den Computern sitzt gewöhnlich noch der Nachtschicht-Ingenieur und kontrolliert das gleichmäßige Schnurren der Turbinen, ein zweiter liegt meistens auf der kleinen Couch im Ruheraum. Mira beginnt üblicherweise in der Teeküche, geht dann in den schmalen Korridor mit den Druckern und kommt schließlich in den eigentlichen Kontrollraum, ehe sie ihren Dienst bei den drei Toiletten beendet.

Sie saugt, sie leert die Mistkübel aus, staubt die Geräte ein bißchen ab, wäscht das Geschirr in der Teeküche, putzt die Klos.

Nach zwei Stunden ist sie frei. Jeden Tag. Und dann gleich wieder daheim.

Am 4. Juli aber unterbricht etwas ihre Anreise zum Arbeitsplatz.

Vom Ende der Steinspornbrücke aus kann sie eine Person im flachen Wasser der Bucht liegen sehen, das Gesicht nach unten gewandt.

»Bist ersoffen?« schreit Mira, läßt das Rad fallen und rennt die Böschung hinunter. Auf halbem Weg erkennt sie, daß es eine Frau ist, fesch, mit abgeschnittenen Jeans und einem Leinenhemd.

Die Frau ist blond. Mehr sieht die Mira noch nicht.

Unten schüttelt sie die Liegende.

»Bist wirklich ersoffen?«

»Nein«, sagt die Frau und richtet sich auf wie eine Echse.

»Aber froh, daß du da bist.«

Die Frau kommt aus der Bauchlage grazil auf die Knie und beginnt überraschenderweise mit einer prickelnden, zitternden, heißen Zunge, Miras Gesicht abzulecken.

In jeder ähnlichen Situation hätte die schöne Rom die andere Frau niedergeschlagen, aber hier ... Sie kann nichts anderes tun, als sich von Herzen zu freuen.

Ihr letzter halbwegs vernünftiger, wenn auch schon etwas seltsamer Gedanke ist die Frage, wie in aller Welt sie es ihrer Urgroßtante erklären soll, daß sie am liebsten die blonde Frau heiraten würde, die sie auf der Donauinsel kennengelernt hat.

Dann dringt Miras neue Bekanntschaft sehr weit in deren Inneres vor, und Mira hat auf einmal ganz andere Sorgen.

Der Wachtbeamte in der Tor-Loge des Kraftwerks bemerkt nicht die an manchen Stellen zerrissene Kleidung der Raumpflegerin Mira Jadran, als diese wenig später, immer noch rechtzeitig, ihren Arbeitsplatz erreicht. Er nickt ihr zu und läßt sie ein.

Mira geht in die Garderobe, zieht sich ihren Kittel mit dem Aufnäher der Personalfirma über, sie holt sich Kübel, Fetzen und Putzmittel, fährt mit dem eleganten gläsernen

Aufzug in die erste Etage, geht durch die Schwingtür nach links und kommt in die Kontrollräume.

Wie gewohnt ist es zehn Minuten vor sechs, als sie mit der eigentlichen Arbeit beginnt. In ihrem Kopf ertönt der Befehl: *Noch Zeit, Baby. Mach alles wie immer.*

Si, si, denkt Mira. Sie macht.

Die Küche, der Raum mit den Druckern. Endlich der Kontrollraum, wo ein kahlköpfiger Techniker ermüdet von der schwülen Nacht hinter seinen Monitoren sitzt.

Wo ist dieses blöde Gewitter, denkt er gerade, als die Putzfrau eintritt.

»Servas, Miruschka«, sagt er wie immer, obwohl Mira gar nicht aus Rußland kommt. Es geht ihr jedesmal auf die Nerven, aber sie macht keinen Ärger.

Heute hört sie es kaum. Sie saugt den Boden und wartet auf neue Befehle.

Jetzt.

Okay. Mira schaltet den Staubsauger aus und nähert sich den Terminals vor den Monitoren. Ihre schnellen Finger (die vorher noch nie an einem Computer waren) haben ein Staubtuch zur Camouflage.

»Maschine ist staubig«, sagt sie.

»Wir arbeiten halt nix, Miruschka«, sagt der Techniker, ohne bei seinem blöden Witz Mira überhaupt nur anzuschauen.

Gut. Miras Finger sind ferngesteuert, schnell wie in Trance. Ihre neue Kommandantin hat sie gut im Griff.

Zirpend erwacht der Computer zum Leben. Der Techniker kriegt es nicht mit.

›Security Outdoor‹ heißt die Datei, in der sich Mira bewegt, schließlich ist sie bei dem Begriff ›Rechenanlage/Einfluß‹.

Mira hat keine Ahnung, was diese Rechenanlage ist. Der Rechen liegt dort im Strom, wo das Wasser seinen Weg in die Turbinenschleuse des Kraftwerks antritt. Der Rechen soll Treibgut abfangen. Nur Wasser darf die Turbine passieren.

Nicht heute: Mit den Daten, an die Mira gelangt ist, kann man den Rechen heben.

Und die ferngesteuerte Mira tut genau das.

Der Computer macht jetzt einen Warnlaut und stellt die Frage: ›Geöffnete Stellung sichern? Ja/Nein‹

Mira schickt die Maus auf das Ja. Im letzten Moment, denn dann ist der Techniker schon bei ihr und fällt ihr in den Arm.

»Bist denn du deppert?«

Zu spät.

Der Rechen unten am Strom steht weit offen, genau weit genug, um dem heranrasenden Motorboot Daphne des Kommerzialrates Alois Prechtl Zutritt zur Turbinenschleuse zu gewähren.

Da drin kommt die Daphne noch etwa dreißig Meter, ehe sie von einem Betonpfosten jäh gestoppt wird.

Die Fliehkraft schleudert den fetten Kommerzialrat weit vor, das schwarze Loch im Wehr schluckt ihn, die Turbine kaut noch eine Weile auf dem längst Leblosen herum und bleibt dann gleichsam erstaunt stehen.

21.
Frauensachen

Frauensachen sind geheimnisvoll.

Als der Egon endlich Ruhe gehabt hat, als die Polizistin, die auf seiner Spur gewesen ist, endlich aus dem Wald fort ist, kommen neue Sorgen. Er schaut zum Himmel, der von der hinter der Kante des Horizontes anrollenden Sonne schon rot bestrahlt wird. Er sieht die schwarzen Wolken, die den Großteil dieses Himmels schon zugemalt haben.

Regnen wird's, denkt er unglücklich, alles naß, meine Lager, meine roten Blüten, mein ganzer Plan.

Er schaut unglücklich wie ein kleiner Bub.

Wer sagt, daß es regnet? denkt es grünlich neben ihm.

Wie denn nicht? fragt der Egon.

Du änderst es, sagt die Geliebte, *gib die Arme hoch.*

Meine Arme?

Ja, streck sie Richtung Himmel.

Egon schaut blöd und ungläubig, aber er tut es. Seine Arme deuten wie eine große, umgedrehte Wünschelrute auf die dickste der schwarzen Wolken, deren Bauch Egon zu verlachen scheint.

Willst du, daß es regnet? fragt die Geliebte.

Nein, denkt Egon.

Und mit diesem Nein pocht auf einmal eine ungeahnte Kraft in Egons Armen, die aus dem Garten oder aus der Geliebten oder direkt aus der Erde kommt, auf der Egon steht.

Er möchte schreien, aber er kriegt keinen Ton heraus.

Er weist dieser Kraft den Weg nach oben, sie schießt aus seinen Händen steil hinauf in den Himmel, sie hakt sich links und rechts in den Flanken der dicksten Wolke fest, und Egon, noch immer sein Nein im Kopf, wird Zeuge, wie das, was aus ihm geschossen kommt, *aus ihm*, die Wolke und mit ihr alle anderen dahintergedrängten Wolken allmählich über den Himmel zurückschiebt.

Langsam, sich noch wehrend, ist die Front auf dem Rückzug, Stück für Stück läßt sie sich widerwillig dorthin bringen, woher sie gekommen ist, den Himmel für noch einen heißen und trockenen Tag freimachend.

Der Egon treibt das drohende Gewitter Richtung Nordwesten, wo es jenseits der Kuppen von Kahlen- und Bisamberg irgendwie einzurasten scheint.

Willst du daß es wiederkommt? hat die Geliebte ihn gefragt.

Und noch einmal: Nein.

Nur noch ein dunkles Band ist in dieser Richtung zwischen den Hügeln des Wienerwaldes zu sehen.

Plötzlich fällt die ganze unfaßbare Energie wieder von Egon ab. Er plumpst auf die Reste seines Hosenbodens.

Mein starker Mann. Mein unschuldiger Ritter.

Egon gibt einen erschöpften Laut von sich.

Die Geliebte schwebt einmal noch heiß und flimmernd durch das Innerste des lieben Egon, ehe sie sich verabschiedet.

Was machst du, wenn du weg bist? fragt Egon.

Frauensachen, sagt es aus der Geliebten, bevor sie davonfliegt, dem Wasserspiegel gefährlich nah, ihren Rendezvous mit der schönen Mira Jadran und dem dicken Kommerzialrat Prechtl zu.

Frauensachen machen Frauen glücklich, vor allem, wenn sie sie ein paar Jahre entbehrt haben.

Als die Sonne aufgeht, fährt Mimi gerade über die Reichsbrücke. Mimi ist zerbrechlich und dünn von der letzten Nacht, aber ganz und gar glücklich über das Ende ihrer Angst. Das Telefon liegt noch immer abgedreht im Handschuhfach des

Opel. Mimi läßt es so, sie muß jetzt schlafen und dann erst weitermachen, ausgeruht und mit den heute Nacht geänderten Vorzeichen ihrer Existenz.

Trotz ihrer Müdigkeit kann sie sich auf der Brücke noch immer ein bißchen wundern, daß es nicht gießt, aber die Wolken sind in eine ungewöhnliche Richtung davongezogen, gegenläufig zur Richtung des Stroms und damit der meisten Winde.

Vom Fluß kommt ein kleiner, süßlicher, fauler Geruch und hakt sich in Mimi Sommers empfindlicher Nase fest. Ein Geruch von Verwesung und giftigen Prozessen, ein warmer Geruch. Der Geruch erinnert sie daran, daß das Böse noch immer da draußen ist, an einem Ort (oder an allen?).

Aber das, was ihr in der letzten Nacht die Kehle zugeschnürt hat, ist verschwunden. Sie ist leichter, bewußter, und denkt, es mit dem Bösen aufnehmen zu können.

Auf der Donaustraße findet sie nahe bei ihrer häßlichen Wohnung einen guten Parkplatz; so ist das manchmal im Juli.

Sie fährt mit dem Lift hinauf und sperrt die Wohnungstür hinter sich zu. Bei ihren Sachen im großen Einbaukasten findet sie ein kleines Neccessaire, das sie seit Jahren nicht mehr geöffnet hat. Tuben und Tiegel, Essenzen und Crèmes, Rasierer, Shampoos, eine Apotheke von Frauensachen. Seit Jahren hat sie, abgesehen von der weißen Seife in der Dusche, nichts von alldem benutzt.

Heute tut sie's wieder. Sie nimmt den ganzen Beutel mit in die Kabine, und das erste Mal seit langem braust sie nicht mehr kurz und kalt, sondern lang und brühheiß. Das Wasser läuft an ihrem Rücken hinunter, die Hitze ist beinahe nicht mehr auszuhalten.

Mimi Sommer schnaubt und prustet. Ihr Körper dehnt sich im Dampf, es knackt in den Knochen, und ihre Muskeln werden allmählich weich. Sie bleibt solange unter dem Strahl heißen Wassers stehen, bis sie das Gefühl hat, ihre Haut müsse bald in Fetzen von ihrem Körper abgehen. Dann dreht sie den Hahn ab, setzt sich auf den quadratischen Boden der von Schwaden weißen Wasserdampfs erfüllten Duschkabine und wühlt in ihrem Neccessaire.

Sie rasiert sich Beine und Achseln, sie trägt allerhand Substanzen auf ihren Körper auf, sie genießt das Erstaunen der Haut. Als sie fertig ist, tritt sie in die Küche, wischt den beschlagenen Spiegel ab und schaut:

Ihr Gesicht ist offen wie eine helle Lücke zwischen Wolken.

Es sieht hübsch aus.

Selbst die blaßlilafarbenen Ringe unter den Augen scheinen wie von Meisterhand gemalt.

Mimi zieht eine sauberes, weißes Leintuch aus dem Einbaukasten, wickelt ihren Körper hinein, legt sich auf ihr geliebtes Bett, knipst den zitronengelben Ventilator an und fällt, von vielen Frauensachen berauscht, in tiefen Schlaf.

Frauensachen können Männern Angst einjagen.

Auf den ersten Blick gefällt die Kollegin Fink dem Bruckner gar nicht schlecht. Bruckner, gerade von seinem aufwühlenden Einsatz mit dem zerfleischten Kommerzialrat und dieser durchgeknallten Putzfrau am Kraftwerk Freudenau zurück, ißt, es wird zehn Uhr an diesem Sonntag sein, eine zähe Käsesemmel und wartet gelassen darauf, daß sich seine Chefin Magister Sommer meldet. Da kommt die Fink.

Die Kollegin Fink, in engen Jeans, einer weißen Semitrachtenbluse, stachelig geschnittenen schwarzen Haaren, einem silbern lackierten, ansonsten aber schmalen und streitlüsternen Mund, ist eine körperliche und dralle Erscheinung.

»Wo is'n die?« hat die Kollegin Fink, grußlos eingetreten und vordergründig mit dem Verzehr eines Eislutschers beschäftigt, den Bruckner gefragt und auf Mimis leeren Tisch gedeutet.

»Hat in der Nacht observiert«, sagt freundlich der Bruckner, »wird jetzt schlafen. Guten Morgen.«

Wo die ihr Eis ißt, eß ich meine Semmel weiter, denkt er sich.

»Observiert, aha, auch gut.« Die Kollegin Fink hat ihren harten Hintern auf der Kante von Mimis Schreibtisch plaziert, und der Bruckner ahnt mit wachsender Sicherheit, daß das Mimi, wüßte sie es, nicht recht wäre.

»Aber in der Freudenau warst jetzt nur du, oder?« fragt die Fink.

Duzen, denkt Bruckner, in dem Fall meint sie ein Freundschaftsangebot von weit oben nach tief unten.

»War ja alles schon vorbei«, sagt er, die Freudenau meinend.

»Ist bei euch irgendwie immer so, gelt«, macht die Fink, »ihr Armen. Was war los?«

»Die Putzfrau hat das Sicherheitssystem z'ammg'haut, obwohl ein bissel komisch ist, wie sie da draufgekommen sein soll und woher sie sich überhaupt auskennt ... Na ja, gleichzeitig ist ein Autotandler mit Sonnenstich auf seinem Motorboot in die ungesicherte Schleuse hinein. Der Autotandler ist hin, die Turbine rennt schon wieder, kurzer Stromausfall in vier Distrikten, Gott sei Dank keine Folgen.«

»Und absichtlich, das Ganze? Also haben sich die zwei Bruchpiloten irgendwie abgesprochen?« fragt die Fink und macht Schluß mit den Eisresten auf dem Spanholzstiel des Lutschers.

»Kann ich mir derweil nicht vorstellen. Wir müssen natürlich noch reden mit der Putze, aber ... Eher ein sehr depperter Zufall.«

»Eine Hand wäscht die andere, aber beide wissen nicht, was sie tun«, sagt die Fink, und Bruckner muß lachen.

In ihrer ganzen Bösartigkeit ist die doch irgendwie heiterer als die Chefin – und sofort heißt er sich innerlich ein

Arschloch, denn sympathisch ist ihm die Fink trotz ihrer Wortspielchen noch nicht geworden.

»Na ja, egal«, sagt die Besucherin, »sonntags plauscht ma' halt. Was ich von euch brauch', ist ... Keine Ahnung, ob du das weißt, Linzer, aber ich untersuch' die Sache mit dem Eid.«

Oh ja, Bruckner weiß Bescheid, zumindest kennt er ein paar Umrisse. Bei seiner Ankunft im Sicherheitsbüro hat er sich die aktuellen Tagesberichte angeschaut, man will ja auch wissen, worüber die Kollegen so reden beim Kaffee.

»Der schlimme Knabe vom Radio Eins«, sagt er jetzt.

»Genau. Weil von dem auch Regierungsmitglieder angegriffen worden sind, mach' ich das mit einem Kollegen für die Staatspolizei, sprich: viel kann man ja eh nicht mehr machen. Leider ist der Eid nach seiner letzten Nacht auf Sendung aus der Bewußtseinspartei ausgetreten und will und kann uns keine Auskünfte geben.«

Sie wirft den Stiel des Lutschers am Kopf des Bruckner vorbei aus dem Fenster.

»Wir geben's eh' bald auf. Aber ein paar Sachen hab ich noch offen, komischerweise im Zusammenhang mit eurem liebsten Schlachtfeld, mit der Lobau.«

Sie strahlt den rotblonden Inspektor an: »Der Eid hat seiner Freundin am Tag seines Ausflippens erzählt, daß sie ihn am Nachmittag in der Lobau ordentlich gehaut haben. Wir haben einen Doktor im Sozialmedizinischen Zentrum gefunden, der hat ihn sogar nachher ambulant behandelt. Komische Verletzungen. Stell dir vor, Linzer, dem haben's die Brustwarze abgebissen. Der Eid hat auch da gesagt, sie haben ihn gehaut, und sonst weiß er nix. Der Arzt hat zwar zu mir gemeint, der Eid war eher in einem Swingerclub, aber der Form halber wollt' ich bei euch nachfragen, ob einer von euren Schnuckis in Frage kommt, daß er auch einen besoffenen Radiotypen niederhaut. Vielleicht paßt das ja in eines von euren Täterprofilen.«

»Wir haben einen blutrünstigen Rentner, der einen Würstelmann umbringt und dann einen Herzkasperl kriegt. Wir haben einen oder mehrere Brandstifter, was auch irgendwie nach Verschwörung riecht. Dann eine Schweißersgattin, die ihren Mann filetiert. Den Autotandler mit Sonnenstich und die Putzfrau. Suchen Sie sich wen aus«, schließt der Bruckner, der beschlossen hat, nicht auf das Duz-Angebot der Fink einzugehen. »Die Putzfrau ist übrigens die einzige, die Sie fragen können. Logiert gerade am Landesgericht.«

»Ich glaub eher, das paßt alles weniger zu unserem Fall. War ja nur ein Versuch. Und anstreifen muß noch nicht schaden. Halt ma beide aus, oder, Linzer?« Die Fink macht ein schnippisches Gesicht und stößt ihren Hintern von Mimis Schreibtisch ab. »Vielleicht geh' ma einmal auf einen G'spritzten, aber ohne deine Chefin, gelt?« Die Fink hat an ihrem kleinen Finger einen Eisrest entdeckt und schleckt ihn ab. »Weil deine Chefin halt' ich eher nicht aus.«

Sie knallt die Tür hinter sich zu, und Inspektor Bruckner geniert sich noch mehr, daß er ihrem Schmäh kurz auf den Leim gegangen ist.

Hätte er jetzt was sagen sollen? fragt er sich und denkt gleich darauf: Das sind doch irgendwelche Frauensachen.

Frauensachen fallen manchmal aus den Wolken und lasten wie Plagen auf den Frauen. Männer pflegen zum Beispiel. Kann man überhaupt von Pflege sprechen? denkt Elisabeth Müller manchmal.

Vier bis sechs Stunden kommt sie jeden Tag. Das ist mit dem Golden so besprochen, mit Joes altem Arzt, der langsam, wie ihr scheint, die Hoffnung fahren läßt, daß dieses Rätsel Joe noch eine Lösung findet.

Vier bis sechs Stunden sitzt die zierliche, blonde Elisabeth Müller neben ihrem Gefährten auf einem harten Sessel, sie erledigt ihre Arbeit. Gott sei Dank ist gerade dieser Projektwettbewerb der Akademie dran, bei dem sie in der Jury sitzt. Sie liest Entwurf um Entwurf, und sie betrachtet Joe, der schweigt und schweigt, und sie bangt, daß seinem Verfall kein Einhalt mehr geboten werden kann.

Eine der Frauensachen ist die Liebe.

Müller hat ein gramzerfurchtes Gesicht, wie sie da mit ihren Stapeln aus A4-Blättern, ihrem kleinen Computer und ihren Befürchtungen neben dem Bett des Geliebten sitzt.

Anfangs hat ihr Josef noch immer wieder nach Brot verlangt, in den letzten Tagen weniger, sie stellen zunehmend auf künstliche Ernährung um. Es scheint so zu sein, daß ihr Josef nur zwei bis drei Stunden täglich schläft, ansonsten ist er wach und doch total abgedreht. Er zeigt keine Anteilnahme an der Außenwelt, er rührt sich auch kaum.

Etwa alle zehn Minuten schaut ihn Elisabeth Müller lange an, immer, wenn sie mit einem Kapitel der jeweiligen Einreichung fertig ist oder einen Absatz ihrer dazugehörigen Beurteilung geschrieben hat, läßt sie die Arbeit sinken und forscht lange und traurig in Josefs Gesicht.

Joe hat Gewicht verloren, und wie bei allen Menschen, die gerade viel abgenommen haben, hängt an Leib und Gesicht die Haut mit einer traurigen Nutzlosigkeit herab. Josef liegt auf dem Rücken, die Pölster schiebt er immer weg, damit er ganz flach liegen kann. Anfangs hat er seinen Kopf noch manchmal gedreht, einmal zum Fenster, ein andermal zu Müller. Aber auch das immer seltener.

Am Sonntag, dem 4. Juli, bekommen die Insassen der Anstalt am Steinhof wenig Besuch, und sie benehmen sich ganz still. Müller staunt über die Ruhe an diesem unerwartet doch wieder schwül und heiß gewordenen Tag. Es ist, als schlafe auch der Wahnsinn in diesem Spital, denkt sie, als sie mit einem Pfleger über den langen Korridor zu Joes Zimmertür kommt. Der Pfleger öffnet die Tür, und Müller tritt ein.

Ihr Josef liegt da wie immer, in derselben Stellung, in der

sie ihn vor zwei Tagen verlassen hat. Müller nimmt Platz und öffnet ihren Computer. Er macht diesen gewissen Begrüßungston. Joes Gesicht, in dem die Augen etwa zu einem Drittel offen stehen, zeigt keine Regung. Er könne nicht mehr viel mit dem Patienten machen, hat ihr Professor Golden mitgeteilt, und in seinem jetzigen Zustand sei er auch weniger ein psychiatrischer als ein Pflegefall.

»Würde er wieder normal Nahrung zu sich nehmen, könnten wir ihn zu Ihnen nach Hause schicken. Gesetzt den Fall, Sie wollen ihn pflegen, oder Sie haben das Geld, es tun zu lassen ... Wenn er so apathisch bleibt wie gerade jetzt, muß er gleich ins Heim. Ich glaube in diesem Fall aber nicht, daß er es lange durchhält.«

Das war vorgestern, dieses Gespräch. Müller hat geweint, obwohl sie Golden für seine Ehrlichkeit dankbar war.

Der Professor gibt also auf. Elisabeth Müller spürt das. Sie merkt auch das Ermüden jener Polizisten, die sie in den Tagen nach Joes Kippen so gequält haben. Im selben Maß, wie die Öffentlichkeit über seine Entgleisung geschwiegen hat, ist die Staatspolizei auf Touren gekommen in ihrem Bemühen, diese Entgleisung irgendwie zu begründen und sich Joes komisches Wissen aus der Privatsphäre verschiedener Leute zu erklären.

Ob er Untergrundorganisationen angehört habe? (Sowas Blödes.)

Ob er Kontakte zu irgendwelchen Nachrichtendiensten gepflegt habe? Ob er in rechts- oder linksextremen Kreisen zu finden gewesen sei? Ob er ein persönliches Problem mit der Staatsform oder der jetzigen Regierung habe?

Immer wieder dasselbe, in anderen Worten und Kontexten, immer wieder der Versuch, Joes Tage vor jenem Freitagabend zu rekonstruieren. Dabei ist Müller keine große Hilfe gewesen, sie hat ihn ja wenig gesehen in letzter Zeit.

Allmählich aber sind die Befragungen spärlicher geworden.

Die beiden, die am öftesten da waren, eine unerträgliche Schnalle namens Fink und ein Subalterner namens Doktor Fabian, haben sich schon fünf Tage nicht mehr gerührt. Müller ist ihnen allen stets in kühler Gleichmut begegnet. Aber Joe?

Was kann ich machen mit dir? denkt sie. Draußen vor dem Holunder rasen ein paar der überlebenden Mauersegler vorbei.

Ihr Josef bleibt die Antwort schuldig.

Bei ihrem ersten Besuch hier in der Anstalt hat er noch so etwas wie einen kleinen, heißen Hilferuf an sie gerichtet, seitdem aber immer geschwiegen.

Müller ist es, als würde ihr Leben langsam ausdünnen. Vielleicht tut auch diese sommerliche Menschenleere das ihrige dazu, aber Ereignisse aller Art scheinen immer weniger zu werden, alles geht auf einen Stillstand zu, und sie weiß nicht, was danach kommt.

Aber jetzt, um vier Uhr nachmittags am 4. Juli 1999, da ändert sich etwas. Joe spricht.

Müller liest gerade die Vorbemerkung eines neuen Entwurfs. Sie ist darin vertieft, und Joe muß zweimal ihren Namen sagen, bis ihr Wahrnehmungsapparat daran glauben kann:

»Müller ... Müller.«

Sie schleudert ihren Kopf herum.

»Josef!«

Er dreht sich langsam auf die Seite, bis sein Gesicht Müller ganz zugewendet ist, die Haut hängt an diesem Gesicht, seine Augen sind ungeheuer weit weg und sehr müde.

»Müller. Du ... die kann ... sie kann jederzeit wiederkommen. So mach mich ... So mach mich doch bitte zu, bitte. Ich steh' ja so weit offen.«

Die Worte kommen mit langen Abständen, über Minuten gedehnt, aus seinem Mund. Seine Augen schauen sie flehend an. Dann geht ein Zittern durch seinen abgemagerten Leib, und er fällt in sich zusammen. In der embryonalen Haltung, in der er zu ihr geredet hat, bleibt Joe liegen.

Einen Augenblick glaubt sie, er sei tot. Sie läutet nach dem Pfleger. Der kommt mit dem jungen Stationsarzt, der Professor ist am Wochenende nicht da.

Der Arzt sagt, Joe atme ganz regelmäßig, sein Herz schlage nicht übermäßig stark, aber stabil.

»Der konsumiert jetzt halt seine zwei Stunden Schlaf. Was soll er nochmal gesagt haben?«

Müller beschließt, es nicht zu wiederholen.

Sie fährt in die Stadt zurück. Sie ist aufgewühlt. Sie parkt ihr Auto am Ring, kauft sich ein Eis und spaziert in der einbrechenden Dämmerung durch den Stadtpark. Schon wieder so ein heißer Tag, und ihr ist kalt.

Sie ist einsam. Ohne dieses komische, liebe Ungeheuer, das sie auch von der Ferne hat wärmen können.

Jetzt hat er solche Angst, denkt sie, warum? Und warum keine Kraft?

Wem soll sie erzählen, was er gesagt hat? Golden? Vielleicht ...

Als sie nach Haus kommt, ist eine Polizistin auf der Antwortmaschine. Nicht die Schnalle. Eine andere namens Sommer.

Frauensachen werden mit blanker Klinge ausgetragen. Mimi hat zu Hause nochmal fünfeinhalb Stunden geschlafen. Um halb zwei schafft sie es aus dem Bett, um zwei ist sie im Büro.

Sie trägt ganz leichte, helle Sachen – alt, verblaßt, aber leicht und an ihrem neuen Sein auf schwer zu fassende Weise anmutig.

Sie duftet und ist rosig, als sie ins Büro kommt.

»He, he«, sagt Inspektor Bruckner, »guten Morgen, Frau Magister Sommer. Wie ist Ihre Nacht gewesen?«

»War irgendwas?« fragt Mimi zurück.

Mimi hört die Geschichte vom Kraftwerk Freudenau und vom Besuch der Fink. Sie verzieht keine Miene, nur als der Bruckner die Sache mit dem Eid und seinem Spaziergang in der Lobau erwähnt, da lächelt sie ein wenig.

»Jetzt möcht' ich mir«, sagt sie dann, »natürlich die Zigeunerin anschauen.«

Sie ruft im Landesgericht an und kündigt ihren und Bruckners Besuch für zirka drei Uhr an. Dann gehen sie in die Kantine etwas essen.

Urlaubszeit, auch nicht mehr richtiger Mittag – die Kantine ist fast leer. Nur auf der gegenüberliegenden Seite des Raumes sitzen die Fink, der Doktor Fabian und ein Jüngerer, Eleganter, der von außerhalb kommt. Die drei trinken Kaffee und tratschen. Die Mimi kneift die Augen zusammen, bis ihr einfällt, wer der Schnösel ist: einer von den Konzeptlern aus der Staatspolizei. Die Fink sonnt sich im Glanz ihres neuen Umgangs, besonders jetzt, vor Publikum.

»Sie hat mir gesagt, sie mag Sie nicht«, gesteht Bruckner.

»Schon gut, Inspektor«, sagt Mimi.

Sie kriegen faschierten Braten mit Erdäpfelpürree.

»Die Angehörigen von dem Freizeitkapitän, diesem Kommerzialrat Prechtl, sind fast alle von den 22er-Kollegen befragt worden. Der hat null Motiv, also gegen Kraftwerke oder E-Wirtschaft. Der hat nur irgendeinen Rausch bekommen.«

»Wie alle in letzter Zeit, oder?« fragt Mimi.

Bruckner überhört die Bemerkung: »Die Familie von der Jadran spricht kaum Deutsch. Aber angeblich warten die ohnehin im Landesgericht alle auf Sprecherlaubnis. Vielleicht treffen wir jemanden, der's doch kann. Jedenfalls war die auch völlig unauffällig bis jetzt. Und, wichtiger Punkt: keinerlei EDV-Vorkenntnisse. Aber der Eid hat ja auch angeblich nicht gewußt, was er da eigentlich ins Mikrofon redet ...«

»Eben.« Mimi macht ein zufriedenes Gesicht, als sie es sagt.

»Worauf wollen S' denn hinaus, Frau Magister«, fragt Bruckner jetzt unruhig.

»Keine Ahnung. Aber vielleicht gibt's irgendwo in der Lobau einen Quadratmeter Boden, da braucht man nur drüberzumarschieren, und schon wird man bitterböse und mordsgefährlich.«

»Was war denn eigentlich los in der Nacht?« fragt Bruckner.

»Nix. Erst habe ich mich gefürchtet im Finstern, und dann nicht mehr. Gebrannt hat es nicht.«

Inspektor Bruckner kratzt sich in seiner rechten Kotelette.

»Gelsen?«

»Geht so. Ich war eingepackt.«

Von nun an schweigend, essen sie ihre faschierten Braten. Eben als sie fertig sind, steht die Gruppe an anderen Ende der Kantine auf. Sie kommen an Mimis und Bruckners Tisch vorbei.

»Ah, Frau Kollegin Sommer«, sagt die Fink, »jetzt kenn' ich ja deinen Mitarbeiter. Ganz reizend.«

Sie schaut zu dem Schnösel, der sich mit einem weißen Stofftaschentuch seinen schwitzenden Hals abtupft.

»Das ist der Doktor Gröbel, bitte, von der Stapo, das sind die Kollegen Sommer und Linzer ...«

»Bruckner«, sagt Bruckner.

Die Fink hört es gar nicht: »... unsere, wie soll ich sagen, Abteilung für's Tierkörperverwerten.«

Sie kichert schrill. Mimi spürt, wie sich ein Brummen in ihrem Kopf ausbreitet.

»Trotzdem ein romantisches Gespann«, setzt Kollegin Fink nach.

Mimi steht auf, und zwar schnell, so daß ihr Sessel umfällt. Sie nimmt die Fink an den Schultern und stößt sie kraftvoll nach hinten, so daß die Gestoßene mit einer abgegessenen Beamtentafel kollidiert. Vom Tisch stürzen Geschirr und halbvolle Tassen.

Von der Tischkante sinkt die völlig überrumpelte Kollegin Fink in die Getränkelache hinunter.

»Bist denn du gestört?« kreischt sie endlich und will sich aufrappeln.

Da kickt ihr Kommissarin Sonmmer zweimal in die Rippen, so daß sie liegenbleibt. Sie kniet sich zur Fink runter, packt vom Tisch ein verschontes halbvolles Wasserglas und schüttet es der Kollegin aus nächster Nähe mit voller Wucht ins Gesicht.

»Jetzt hör mir zu, Schatzi. Ich mach' zwar deine Arbeit, aber ich werd' mir deinen Scheißdreck nicht geben. Jetzt nicht, und auch in Zukunft nicht.«

Dann gibt sie der Fink noch zwei Ohrfeigen, die auf dem nassen Gesicht der Feindin für ein triumphales Knallen sorgen.

Die Fink murmelt irgend etwas, Mimi schaut sie noch einmal mit einem Gesicht an, das wie eine Waffe ist. Im Hintergrund stehen betroffen der Dr. Fabian und der Stapo-Typ.

»Geht scho', fahren wir zur Zigeunerin«, sagt Mimi und verläßt mit Bruckner munter die Kantine des Sicherheitsbüros.

Das sogenannte Halbgesperre im Landesgericht Wien Eins ist ein fensterloser, aber moderner, flughafenartiger Bereich. Viele Kontrollpunkte, Kameras, ein paar Wartebänke. Hier gibt man für die U-Häftlinge Kleidung und Zahnbürsten ab, hier kann man Geldbeträge für die Insassen einzahlen oder auf einen Besuchstermin warten.

Polizisten warten nicht.

Im Wartenraum Drei passieren Mimi und Bruckner Mira Jadrans gesamte Familie, die, auf eine Sprecherlaubnis wartend, sich um eine uralte Frau drängt.

»Wir lassen s' g'rad vorführen«, sagt ein Wachebeamter. »Die ist abwechselnd ruhig und bösartig. Ich hör nur, es kann kein Vergnügen sein.«

Rasch gehen die beiden durch die Sperre. Zwei muskulöse, weibliche Uniformen halten Mira Jadran fest. Eine dritte wartet wachsam im Hintergrund. Mimi denkt, daß das gar nicht notwendig ist, weil Mira Jadran ja ganz unbeweglich in den Griffen der Frauen hängt.

Aber plötzlich kommt Bewegung in ihren Körper, und es ist zu sehen, mit welcher Kraft die Polizistinnen sie festhalten müssen.

»Bitte machen S' schnell«, sagt eine der Wachebeamtinnen.

Sie drücken Mira auf eine Bank nieder. Bruckner holt zwei Sessel für sich und Mimi heran. Jetzt tritt wieder der kraftlose Zustand bei der jungen Frau ein.

Aber sie redet schwach: »Bitte gehen lassen, habe keine Ahnung, was ist passiert, bitte ...«

»Was haben Sie heute in der Früh am Computer von der Freudenau verloren gehabt?« fragt Mimi.

»Hab' ich nur geputzt, bitte, nur geputzt, bin nicht ich schlecht gewesen ...«

Wieder ein Krampf, ein Aufbäumen, diesmal ist es stärker, die dritte Beamtin kommt heran und legt Hand an.

Mira Jadran dreht ihre Augen zurück, bis man nur noch das Weiße sieht, dann klappen die Augen zu, Speichel kommt aus ihrem Mund.

»Was ...«, beginnt der Bruckner.

Als die Augen wieder aufgehen, ist ihr Blick kaltgrün und sitzt wie ein Angelhaken in Mimis Seele fest.

Die Stimme, die jetzt aus Mira spricht, ist eine andere.

Bruckner schaut sich um und merkt, wie auch die Wachebeamtinnen diesen Umstand zunehmend entsetzt zur Kenntnis nehmen.

Die Stimme ist samtweich, sie klingt entspannt und spricht englisch. Ganz allein zur Kommissarin Mimi Sommer.

»Here I am and here I stay. Do you remember me, pretty woman?«

Mira Jadrans Körper schleudert wieder zweimal hin und her, dann bleibt er wie festgezurrt im Griff der Beamtinnen hängen.

Die Stimme spricht jetzt deutsch: »Heute Nacht, Polizistin, bist du vor meinen Augen auf deinem Baumstamm gelegen wie ein Lamm. Das Herz hätte ich dir herausreißen können, aber ich bin nicht sicher, ob ich nicht auch deinen Körper noch brauche. Das muß ich mir noch überlegen.«

Ein speichelndes Lachen: »Vielleicht wanderst du ja aus. Vielleicht entscheidest du, mir lieber fern zu bleiben. Dann mußt du weit weg, das weißt du, weit weg vom Fluß. Nun? Das mußt *du* dir überlegen.«

Wieder geht das Schleudern im Inneren der Rom los, und eine der drei Uniformen wird weg- und gegen eine Wand geworfen. Sie kommt wieder hoch, sich ungläubig die schmerzenden Knochen reibend, und packt erneut an der Seite ihrer Kameradinnen zu.

Jetzt fängt Mira Jadran zu schreien an. Ein paar Worte Romanès, so scheint es Mimi jedenfalls, die diese Sprache bei Untersuchungen schon gehört hat, schließlich nur noch unverständliche Laute.

Dann bricht sie wieder ein, und diesmal scheint der apathische Zustand anzudauern.

»Habt ihr's auch gesehen?« fragt Mimi.

Bruckner nickt, zwei der Uniformen nicken, die dritte sagt: »Na ja, eher gehört als gesehen, aber immerhin ...«

Mimi läßt anordnen, daß niemand im Augenblick Sprecherlaubnis kriegt, obwohl ihr die Familie da draußen leid tut. Bei der Anstaltsleitung fordert sie sofort einen psychiatrischen Gutachter für U-Häftling Jadran, Mira, an, dann fahren sie und Inspektor Bruckner ins Sicherheitsbüro zurück.

Im Opel sagt Mimi nur einen einzigen Satz, von dem aber betont sie jedes Wort: »Sie kann nicht wissen, daß ich im Wald war und auf einem Baumstamm geschlafen habe.«

Bruckner ist still. Er schaut aus wie einer, dem sehr unbehaglich ist.

Im Büro ruft Mimi zunächst die Nummer von Joe Eids Lebensgefährtin an.

Ein Anrufbeantworter sagt, daß Elisabeth Müller außer Haus ist. Kommissarin Sommer bittet um Rückruf.

Dann steigt sie hinauf zum Generalszimmer. Der Hofrat hat einen guten Riecher gehabt und ist an diesem Sonntagnachmittag im Amt.

Anton Lajda hört seiner Kommissarin lange und geduldig zu. Er unterbricht sie nicht, mäßigt sie nicht, obwohl Mimis Erzählung anfangs nur wirr und bruchstückhaft herauskommt. Aber dann hat sie den Faden und kriegt sogar ihre Theorie von dem psychoverseuchten Quadratmeter in der Lobau über die Lippen.

Endlich sagt der Hofrat: »Liebe Kollegin, was Sie machen, machen Sie fabelhaft. Sie haben es im Griff.«

»Gar nix hab ich ...«, beginnt Mimi, aber der Hofrat spricht weiter.

»Es ist Juli. Den Leuten ist zu heiß. Sie tun die unmöglichsten Dinge, das sehe ich ein. Seien Sie einfach vor Ort. Sie werden von mir keinerlei Einschränkung ihrer Dienstmethoden hören. Sie können sogar ...« – jetzt lächelt er sanft – »ihre Kolleginnen niederschlagen, wenn die Ihnen im Weg stehen. Aber verlangen Sie nicht von mir, daß ich solchen Erklärungen folgen kann.«

Mimi schaut mit leerem Gesicht aus dem Fenster zum träge strömenden Donaukanal. An seinen Gestaden haben schon wieder rotköpfige Wiener zum Zechen Platz genommen.

Der Hofrat in ihrem Rücken sagt mit herrlich sanfter Hörspielstimme: »Liebe Magister Sommer, Sie werden schon recht haben damit, daß die Leute in Ihrem Bereich übler sind als sonst, aber schieben Sie's doch bitte auf die Gelsen. Denken Sie einfach, wir haben die Zeit der Vampire.«

Als Mimi wieder draußen ist, legt der Hofrat Lajda, doch etwas irritiert, *La Bohème* auf.

Kaum sitzt Mimi verzagt an ihrem Schreibtisch, läutet das Telefon. Die Freundin vom Eid ruft zurück.

Wieder sind Frauensachen zu besprechen.

MONSIGNORE

*Well, I am no Simon, no Matthew, no Paul,
It don't take an apostle to answer His call*
    TOWNES VAN ZANDT

22.
Tauben

Wenn etwas Ungewöhnliches passiert im weiteren Umfeld des stillgelegten Marchfelder Bahnhofs und der verfallenden Lagerhalle, dann fliegen die Tauben auf.

Man kann sie schwerlich einen Schwarm nennen: Die Disziplin und die mysteriöse Feinabstimmung eines organisierten Verbandes ist den Tauben, diesen hier wenigstens, fremd. Sie sind eher ein Bettlervolk oder ein Stamm aus Entrechteten, halborganisiert und ständig neu formulierten Gesetzen gehorchend, eigentlich den Menschen recht ähnlich: ein mehr oder minder angenehmes Zusammenleben mehr oder minder einfältiger Individuen. Die Tauben des Bahnhofs stecken jedoch in einem aufregenden Übergangsstadium: dem der allmählichen, an vielen Fronten scheiternden Rückkehr in die Wildnis.

Wenn die Tauben also auffliegen, dann bildet ihr Volk eine schlampige, an den Rändern ausfransende Wolke, die sich schmutzig-pointillistisch in den Marchfelder Himmel schiebt, bis sie wie der zu schwere Rauch giftiger Fabriken auf die Landschaft und die Gebäude zurücksinkt.

Wenn die Tauben auffliegen, dann kommen die stärksten und gesündesten unter ihnen vierzig, fünfzig Meter weit ins Falkenrevier hinein, der Mittelstand flattert etwa eine weitere Haushöhe nach oben, und die Krüppel, die Siechen, die verdrehten Kreaturen erheben sich nur ein paar Handbreit über das von Moosen und Hauswurzen bewachsene, sanft durchhängende Walmdach des Bahnhofs.

Der Flügelschlag so vieler Tauben hat trotz der großen Anzahl der Vögel etwas Gutmütiges und Beruhigendes, *floff-floff-floff*, macht es vielhundert-, womöglich sogar tausendfach, ein weiches Geräusch, das seine eigenen Erzeuger besänftigt.

Irgendwann, gewöhnt an das Ungewöhnliche, das in ihren Distrikt eingedrungen ist, lassen sie sich wieder auf die vielfältigen Zinnen, Ausgucke, Hochstände und Throne dieser aufgebenen Einrichtung des Menschenverkehrs zurückfallen.

Von den geknechteten Stadttauben ein paar entscheidende Kilometer stromaufwärts wissen nur wenige von diesem seligen, alten Bahnhof, wo Tauben geduldet, ja sogar gemocht sind, wo sie am Rande eines großen, feuchten, von vielen wilden Tieren bewohnten Waldes bleiben, die bösen, sie hassenden Stadtleute vergessen und wieder richtig fliegen lernen können.

Die Tauben ziehen Jahr für Jahr in kleinen, eingeweihten Grüppchen flußabwärts, scheckige und graue sind unter diesen Pilgern, gesunde und kranke, edle und schäbige. Unter größerer Anstrengung, weil sie längere Flugstrecken nicht mehr gewohnt sind, flattern sie über die runden Speichertanks des Öllagers hinweg, passieren schaudernd den großen, dichten Wald mit seinen vereinzelt aufblinkenden Wassern, bis sie endlich auf der anderen Seite, wo die fruchtbare, Marchfeld genannte Ebene beginnt, beim Bahnhof ankommen und dort den Stamm der Verwildernden, der im letzten Winter sicherlich wieder dezimiert worden ist, vielköpfiger machen.

Die Tauben haben natürlich keine Ahnung, daß dieser Bahnhof bis 1982 dazu gedient hat, die hier angebauten Zuckerrüben in großen Waggons ihrer Raffinerie zuzuführen. Heute baut man in diesem Teil des Marchfeldes wieder Roggen an, wofür es keine Bahnhöfe braucht. Der Bahnhof ist drei Jahre lang verwaist herumgestanden und dann von diesem seltsamen Menschen eingenommen worden, der die Tauben nicht haßt, sondern sogar mag und sie seine »Heiligen Geistlein« nennt.

Aber auch wenn sie von menschlicher Seite hier geduldet und sogar gemocht sind, haben die Tauben doch andere Feinde. Hier ist Wildnis, hier wohnen hungrige und blutdürstige

Tiere, Falken fliegen über die Felder und die Raine des Flußlandes, sie stürzen sich trudelnd und mit zangenartig geöffneten Schnäbeln auf die Hälse der friedlich und langsam dahingaukelnden Tauben, die den Feind im Freudenrausch über das neue Paradies noch übersehen. Marder huschen an den Mäuerchen, die das Bahnhofsgelände einfrieden, entlang, erklettern die Bäume, springen auf die Dachfirste und halten Kahlschlag unter den Tauben.

Am schlimmsten sind die kleinen, schlangengleichen Hermeline, die in jedes Loch und auf jeden Ansitz gelangen können. Sie tauchen wie hingezaubert mitten in den Nestern auf, saufen die Eier aus, ohne daß es die brütende Taube merkt, und wenn sie nicht genug Eier gefunden haben, beißen sie der Brütenden die Kehle auf und saufen ihr Blut. Lautlose und beinahe unsichtbare Widersacher mit wechselnden Fellfarben sind diese Hermeline.

Aber die Besuche dieser Feinde sind nicht allzu häufig.

Wenn die emigrierten Vögel noch in der Lage sind, ein paar Kunststücke des Überlebens zu erlernen, gehen sie eines Tages ganz gut mit diesen Schwierigkeiten um. Sie werden vorsichtig, beinahe klug.

Die Hilflosen, die Einbeinigen, die Blinden, sie alle können auf die sanfte Hand des alten Mannes vertrauen, der da unten wohnt. Der hat das Fenster des ersten Vorraums seines Bahnhofes, das er für seine Zwecke nicht braucht, herausgebrochen und kleine Schlafplätze, Nischen, Sitzbrettchen eingerichtet, wo er die Bedürftigen füttert. Das ist das Asyl. Hier sterben die gebrochenen Tauben dann doch eines Tages, aber sie tun es glücklich, während vor dem Fenster das Sonnenlicht durch die mannigfach grünen Farbfilter eines prachtvollen Nußbaums fällt.

Als die Tauben an diesem 7. Juli 1999 auffliegen, ihr eigentümlich einlullendes Geräusch erzeugend, um dann unter Aufwirbeln einer hochsommerlichen Staubschicht wieder auf den Dächern dieses entrückten Anwesens zu landen, macht der alte Mann, der in der Tür des Bahnhofes steht, seine ohnehin schon winzigen Augen noch enger und schlägt, ohne sich Gedanken zu machen, ein kleines verwinkeltes Kreuzzeichen über Stirn und Mund und Brust.

Was da kommt, hat sicher mit den Veränderungen zu tun.

Seine beiden beiden treuen Jungs, die ihn hier manchmal besuchen kommen, brächten die Vögel nicht so zum Erschrecken, wenn sie auf ihren rostigen Rädern über den Marchfelddamm angereist kommen. Nein, was hier kommt, ist ein Auto, was hier kommt, ist das *Außen*. Auch dem *Außen* sind die Veränderungen aufgefallen, und jetzt kommt es zu ihm.

Der alte Mann sieht durch seine zusammengekniffenen Augen die turmhohe Staubfahne, die sich über den Feldern erhebt.

Die Veränderungen, das weiß der alte Mann, toben jetzt schon bald drei Monate mit unheimlicher Lautlosigkeit da hinten im Wald und an den Ufern des Stromes dahinter.

Es ist später Vormittag, erst nach dem Mittag wollten die Jungs heute kommen, und wer ist das?

Der Alte bemerkt, daß das Auto, das er wegen der dichten Linie junger, hoher Pappeln am Ufer des kleinen Flüßchens hinter dem Bahnhof nicht sehen kann, stehengeblieben sein muß, denn das leise, geduldige Motorengeräusch ist erstorben. Wer immer auch kommt, macht das letzte Stück zu Fuß.

Das könnte Demut sein, Vorsicht oder Gemeinheit, überlegt der Mann.

Die Tage hier stehen unter einer organischen Ordnung, sie sind ein Arrangement des alten Mannes erstens mit seinem Gott und zweitens mit dem Rest seines immerhin schon achtundsiebzigjährigen Lebens. Unterbrechungen und Unregelmäßigkeiten im Verlauf seiner Tage mag der alte Mann wie die meisten alten Menschen nicht allzugern.

Und das Dunkle im Wald setzt ihm zu.

Er ist sich sicher, daß das Dunkle um ihn weiß, denn das Dunkle ist klüger und aufmerksamer als alles andere, was er in der Welt hat kennenlernen können. Aber die Widersacherei da im Schatten der Bäume – warum habe ich nur wieder am großen Strom leben wollen? fragt sich der Alte –, sein Gegner in der Au nimmt scheinbar keine Notiz von ihm und läßt ihn im Augenblick in Ruhe.

Das hat den alten Mann anfangs gefreut, aber sein Beklemmungsgefühl auch nicht erleichtert.

Jetzt wird das *Außen* an ihn herankommen, und das war noch nie gut für ihn. Er hat heute schon die Messe gehalten, in dem kleinen Zimmer unterm Dach, das einmal der Ruheraum des Bahngüterverwalters gewesen ist, er hat heute noch nichts getrunken und auch sonst nichts getan, außer ein paar ramponierten Tauben zu helfen, die eben erst angekommen sein müssen.

Dann hat er sich ein bescheidenes Frühstück gemacht, und sich, die allgemeine Besorgnis für Augenblicke unterbrechend, auf seine Jungs und deren Gesellschaft gefreut.

Auf der kleinen, staubigen Anfahrtsstraße zum Bahnhof sind noch immer keine Besucher zu sehen.

Dieser makellos blaue Himmel! Der alte Mann geht ins Haus, durchquert den Vorraum mit den verkrüppelten Vögeln und kommt in den ehemaligen Verschubraum des Bahnhofes, sein jetziges Studio, und zum dort befindlichen Kachelofen, in dessen Innerem er aus Kühlungsgründen sommers, wenn das Ungetüm nicht beheizt ist, seinen Wein aufbewahrt. Ein staubiges Glas steht oben auf der Kante des Ofens. Der alte Mann schenkt sich ein, nimmt einen Schluck und versinkt in Gedanken.

Der alte Mann vom Bahnhof trägt verblassende Knickerbocker, Gummistiefel, ein kurzärmeliges, irgendwie militärisches Hemd und Hosenträger. Er hat ein glatt rasiertes, gebräuntes Gesicht mit einer etwas gerundeten Trinkernase und schulterlange weiße Haare, in denen wie hineingemalt noch butterfarbene Strähnen früherer Blondheit übriggeblieben sind. Die Haare sind im Nacken zu einem Zopf zusammengebunden. Kleine Augen, ein schmaler Mund. Um den Hals des Alten hängt an einer silbernen Kette ein winziges schwarzes Ebenholzkruzifix.

Er nimmt noch einen Schluck, der das kleine Glas zur Gänze leert, stellt es wieder auf den Ofen und kehrt aus seinen Gedanken, die wie meist in letzter Zeit um das Dunkle im Flußwald gekreist sind, in die Außenwelt zurück.

Hysterisch flattern im Vorraum die moribunden Vögel auf.

Die Besucher sind da.

Das hier ist Niederösterreich, denkt Mimi lapidar, als sie am Rand der von Gräsern überwucherten Bahntrasse aus dem Opel steigt und wartet, daß auch ihre Begleiter das Fahrzeug verlassen.

Das ist Niederösterreich, was hab ich hier verloren?

Wie absurd ist die Welt eigentlich?

»Weißt d', Mimi«, hat die Frau gesagt, mit der sie vorgestern abend telefoniert hat, »weißt d', die Welt ist jetzt so unberechenbar, daß man sich nur mit beiden Händen am Resterl der eigenen heilen Seele festhalten kann.« Die Frau, mit der Mimi da telefoniert hat, hat schon an der Universität den Spitznamen Tante Sandra gehabt. Tante Sandra Eiwisch ist mit ihrem Doktortitel gleich nach dem Studium dorthin gegangen, wo man als feuerloser Jurist mit gutem Herzen am ehesten gebraucht worden ist: zur Erzdiözese. Sie treibt für die Katholen die Kirchenbeiträge ein, eigentlich ungern, weil sie zum Drangsalieren von Schluckern und selbst von Drückebergern ein zu lieber Kerl ist, sie wiegt sich in der sanften, frommen Atmosphäre des Erzbischöflichen Palais in relativem Wohlgefühl. In den acht Jahren, die sie jetzt da ist, hat sie zwar nicht Gott und die Welt, aber doch den Teil der Wiener Welt kennengelernt, der der Apostolisch-Römischen Filiale der Firma Gott & Sohn am eifrigsten dient.

Vor zwei Tagen, am Montag, hat Mimi diese Frau angerufen. Die Tante Sandra hat sie richtig herzlich begrüßt, Mimi hat gesagt: »Tante, paß auf. Ich brauch wen, der sich mit dem auskennt, was ihr als Besessenheit bezeichnet. Ganz inoffiziell, zu meiner persönlichen Fortbildung ...«

»Klingst aber so, als hättest du's eilig.«

»Meine Fortbildung steht im Dienst einer eiligen Sache.«

Die Tante Eiwisch hat dann gestern zurückgerufen. »Einen gibt's, der ist legendär, wenigstens intern, wenn auch rückgestellt aus dem aktiven Dienst. Ein Monsignore.«

Die Tante Sandra hat von einem Priester erzählt, der in den fünfziger Jahren in den dunklen Waldbergen des südwestlichen Niederösterreich zweimal böse Geister ausgetrieben haben soll. Erst an einem siebenjährigen Mädchen, ein Jahr später an deren jüngerer Schwester. Das erste Mädchen sei tot aus dem Ritual hervorgegangen, in einem Krampf erstickt, der durchaus auch Symptom einer schweren Psychose hätte sein können. Das zweite angebliche Opfer, die Schwester, die von dem, was die Diözese den »gegnerischen Geist« genannt hat, ein Jahr darauf befallen worden sei, habe es damals überlebt und sei, wenn auch stumm für immer, zur Ruhe gekommen. Bis in die achtziger Jahre habe sie auf dem Hof ihres Onkels als Hilfskraft gearbeitet und sei schließlich friedlich und müde gestorben.

Der Priester von damals, der die Exorzismen nach Absprache mit dem Bischof seiner Diözese durchgeführt hat, hat sich laut Tante Sandra anschließend für fast fünfzehn Jahre an ein theologisches Institut in Rom versetzen lassen.

Anfang der siebziger Jahre kam er zurück, um eine Pfarre westlich von Wien zu übernehmen. In ein paar Jahren nur begann seine Gemeinde zu einem Schmuckstück des Landes zu werden, vor allem im Jugendarbeitsbereich. Manche sagen, die später berüchtigten Jazzmessen seien in dieser Pfarre und dem angeschlossenen Jugendzentrum erfunden worden.

Als im Jahr 1978 ein Suchtgiftskandal seine Spuren bis in dieses Pfarrzentrum zog, verschob man den Pfarrer mit seinen zwei so verschiedenen Vergangenheiten auf ein Abstellgleis, also in den Ruhestand. Der Bahnhof, den er schließlich nach einigen Jahren im Hause seiner reichen Schwester bezog, setzte diese Metapher seiner bischöflichen Vorgesetzten nur noch in die Wirklichkeit um.

Den Titel Monsignore hat ihm niemand wegnehmen wollen.

Manchmal, so Tante Sandra, lese er in einer benachbarten Marchfelder Gemeinde, deren junger Kaplan ihn mag, gemeinsam mit jenem eine Messe.

»Ansonsten soll er gelehrt, zurückgezogen und in den letzten Jahren auch ein schrulliger Säufer geworden sein. Aus erster Hand kriegst du das, was du willst, nur von dem, glaub' ich«, hat Tante Sandra die Erzählung beschlossen. »Von mir hast du das natürlich nicht. Unsere Offiziellen hätten dich mit Sicherheit woanders hingeschickt.«

Mimi schaut jetzt auf das Auto zurück und sieht, daß der Bruckner schon ausgestiegen ist, ihre Mitfahrerin aber noch immer auf dem Rücksitz hockt. Mimi kehrt auf den Fahrersitz zurück und redet sie an:

»Was ist denn?«

»Es kommt mir so bizarr vor. Der Besuch hier hilft wahrscheinlich gar nix, aber er führt noch weiter von dem weg, was bisher mein Leben gewesen ist.«

»Wollen S' hier warten«, fragt Mimi, »oder gleich zurückfahren mit einem Taxi?«

Die Mitfahrerin schaut zweifelnd und sagt dann: »Nein, ich geh' mit.«

Sie sperren den Opel ab und gehen die Straße, die neben einer Pappelallee und einem kleinen Flüßchen verläuft, auf eine Gabelung zu. Hier beginnt die Anfahrtsstraße, die das Flüßchen auf einer Holzbrücke quert und bis zum offengelassenen Bahnhofsgelände führt.

Auf dem Mäuerchen hinter der Holzbrücke, das das Gelände begrenzt, sieht Mimi zuerst den Guano. Die weißen Exkremente von Vögeln ziehen sich wie eine Schicht schmutzigen Schnees über die Oberseite der kleinen Mauer, links und rechts muß der Kot in langen Bächen hinuntergeronnen sein, ehe er eingetrocknet ist. Etwas weiter oben sieht Mimi dann die Tauben. Sie schauen mißtrauisch aus ihren flackernden Augen, und es sind Hunderte. Auf dem Mäuerchen, in den Baumkronen und die meisten von ihnen auf dem Dach des Bahnhofs.

»Hallo!« ruft Mimi leise. Sie hört keine Antwort.

Sie gehen auf das Bahnhofsgebäude zu und sehen dabei immer mehr Vögel, die nervös von ihren Plätzen aufflattern.

»Markusplatz«, sagt der Bruckner hohl, »Markusplatz, Marchfeld.« Auf der leicht ansteigenden Straße kommt der rothaarige Inspektor, Kettenraucher, wegen der Hitze ins Schnaufen.

Mimi sieht, daß hinter dem Bahnhof schon dieser Wald ist, dieses Mal seine andere Seite, aber es ist derselbe Dschungel, Baummonster unter ihren Schleiern aus Ranken, Lianen und Misteln.

Sie gehen durch den Haupteingang des Bahnhofes und kommen in eine düstere und grotesk anmutende kleine Vorhalle. Hier hocken auf eigens angefertigten Stangen und Brettern verletzte, zum Teil verkrüppelte Tauben und schauen panisch, als die Besucher eintreten. Sie gehen wieder durch eine Tür, und da steht jetzt dieser alte Mann mit seiner langen, teils blonden, teils schlohweißen Mähne und schaut sie aus Augen an, so klein wie Gelsenstiche.

»Tag«, sagt Mimi mit rauher Stimme, »Sie haben kein Telefon, also haben wir nicht anrufen können.«

»Tut leid«, sagt der Bruckner.

»Grüß Gott«, sagt der alte Mann.

»Magister Sommer, Sicherheitsbüro Wien, das ist mein Mitarbeiter, der Inspektor Bruckner, die Dame da hinten heißt Elisabeth Müller. Wir kommen wegen etwas Komischem zu Ihnen. Vorausgesetzt, Sie sind der Monsignore Willi Hain...«

Mimi merkt, daß der alte Priester, wenn er es ist, schon die längste Zeit den Bruckner anschaut, und sie merkt auch, wie unangenehm dem Inspektor dieser helle, forschende Blick aus den kleinen Augen ist.

»Der da hat eine ganz böse Nacht hinter sich, auch wenn's schon länger her ist, nicht?« sagt der alte Mann.

Und da geschieht etwas Überraschendes: Bruckner beginnt hemmunsglos zu heulen. Laut schluchzend geht er aus dem Raum, in dem sie stehen, und verbirgt sich im Taubenspital nebenan.

»Sie wissen ganz genau, weshalb wir da sind, oder?« fragt Mimi.

»Kann schon sein«, sagt der alte Priester und geht dem Rest der kleinen Gesellschaft voran in ein anderes Zimmer.

23.
Dämmerung

Die Geister der Landschaften kamen, wenn die Landschaften fertig waren. Sie kamen und richteten sich ein.

Agua kam, als das Eis über dem Land verschwunden war und größer werdende Flüsse, an deren Ufern sich nach und nach endlose Wälder entwickelt hatten, den schmelzenden Schnee der letzten Eisgebirge zu den Meeren im Süden und Osten brachten.

Agua liebte den stürmischen Flußwald am Mittellauf des Donaustroms und beschloß, für immer zu bleiben. Manchmal bleiben Geister sogar länger, als ihre Landschaften alt werden. Versteppt und verödet eine fruchtbare Ebene, dann kommt es vor, daß ihr Geist bleibt und seinerseits verödet, bitterer wird und böse über sein verlorenes Paradies.

Geister wie Agua waren höher geachtet in früheren Zeiten, die Nymphen, Sylphen, Undinen und Salamander waren noch im späten Mittelalter in ihrer Wesenheit den Engeln nahegestellt, gefürchtet und geachtet als das, was sie waren: Beherrscher der Elemente. Ein Mischgeist wie Agua, in den Sümpfen und amphibischen Landstrichen verborgen, gebot gleich über zwei von ihnen: Wasser und Erde. Ein zweifach mächtiger Naturdämon, jetzt schon seit Tausenden von Jahren mit seinem Garten verwachsen, den Engeln nahe, aber ohne Seele. Vielleicht ist das der Grund für ihr Spiel mit den Zweibeinern.

Die Gesellschaft sitzt in einem Raum mit ein paar dürftigen Sesseln und einer dicken Kerze, die viel Wachs unter sich läßt, während sie unter schwarzem Qualmen ihrem noch fernen Ende zubrennt. Wie in allen Räumen des Bahnhofs hängt auch hier eines der ungewöhnlichen Kruzifixe des Monsignore Hain, zwei dunkle, mäandernde Äste eines Kirschbaumes, der vor drei Jahren am Rand des großen Waldes gestorben ist, mit Stricken zur Kreuzform gebunden. Noch ist Bruckner nicht zurückgekommen, und Hain fragt, seine Erzählung unterbrechend: »Dem ist doch wirklich etwas widerfahren ...«

Mimi macht schnell: »Der war in Linz. Dort haben ihn die eigenen Leute um einen Fall betrogen. Dann ist er nach Wien, er hat gesoffen und noch auf andere Arten gegen Ihren Gott gesündigt, Monsignore. Dann ist er drei Tage in den Auwäldern verlorengegangen.«

»Und dort ist ihm was begegnet«, sagt der Alte bedauernd. Es ist keine Frage.

»Glaub ich auch. Aber er kann sich nicht erinnern.«

»Ich wünsch' ihm, daß er lang in dieser Gnade leben kann«, sagt Hain.

Mimi fährt sich durch ihre Haare, die vom vielen Draußensein in diesem Sommer immer heller werden, und hört zu.

Hain spricht weiter. Der Bruckner kommt zurück, geisterhaft ruhig und blaß, aber kaum einer bemerkt es. Die Jungs vom Monsignore tauchen auf, werden kurz angegafft und nehmen, seltsam, wie sie sind, auf weiter hinten stehenden Sesseln Platz.

Menschen, die vor 50.000 Jahren oder etwas früher an diesen Mittellauf der Donau kamen, sind erst spät in den großen Wald vorgedrungen, um ihn langsam kleiner zu machen. Zunächst hatten sie vor dem schwarzen Dickicht zu viel Respekt, und dabei wußte man von Agua noch gar nichts Genaues, denn der Dschungel, der hinter den Schluchten der Wachau die Flanken des vielzüngigen Stroms bewuchs, barg zudem noch die wütenden Ure, die nachtdunkeln, riesenhaften Bären der Ebene, und die Wölfe. Ein paar wilde Stämme drangen irgendwann auf ihrem Rückzug vor einem großen Reich aus dem Süden in den Dschungel vor. Das große Reich aber folgte ihnen, ohne auf die Gefahren zu achten, die nicht *von Fleisch und Bein* waren, wie man damals sagte, es überwand die Stämme, und dann begann der Wahnsinn der Städte.

Aguas Tage sind Jahrhunderte, und auf einen Tag folgen meist viele durchschlafene Nächte, so daß sie nicht oft bemerkbar wird, weil sie wohl immer da, aber kaum jemals an der Oberfläche ist.

Dann, auf einem ihrer Besuche an den Ufern, hat sie erstmals Menschen gefunden, diese weißen aufrechten Lebewesen, die als einzige in ihrem Bestiarium ihre Liebkosungen nicht verdienten. Aber mochten diese Zweibeiner auch verrückt und zerstörerisch sein, so waren sie doch zugleich im Besitz einer Seele.

Agua fand ihr liebstes Spielzeug und merkte erst ganz langsam, wie schwer ihm Herr zu werden war.

Irgendwann stehen die Jungs auf, um neuen Wein aus einem Lager zu holen. Mimi trinkt mittlerweile ebenfalls den herben Weißen des Monsignore, und auch Elisabeth Müller hat schon ein paar Schluck aus dem Glas der Kommissarin gemacht.

Als die beiden zurückkommen, mit zwei Dopplern und neuen Kerzen, fragt die Kommissarin: »Und ihr?«

»Der Fery und der Didier«, sagt Hain, »die kenn' ich schon sehr lang, die zwei haben einmal in meiner Gemeinde ministriert.«

»Musiker, oder was?« fragt Mimi, die sich über die Gemeinde des Hain kundig gemacht hat.

»Genau, Bebop«, sagt Didier, ein früh ergrauter, zierlicher Mann mit großen Augen hinter randlosen Brillen und einem kahlen Vorderkopf.

»Ich Klarinette, er Gitarre«, sagt der Fery, der ein bißchen dicker ist, eine römische Frisur und eine gebogene Nase hat.

»Für Geld?« fragt die Mimi und läßt sich das Glas vollschenken.

»Eher für mehr Harmonie auf dem Planeten«, sagt Didier.

»Außerdem sammeln wir Religionen und Mythen und bauen Gras an«, sagt Fery.

»Paßt's auf, Burschen, Polizei«, sagt der Monsignore.

»Jetzt egal«, sagt die Mimi.

»Sie weiß ja auch nicht wo«, bemerkt Didier.

»Katholische Hippies also«, sagt Mimi.

»Katholisch wiss' ma nicht. Christlich schon. Universell vergeistigt«, sagt Fery.

»Reitende Irre«, sagt Didier.

Jetzt lacht die Mimi. Den Witz kennt sie. Der ist vom Komiker Otto aus den finsteren achtziger Jahren. Die zwei sind lustig. Unter anderen Umständen ...

Monsignore Hain nimmt, nachdem er hinter vorgehaltener Hand lautlos aufgestoßen hat, seine Geschichte wieder auf.

Donauweiberl begannen die Menschen Agua, oder das, was sie von ihr mitbekamen, im elften Jahrhundert zu nennen, als das Verschwinden der Fischer unterhalb Wiens und bei Klosterneuburg anfing.

Fischer hatten immer gefährlich gelebt. Mehr als zweitausend Strudel waren verzeichnet zwischen Enns und Wien, aber eines Sommers kamen die Bootsleute viel häufiger nicht mehr von ihren Fahrten zurück als gewohnt. Einige von ihnen machten laut alten Pfarrchroniken sonderbare Ankündigungen ihres Verschwindens; sie seien einer unheiligen Ehe zugesprochen, hieß es oft. Einer sagte seiner Mutter, er müsse jetzt am Grund des Stromes freien gehen.

Im 15. Jahrhundert soll ein ähnliches Jungmännersterben die Lehmhütten der Wallerfischer in Ebersdorf unterhalb von Wien heimgesucht haben, wobei in Aufzeichnungen des Dompfarrers das erste Mal Mutmaßungen auftauchen, daß es sich bei dem, was das Volk das Donauweibel nennt, um einen *succubus* handeln könnte.

»Wie?« fragt an dieser Stelle der Bruckner. Es ist das erste, was er seit Stunden sagt, und er sagt es mit dünner Stimme.

»*Succubus* ist das alte, lateinische Wort für den weiblichen Buhldämon, ein böser Geist in Gestalt einer schönen Frau, der die Begehrer des Leibes, in dem er steckt, anschließend von innen auffrißt. Die Befallenen werden finstere Kreaturen, unfreiwillige Jünger des Crowley ...«

»Kro... wie?« Jetzt fragt Mimi.

»Aleister Crowley«, sagt Didier und putzt seine Brillen, dort beginnt sich der Ruß der Kerze, in die er gestarrt hat, abzusetzen.

»Ein Gruselphilosoph«, assistiert Elisabeth Müller.

»Respektloser Ausdruck«, sagt Didier und setzt die Brille wieder auf, »aber bitte. Crowley hat die Telema-Abtei begründet.«

»Sein Leitsatz war *Tu was du willst*«, sagt der Monsignore, »und genau an diesen Ort kommen die Befallenen von Buhldämonen. Irgendwann tun sie die letzten Dinge. Das Licht Gottes fällt von ihnen ab, und seine Gesetze erlöschen in ihnen.«

Hain sagt es freundlich.

Bruckner ist stumm. Mimi schaut ihn besorgt an.

Hundert Jahre später, zur Regierungszeit des zweiten Maximilian, gab es wieder zwei Fälle, jetzt hörte man auch von Riesenkräften und nicht erklärbarem Wissen der Befallenen, zwei simple Naturen, die am Fluß zu tun hatten.

Zu jener Zeit wirkte ein benediktinischer Inquisitor und Exorzist am Hof des Maximilian in Neugebäude, ein Gaspar de la Selva aus Toledo, der sich eins der gewalttätigen und rasenden Opfer, einen Holzarbeiter aus den Auwäldern, bringen ließ, verhörte und schließlich exorzierte, was der Holzarbeiter nach anderthalbwöchigem Ritual mit dem Leben bezahlte.

Gaspar de la Selva hatte in Spanien, in Frankreich und im Maghreb mit namhaften Gelehrten und Dämonenkennern disputiert, er soll unzählige Fälle gesehen und selbst ausgetrieben haben. Er hing jener, ihrerseits nah an der Häresie positionierten Schule innerhalb seiner Zunft an, wonach die Buhldämonen wilde Naturgeister waren, die sich mit dem Widersacher Christi gegen das Menschengeschlecht zusammengetan hatten.

Bei den Versuchern *nicht von Fleisch und Bein*, den *succubi*, und ihren männlichen Pendants, den *incubi*, unterschied er zwischen zwei Gruppen: Die sogenannten Sandwinde, im Islam als *Djinn* gefürchtet, waren reisende Geister, rastlose Wesenheiten zwischen Hölle und Erde, die überall auf der Welt in ihre Opfer treten konnten. Die andere Gruppe waren die alten Beherrscher der Elemente, die in ihren Ozeanen, Wäldern, Gebirgen und Sümpfen festsaßen; sie konnten ihr Element nicht verlassen, in ihren Kreisen aber waren sie noch mächtiger als die vazierenden Dämonen. Sie waren Wechselbälger, die hintereinander oder gleichzeitig in verschiedenste Opfer springen konnten, sie lösten Raserei in ganzen Landstrichen aus, Feuersbrünste und unerklärliche Katastrophen, möglicherweise sogar Epidemien.

Gaspar de la Selva ordnete den Dämon von Wien ohne zu zögern dieser zweiten Gruppe zu.

Nachdem er die grünen Blicke des Wesens in jenem bedauernswerten, sterbenden Holzarbeiter brennen gesehen hatte, ging er an eine halbjährige wissenschaftliche Arbeit. Er bestimmte die astrologischen Koordinaten des Dämons, er ordnete ihm seine Elemente nach den hermetischen Wissenschaften zu und gab dem, was bisher unter den Fischern nur das *Donauweiberl* geheißen hatte, zuletzt seinen Namen, halb spanisch, halb lateinisch, ein Name voller dunkler Melodie:

Agua adversa.
Das widrige Wasser.

»Die grünen Augen haben sie an der Roma-Frau ganz sicher gesehen?« fragt der Priester zum Schluß.

»Ganz sicher«, sagt Mimi.

»Können Sie das Ding aus dem Joe herausbringen?« fragt Müller.

Hain trinkt und schweigt eine Zeitlang: »Wenn er wirklich ihr erster Buhle war, seit sie wieder wach ist, dann hat er eine besondere Bedeutung für sie. Deshalb lebt er auch noch.«

»Welche Bedeutung?« fragt Müller, die sehr blaß geworden ist.

»Die einer Verbindung zwischen ihrer und unserer Welt. Wenn wir diesen armen Josef aus ihrer Gewalt reißen, reißt auch ihr Faden, salopp gesagt. Ihr erstmaliges Menschwerden war auf ihn gerichtet. Verliert sie ihn, muß sie noch einmal anfangen, und das ist wenig wahrscheinlich.«

Der alte Mann denkt nach, dann sagt er, eher zu sich: »Die Gestaltwerdung eines Buhldämonen ist das Anstrengendste für seinen Geist. Ich bezweifle, ob sie die Kraft noch einmal hat, zumindest jetzt gleich. Sie brennt auf hoher Flamme.«

Mimi denkt an Feuer.

»Sie haben doch schon einmal ...«, beginnt sie.

Der Monsignore schneidet ihr das Wort ab: »Darüber spreche ich nicht, nicht mit Ihnen und auch mit keinem anderen Menschen.«

Plötzlich wirkt er uralt. Mimi versucht es noch einmal:

»Aber sie wußten schon, daß diese ... daß sie wach ist.«

»Die ganze Zeit über. Ich kenne den Hauch, der weht, wenn einer von ihnen erwacht. Ich ...«

Er ist still. Alle warten.

»Möglicherweise werde ich es tun.« Er schaut Müller an. »Ich will Sie jetzt noch ein paar Dinge über ihren Josef fragen.

Morgen entscheide ich mich.« Er geht mit Müller nach draußen. Mimi und Bruckner trinken aus, die beiden Freunde des Priesters löschen eine Kerze nach der anderen.

Über den eingezogenen Köpfen der Tauben auf dem Dach dämmert es.

Als die Gruppe sich verabschiedet, stellt der Bruckner eine leise Frage an den Monsignore. Der nimmt ihn zur Seite und spricht ein paar Worte mit ihm. Währenddessen gehen die Frauen durch die dunkelnde Landschaft zum Opel voraus. Hinter dem Dunst am Himmel, der sein letztes Licht verliert, zwinkern ferne Sternbilder.

In der dunklen Linie des Waldes am Horizont singt ein Vogel:

»Dueehhh.«

Die Au ist wunderschön, denkt Mimi, wenigstens jetzt und an diesem Ort.

24.
Beobachtungen am Himmel (I)

Wenn Didier und Fery den gelben Ford des Monsignore, der in einem weniger einsturzgefährdeten Teil der Lagerhalle steht, in Betrieb nehmen, und das müssen sie zu zweit tun, dann ist das einer von höchstens drei oder vier Tagen im Jahr, und immer wieder setzt dieser Vorgang die Tauben in großes Erstaunen.

Der auf den Tag des Besuchs folgende Tag, der 8. Juli, ist so ein Autotag, und die Tauben fliegen durch schmale Spalten in die zwielichtige Halle und kreisen neugierig über den Köpfen der Männer.

Didier und Fery rollen das mattgelbe, flache Gefährt mit seinen vielen Dellen ans Tor der Halle und füllen aus einem Kanister, der in einer Ecke für solche Ausfahrten bereitsteht, etwas Benzin in den Tank.

Der Monsignore, ein Gebetsbuch in der Hand, verschließt die Bahnhofstür und kommt zu seinen ehemaligen Ministranten in die Halle.

»Hast' übrigens g'hört, Hochwürden«, fragt jetzt Didier, während Fery den Treibstoff gluckern läßt, »daß den Bauern hier seit Wochen Diesel und Benzin aus den Scheunen g'stohlen wird?«

Hain schüttelt den Kopf und macht nicht den Eindruck großen Interesses.

»Daß sie's nur nicht angezeigt haben, weil sie versicherungsmäßig keine Lagergenehmigung besitzen?«

Wieder Kopfschütteln. Das weißgelbe Haar, das heute offen herabhängt, flattert träg um den Kopf des Monsignore.

»Daß der Fahringer von Schönau zwei seiner Kanister aber plötzlich mitten im Wald zwölf Kiometer weit weg g'funden hat?«

Jetzt blitzt es doch hell in den Augen des Monsignore auf, er fixiert den Didier, der aber keinerlei weitere Informationen hat.

Das Gespräch schläft wieder ein. Man fährt los.

Didier muß den Wagen hinten anschieben, bis er auf der leicht abschüssigen Bahnhofszufahrt selbst in Schwung kommt, weil die Batterie natürlich wieder tot ist. Fery lenkt, und das Auto ist so klein, daß seine eindrucksvolle Nase beinahe an der Scheibe klebt. Am Beifahrersitz hängt der Monsignore, und als der Ford endlich läuft, bremst Fery, und Didier klettert in den Fond, den Hain den »Kindersarg« nennt.

Der gelbe Ford hat schon Jahre keine Sicherheitsplakette mehr, und daß seine niederösterreichischen Kennzeichen – alte natürlich, weiße Schrift auf Schwarz – noch nicht heruntergerostet sind, ist ein Glücksfall. Aber der Wagen fährt, und weit geht die Reise ohnehin nicht. Der Ford schabt mit dem Geräusch eines gedämpften Rasenmähers über die Straßen, passiert Orth, dann Schönau und nimmt hinter Eßling die Forststraße in den Wald hinein.

Wie auch die letzten Tage ist der 8. Juli heiß und sein Himmel von einem kraftlosen Blau. Die Luft ist schwül.

Während der Fahrt hat der alte Priester noch einmal über seinen kurzen gestrigen Wortwechsel mit Elisabeth Müller nachgedacht. Als sie das, worum sie ihn bitten wollte, das *Austreiben*, endlich über ihre Lippen gebracht hat, hat er sie gefragt:

»Wissen Sie, worum Sie mich bitten? Sie bitten mich, mit eigenem Leib und eigener Seele Speerspitze Gottes gegen seine Widersacher zu sein.«

»Ist das Böse denn ein Prinzip oder eine Person?« hat Müller gefragt.

»Es ist beides, Frau Doktor, und zugleich keines von beiden: Denn es ist auch das Nichts.«

»Ein Exorzist bekämpft das Nichts?«

»Ich glaube es. Zum Exorzisten ist man bis vor dreißig Jahren noch in jedem Falle geweiht worden, auf dem Weg zum Priester. Es war die vierte der sogenannten minderen Weihen. Paul der Sechste hat das dann kassiert. Die Weihe zum Exorzist stand für diese Bereitschaft des Speerspitzentums, das ich für Ihren Geliebten aufbringen soll, den ich nicht einmal kenne.«

»Ich kann die religiöse Dimension nur schwer begreifen«, hat Müller gesagt.

»Es ist eine ganz und gar reale Dimension. Das werden Sie ja vielleicht sehen. Ist er eigentlich getauft?«

»Ich glaube schon«, hat die zierliche blonde Frau gesagt.

»Sie glauben also schon ... Ich denke, es ist ohnehin egal.«

Jetzt, im Sonnenschein des darauffolgenden Tages, erreicht das kleine gelbe Auto das Forsthaus Lobau.

Didier parkt im Schatten, ohne den Motor abzustellen.

Der Förster und seine Mitarbeiter kennen den alten Pfarrer. Ein, zwei Mal hat er Feldmessen an Feiertagen hier gelesen, zusammen mit einem jüngeren Kaplan aus dem Marchfeld. Er ist, findet der Förster, ein profunder Kenner des Flußlandes und kein schlechter Schlucker. Wahrscheinlich ist er außerdem ein bißchen verrückt, aber wen schert's?

Der Förster begrüßt den Hochwürden Hain herzlich.

»Die Johannkapell'«, fragt der Hain, »die in eurem Rehgehege, steht die noch?«

»Ich hab' sie nicht weg'tragen«, sagt der Förster.

»Gib ma den Schlüssel«, bittet der Monsignore, »ich möcht' den lieben Gott heut im Wald treffen.«

»Wenn'st nachher ein Viertel nimmst bei mir.« Der Förster holt den Schlüssel. Die Jungs warten beim Auto, dessen Motor noch immer läuft, was hier, Nationalpark hin oder her, keinen zu stören scheint.

Der Monsignore wandert hinter dem Forsthaus vielleicht noch achtzig Meter in den Wald hinein, dann steht er vor einem gemauerten Portal, das an einen hohen Wildzaun auf beiden Seiten anschließt. Das ist das Reh-Aufzuchtsgehege der Försterei. Das Gehege ist leer bis auf blinde Passagiere; die Findelkitze vom letzten Jahr sind ausgesetzt, neue gibt es noch keine. Die blinden Passagiere sind ein Dutzend Nebelkrähen auf einer toten Akazie, ein Wiesel im hohen Gras und ein alter Priester.

Hain folgt dem verwachsenen Hohlweg und findet nach einer Kurve das, was er sucht, auf der Kuppe eines schütter von Birken bestandenen Hügelchens.

Die Kapelle, das Tempelchen ohne Dach. Hierher haben im Jahre 1818 zwei nichtsnutzige Wiener Hochadelige, der Fürst Kaunitz und der Graf Pálffy, den Erzherzog Johann zur Saujagd geladen, ihn, den begnadeten Gebirgsjäger, den beim Volk so beliebten Bruder des Kaisers, den sie haßten und verachteten.

Es kam wohl nicht ganz unerwünscht, daß der Erzherzog, mit dem Sumpf im Urwald nicht vertraut, im Morast der Altarme zu Pferde nicht mehr weiterkam, gerade in dem Augenblick, als eine wilde schwarze Sau durchs Unterholz gerast kam und, als er vom Roß fiel, über ihm war. Vermutlich wartete der Graf Pálffy eine geraume Weile mit dem rettenden Schuß, bis er sich am Unglück des Kaiserbruders sattgesehen hatte. Dennoch blieb Johann fast unverletzt, und guten Traditionen zufolge errichtete man eine Votivkappelle, wenn auch in aller Stille, weil die ganze Sache dem Geretteten peinlich war.

Feuchtigkeit und der Ansturm der Wildnis haben dem klassizistischen Kapellchen schwer zugesetzt.

Trotzdem, als der Monsignore es heute, und nicht zum erstenmal, besucht, da strahlt es wieder diese Unschuld aus, die vielleicht daher kommt, daß es kein Dach mehr hat. Die Wände sind mit einem umlaufenden Fresko bemalt worden:

Eine Marienfigur, die einen Wanderer, der *nicht* die Züge des Erzherzogs trägt, vor rasenden Wölfen und Ebern errettet. Über den Baumkronen des Freskos ist ein zartblauer Sommer aufgemalt, und durch die Fensterhöhlen und durch das anstelle des weggefaulten Daches klaffende Loch spannt sich der wirkliche Himmel über den wirklichen Baumkronen, und der Monsignore Willi Hain macht sich an die Himmelschau.

Er spricht mit seinem Gott.

Soll er es tun, noch einmal? Kann er es noch? Hat er es jemals können?

Ein schon lange verstorbener Bischof in Rom hat dem jungen Willi Hain einmal erklärt, er höre Gottes Antworten stets zunächst als klingende Stille, als tönendes Schweigen, und darin höre er dann nach langem Vertiefen etwas wie ein Echo, das Echo einer Antwort, dann ein näheres, vertrauteres Echo und nach langem Schweigen schließlich die Antwort selbst.

Der Monsignore hört, nach langem, seinen Gott.

Sein Gott fragt ihn, ob er, Hain, die Menschen noch liebt.

Einige Tauben aus der Bahnhofsruine überfliegen den Wald.

Das Gespräch dauert lange.

»Amen, mein Herr«, sagt der Monsignore am Ende. Er blickt nach oben und entdeckt seine Tauben. Lächelnd betrachtet er über ihnen den Kondensstreifen eines auf den Flughafen zusteuernden Flugzeuges, der im Himmelsausschnitt über der Kapelle durch das bläßliche Blau sticht.

25.
Kollegin Fink

Frau Inspektor Astrid Fink, die am vergangenen Sonntag von ihrer Arbeitskollegin schmerzhaft verprügelt und vor den Augen weiterer Kollegen gedemütigt worden ist, die sich bei ihrem Vorgesetzten, dem Hofrat Lajda, keinerlei Trost, sondern vielmehr die harsche Aufforderung zugezogen hat, mit ihrem Spott eben vorsichtiger zu sein, Frau Inspektor Fink also, deren kurzes, anfänglich glanzvolles Gastspiel bei der Staatspolizei nun zu enden droht, weil ihr Fall sich in Apathie auflöst, Astrid Fink hat sich freigenommen, Montag, Dienstag, Mittwoch und den heutigen Donnerstag, den 8. Juli, noch dazu. Sie ist nicht wegen der paar Hämatome und Kratzer in den *Krankenstand* getreten – was ihr der Lajda, das Arschloch, angeboten hat –, dafür ist sie zu stolz. Nein, sie hat sich *freigenommen*, und jetzt sitzt sie in ihrem silbernen Beachsuit auf der Donauinsel, mit Bernie, dem muskulösen, jungen Polizisten vom 21er-Bezirkskommissariat, und mit Hartmut, ihrem Surflehrer. Beide wollen sie haben (weil beide sie schon einmal hatten und beide es mochten), und beide sind ihr also hündisch ergeben und damit genau die Richtigen, als Lakaien zum Wundenlecken nämlich.

Kollegin Fink zieht sich in diesen freien Tagen eine explosive Mischung aus halbtrockenem Sekt und Energydrinks in den Kopf. Sie geht surfen, aber ohne viel Erfolg, weil diese heißen Tage keinen Wind haben. Sie sitzt in der Sonne, die nicht so klar und pur zur Erde kommt, wie sie es gerne hat, sondern milchig und wie durch einen bläßlichen Schleier.

Sie speit einen unsichtbaren, aber auratisch stockfinsteren Strom des Hasses und der Rachsucht in die Atmosphäre von Wien. Okay, okay, sie hat vielleicht angefangen, aber wieso hat Miß Mistschaufel plötzlich aufgemuckt? Warum jetzt, und wie kommt sie eigentlich dazu, was nimmt die sich bei ihrem Stand eigentlich heraus, warum ...

Am Donnerstag, dem 8. Juli, ihrem vierten freien Tag, wendet sich Inspektor Fink, Polizistin beim Wiener Sicherheitsbüro, von diesen Fragen ab, auf die keine Antworten folgen, ebensowenig wie auf jene, weshalb die Sommer eigentlich von Tag zu Tag besser ausschaut.

Sie wendet sich wieder den Konsequenzen zu, die jener drohen, die ihr das Ungeheuerliche angetan hat.

Es ist vier Uhr nachmittag. Träge, mit kaum merklicher Bewegung dümpelt das Entlastungsgerinne der Donau an Kollegin Fink und ihren beiden Verehrern vorbei.

»Ich hol' noch was zu trinken«, sagt Surflehrer Hartmut, auch er ohne Wind in seinen Segeln, den Blick auf einen nicht allzuweit entfernten Imbißstand gerichtet. Bernie, der Muskelmann, schließt sich an.

Kollegin Fink geht über die kleine Steintreppe zum Wasser. Das Donauwasser, olivfarben und weich, bringt keine Kühlung. Man mißt ungeheuerliche 26 Grad im Entlastungsgerinne. Astrid Fink läßt sich hineinfallen, macht ein paar Schwimmstöße, taucht unter und findet die diffuse Welt unter Wasser grauenhaft und furchterregend. Sie taucht auf und merkt, daß in der Nähe ihrer Handtücher ein Obdachloser herumstreicht. Sie beschließt eben, wachsam zu sein, als offenbar ein weiterer Obdachloser, der hier, hinter ihr im Wasser, sein muß, sie mit dem Arm kraftvoll und entschlossen um die sportliche Taille faßt.

Aaaahh, macht es erleichtert in der Kollegin Fink.

Sie ist eine hervorragende Nahkämpferin, und dieser Anlaß, ihre ganze Wut in einen solchen Kampf zu stecken, tut ihr gut.

Diese Drecksau, die sich traut ... na ja, selber schuld. Die Fink wird zu einer Stahlsprungfeder und schnellt sich aus dem Griff, um dem Sandler – oder wem immer – ins Gesicht schauen zu können.

Und das, was ihr den Arm um die Taille gelegt hat, nimmt den Kampf auf, denn um die neue Kriegerin zu testen, ist es ja gekommen.

Das sind zehn Sandler, denkt die Fink, oder hundert. So stark sind die. Sie wehrt sich noch ein bißchen und gibt dann auf.

Und als wie immer am frühen Abend die Sonne vor ihrem Untergang klar zur Erde kommt, da liegt Inspektor Astrid Fink zweihundert Meter stromabwärts an einer Bucht auf der anderen Seite auf dem Rücken im Sand. Ihr Beachsuit ist zerrissen, ihre Haut bebt vor Glück.

Sie öffnet die Augen, und da ist sie wieder, ihre Bezwingerin: Sie ist blond und wunderschön. Sie hat diese blütenartigen, großen Lippen und diese glühenden Sommersprossen. Und die herrlich kalten grünen Augen.

»Schlaf noch einmal mit mir«, haucht Astrid Fink.

Sie spürt ein wohliges Ziehen an der Innenseite ihrer harten Schenkel, das sich entlang ihrer Leisten fortpflanzt. Ihr ganzer Unterleib ist von innen warm, er pulsiert.

»Bitte, noch einmal«, wiederholt sie und bemerkt dabei verwundert, daß aus ihrem rechten Mundwinkel eine lange Alge herauskommt. Sie zieht daran und holt sicher vierzig, fünfzig Zentimeter davon aus ihrer Luftröhre. Sie ist erstaunt, aber sie erinnert sich eben nicht mehr daran, daß sie gerade zwanzig Minuten am Grunde des Entlastungsgerinnes verbracht hat und längst tot sein sollte.

Astrid Fink ist geil wie nie. Sie will diese Frau wiederhaben, diese Frau, die sie jetzt lächelnd anschaut und ihr hinter dem Ohr eine weitere kleine, grüne Alge fortnimmt.

»Noch einmal.«

Ja, Schwester, wenn du willst. Aber erst mußt du mir helfen. Es wird dir gefallen. Mein Wunsch liegt ganz in deinen Plänen.

Agua senkt ihre ohnehin für niemanden außer Astrid hörbare Stimme zu einem Flüstern.

Als Mimi Sommer gegen neun Uhr abends an diesem Donnerstag ins Sicherheitsbüro kommt, hat sie einen vollen und komischen Tag hinter sich, der gottlob keine neuen Fälle, aber eine Freundin gebracht hat: Die Elisabeth Müller ist ein wirklich lieber Mensch.

Halb neun Uhr früh: Treffpunkt da oben auf der Baumgartner Höhe. Am Steinhof, wo bisweilen auch Polizistenkundschaft sitzt, ist Mimi noch nie gern gewesen. Und dieser Professor Golden heute früh, der macht ihr Angst mit seinem neunmalklugen Tiefseeblick und seiner lauernden Eidechsenhaltung.

Aber sie muß hier kaum was sagen. Die Müller redet schon selbst.

»Ich hätte ihn ohnehin bald hergegeben«, sagt ihnen der Professor, »das habe ich auch der Stapo schon gesagt. Wissen Sie davon?« meint er zu Mimi.

»Andere Abteilung«, sagt die, ohne die lauernde Eidechse anzuschauen.

Müller stottert ein bißchen: »Ich sag' es ehrlich, ich ... Ich geb' nicht auf. Ich versuche etwas mit ihm, ich möcht' dem Josef helfen, ich werde ihn auf einen Spaziergang mitnehmen, ich ...«

Golden schneidet ihr das Wort hart und plötzlich ab: »Sie haben einen Pfaffen gefunden, ist es das? Jesus soll Ihrem Schätzchen den bösen Geist austreiben. Ist es das etwa nicht?«

Beide Frauen sind still.

»Tun Sie, was Sie wollen. Nehmen Sie ihn hier weg. Er macht mich traurig. Ich hätte wahrscheinlich nichts mehr erfahren, und wenn, dann hätte es mich noch trauriger gemacht.«

Sie vereinbaren, daß Joe am Samstag geholt werden darf. Und dann, etwas nach Mittag, sind sie wieder in der Stadt.

»Darf ich Sie was bitten«, fragt Mimi auf der Fahrt, »ich meine als Gegenleistung, daß ich diesen Monsignore aus seiner Gruft geholt habe, würden Sie mir auch etwas finden helfen?«

Müller grinst: »Wenn ich kann.«

»Sachen zum Anziehen«, sagt Mimi, »ich möchte mir welche kaufen, und weiß nicht, wo man das tut.«

»Gut«, sagt Müller. Und dann: »Kommen Sie denn viel zum Weggehen?«

»Werd' ich auch einmal«, sagt Mimi, »eigentlich möchte ich Sonntag schön sein, wenn wir in der Nacht spazierengehen.«

Sie gehen in drei Geschäfte, und Mimi kauft ein.

Weil das dritte Geschäft nicht weit von Müllers und Joes hübschem Haus liegt, bietet Müller Espresso an. Und dann reden sie, und einmal lachen sie sogar, lang und laut.

Das geschieht, als Müller plötzlich fragt: »Mimi, darf ich Ihnen noch was anbieten?«

»Was?« fragt die Kommissarin mißtrauisch.

»Darf ich Ihre Haare schneiden? Ich kann das nämlich.«

»Sie können das?« fragt Mimi, und plötzlich muß sie lachen, lang und laut, bis die andere Frau auch anfängt und alles zusammen zehn Minuten dauert, ehe die Wissenschaftlerin der Polizistin tatsächlich eine erstklassige Superheldenfrisur schneidet.

Als Mimi dann am Donnerstagabend im Sicherheitsbüro ankommt, wird es gerade dunkel.

Der Bruckner war vor Ort. Hoffentlich war nix, denkt sie noch, als sie die Bürotür aufmacht. Sie hat neue Sachen an, nicht das ganz Festliche, aber immer noch was Schönes.

Der Bruckner sitzt bei laufendem Radio, Oldies, am Schreibtisch.

»Hallo, Frau Magister Sommer«, sagt er.

»Hallo, Inspektor Bruckner«, sagt sie.

»Endlich«, sagt Bruckner, »endlich einmal ein ganz ruhiger Tag. Das erste Protokoll, das meinem Formwillen entspricht.«

»Da steht doch nix über unseren Pfaffen drin?«

»Aber nein«, sagt Bruckner.

Er wirkt friedlich. Als hätten die zehn Minuten, die er gestern beim Aufbruch vom Bahnhof allein mit dem Monsignore gesprochen hat, ihm geholfen.

»Was hat der Hochwürden gestern denn noch gesagt?« gibt Mimi jetzt doch ihrer Neugier nach.

»Was ist?« fragt Bruckner und greift zu seiner speckigen Natojacke, »gehn wir wieder zum Heurigen?« Er schaut seine Chefin von oben bis unten an: »Sie schauen heut erstklassig aus.«

»Geh' ma zum Heurigen«, sagt Mimi.

»Es ist richtig besser seit gestern«, sagt Bruckner, als sie die Stiegen hinuntergehen. Im Erdgeschoß schaut sich Bruckner noch die Journaldienste am Schwarzen Brett an, Mimi tritt derweil auf den dunkelnden Parkplatz hinaus.

Sie horcht in die Nacht. Sie hört Amseln, ein, zwei Lachen vom Kanal. Das gleichmäßige Tuckern des schweren Pajero-Geländewagens der Kollegin Fink, der unbeleuchtet im Hintergrund des Parkplatzes steht und dessen Kühlergrill genau auf sie zeigt, dieses Brummen hört sie aus irgendeinem Grund nicht.

Sie sieht die Gestalt Bruckners aus der Tür kommen. Ihr Blick wandert die Fassade des häßlichen Sicherheitsbüros empor und sieht ein erleuchtetes Fenster.

»Da schau, die Fink ist wieder da«, sagt Mimi.

Und das ist sie auch, aber sie ist hier unten, legt jetzt den Gang ein und gibt Gas.

Mimi hört, wie der Bruckner »Weg!« schreit.

Dann stößt er sie meterweit fort, was soll denn das, denkt

sie noch, und dann sieht sie ihren Mitarbeiter schon am Kühler des Pajero hängen und den Pajero aufjaulend auf die Roßauer Lände hinausschießen.

Auf der Straße kommt der Geländewagen mit dem Bruckner auf der Schnauze sehr bald viel zu weit nach links und donnert nach zweihundert Metern gegen einen betonierten Trafokasten.

»Nein, nein«, schreit Mimi, aber dann sieht sie: Ja.

Sie springt zum Opel und holt mit dem Funk die Rettung. Dann läuft sie, langsam wie in einem Traum, auf den Pajero zu. Sie kann den Bruckner nicht sehen. Sie reißt die Beifahrertür des völlig verbeulten Wracks auf. Im Fahrersitz hängt Kollegin Fink. Sie macht auf einmal die Augen auf, und ein letzter Rest grünlichen Leuchtens dringt daraus hervor.

Wirst schöner und schöner, Baby, sagt es aus der Fink.

Dann kommt ein dunkles, dünnes Blutrinnsal aus ihrem Mund, und Mimi sieht die Augen brechen.

Sie schmeißt die Tür hinter sich zu und schaut wieder nach dem Bruckner aus.

Endlich sieht sie ihn. Er liegt zwischen Randstein und einer Fliederhecke, die die Lände vom Fahrradweg trennt.

Schon dreißig Meter vor dem Aufprall des Wagens muß Bruckner heruntergefallen sein.

Mimi rennt hin.

»Frau Magister ... Sommer ...«, sagt Bruckner und lächelt schmerzvoll.

»Sagen S' Mimi«, sagt sie.

»Das Becken ist ex und ein Haxen auch«, sagt der Bruckner, »aber ich kann schnaufen. Wird schon.«

»Mimi«, sagt er nach einem kleinen Atemholen, dann schlummert er ein. Bis das Blaulicht über die Lände flackert, hält Mimi seine Hand, wobei sie sich auf die rotblonden Haare auf deren Rücken konzentriert, die sie komisch findet.

26.
Beobachtungen am Himmel (II)

Der Hofrat Anton Lajda trifft eine halbe Stunde später ein.

Mimi hat nicht allein gesehen, was passiert ist. Der gutgebaute Bernie Koberer, Kriminalgruppeninspektor vom Kommissariat Floridsdorf, der noch am Nachmittag mit der Kollegin Fink, die nun nicht mehr lebt, am Donauufer gesessen ist, ist zufällig rechtzeitig aufgetaucht.

Vielleicht nicht nur zufällig: Am Nachmittag fand er den Abgang der Astrid doch nicht ganz okay, er hat sich gedacht, na, die wird noch was arbeiten gegangen sein, holst' sie dir auf ein Viertel irgendwo hin.

Und jetzt, jetzt sitzt er neben Kommissarin Sommer, die ja eigentlich super ausschaut (was die Leute immer reden, denkt der Koberer), und dem noch berühmteren Hofrat Lajda, den er selber, Grünschnabel, der er ist, noch nie getroffen hat, im Generalszimmer des Sicherheitsbüros und erzählt seine Version des Ganzen: »Ich steig' aus der U-Bahn, geh' die Lände rauf, bieg in den Parkplatz ein, weil ich von hinten über den Journaldienst zu ihr raufwill, da seh ich sie im Pajero sitzen. Die Kollegin Sommer und den ... den Linzer, die hab ich noch gar nicht überrissen. Astrid, schrei ich, ned wegfahren. Aber sie fahrt. Und wie ich ihr nachschau, seh ich erst, wohin. Der Linzer rempelt die Kollegin Sommer weg und hängt dann auf der Kühlerhaube. Den Rest hat die Frau Kollegin eh erzählt.«

»Unappetitlich, unappetitlich«, murmelte der Hofrat vor sich hin. Schließlich steht er auf und blickt zu den beiden Polizisten am Besprechungstisch herab, was ihn einen Augenblick lang befreit.

»Ein Racheakt, natürlich«, tönt er. »Sie haben die Fink geohrfeigt, und die Fink, alkoholisiert, aufgeheizt, beschließt ...«

»Nein«, sagt Mimi. Klar und fest.

Der Hofrat erstarrt.

»Nein? Nein?! Was wollen Sie mir jetzt wieder sagen? Sie ist durch die verwunschene Allee in der Lobau gelaufen? Sie hat zu tief in den Fluß geschaut?«

»Wir waren ja am Fluß«, sagt der Bernie Koberer, der gar nicht genau weiß, auf was der Hofrat jetzt anspielt.

Aber Lajda ist diese Information neu:

»Was heißt, Sie waren am Fluß?«

»Na, Surfen«, sagt der Koberer, »bis die Astrid den Abgang gemacht hat.«

»Spielt doch alles keine Rolle«, sagt der Hofrat rauh.

»Oh ja, spielt's«, widerspricht die Mimi schon wieder.

»Was passiert jetzt?« fragt der Koberer.

»Im Spital anrufen«, schlägt Mimi vor.

Der Hofrat telefoniert selbst. Er spricht mit dem Assistenten des Chirurgen, der gerade über dem Bruckner steht: »Zehn Schutzengel auf einmal«, hört Lajda, »bis auf Milzquetschung keine inneren Sachen, die Wirbelsäule auch okay. Aber ein Hüftbruch und ein doppelter Oberschenkelhalsbruch. Möglicherweise wird er ein bissel hinken.«

Der Hofrat richtet alles aus.

»Und wir?« fragt der Koberer.

»Protokolle«, sagt die Mimi, »lange Protokolle.«

Düster nickt ihr Chef. Angeblich weiß die Presse schon etwas.

Mimi und dieser transdanubische Schönling hocken um sechs, als es schon hell wird, noch immer über den Protokollen des Vorfalls.

Da geht das Telefon. Mimi hebt ab.

»Na, Sie sind mir vielleicht eine Fleißige«, sagt eine ölige Frauenstimme, die Mimi in üble Stimmung bringt, obwohl sie sie nicht sofort erkennt. »Fangt um sechs Uhr früh schon an. Um so besser. Ich hab' mir gedacht, ich werd jetzt meine Polizeikontakte einmal ein bisserl nutzen ...«

Natürlich. Das ist die Baronin, Groß-Enzersdorf. Donau-Oder-Kanal. Scheiße, blitzt es in Mimi auf, bitte nicht schon wieder eine Nebenfront.

»Was gibt's?« fragt sie.

»Ich hab Ihnen ja schon gesagt, daß man als anständiger Mensch hier draußen auf hundert verschiedene Arten belästigt wird. Aber so geht's auch wieder nicht ...«

Die Baronin beginnt zu schildern, und der Bernie Koberer, der fast am Ende seines Berichts ist, bemerkt, wie der Mund der Kommissarin langsam aufgeht.

Als die Kommissarin auflegt, herrscht sie ihn an, sitzenzubleiben. Sie rennt die Stiegen hinauf und hofft, daß die Sorgen des Chefs groß genug sind, daß er noch immer im Büro ist.

So ist es auch: Lajda hat in der Hitze der Nacht sein Jakkett, das Gilet und das blaue Oxfordhemd ausgezogen und sitzt hinter seinem Schreibtisch im Unterleibchen.

»Was ist jetzt? Bitte keine schlechten Nachrichten.«

»Doch. Ich muß Sie bitten mitzukommen, um sich's mit mir selbst anzuschauen.«

»Wohin denn?«

»Groß-Enzersdorf. Hinterm Zweiundzwanzigsten. Donau-Oder-Kanal. Ganz nahe bei einem meiner aktuellen Tatorte. Da gibt's eine Zeugin, die etwas beobachtet, und diesmal schauen wir's uns zusammen an.«

Er weiß nicht warum, aber Hofrat Anton Lajda gehorcht seiner Offizierin.

»So sagen S' schon«, drängt er im Auto. Sie haben Lajdas großen Mercedes genommen. Mimi dirigiert den Chef. Es scheint, als wäre er noch nie in Wiens größtem Bezirk gewesen. Der Hofrat schaut aus dem Fenster und entdeckt ein neues Land. Ein Land am hinteren Rand der Stadt. Lauter kleine Häuser, die um diese Stunde noch tranig und verschlafen in ihren viereckigen kleinen Gärten liegen. Dann werden die Häuser weniger. Felder. Sie passieren die Wiener Stadtgrenze und dann Groß-Enzersdorf. Der Hofrat schaut auf Kronen alter Bäume und sieht schließlich die Schrebergärten an diesem komischen Kanal.

Baronin Hilde von Scheibner sieht wiederum den Hofrat und ist entzückt: »Das ist einmal ein Polizist!« ruft sie aus und bittet die beiden herein. »Schauen Sie«, sagt sie, »seit wir diese Einflugschneise hier haben, schlaft eh niemand mehr. Aber es muß doch Mindesthöhen geben.«

»Wieso?« fragt Lajda.

»Seit gestern nachmittag werden die Flieger dort hinten« – sie deutet vage in Richtung des Waldgebietes – »noch lauter, die gehen tiefer, das halt ich jetzt nicht mehr aus. Ich schlag' einen Riesenskandal!«

»Was?« fragt der Lajda mit einem Gesicht eines Toren.

Auf der kleinen Anhöhe in Hilde von Scheibners Garten, auf der ihre bizarre Hollywoodschaukel steht, warten die Polizisten, daß passiert, was die Baronin meint.

Hier, über die äußere Lobau, führt die Einflugschneise Zwei des Flughafens Wien-Schwechat auf die Landepiste zu. Zum langjährigen Ärger der Anrainer segeln täglich hundert oder mehr schwerfällige, eiserne Vögel in geringer Höhe ihrem Aufsetzen entgegen. Jetzt ist früher Morgen. Lajda und Mimi müssen auf den nächsten Vogel fast fünf Minuten warten. Dann kommt er doch, rotblinkend, dumpf brummend, ein Airbus, dick und schwer. Gelassen fliegt er über den Kanal und die Wut der Baronin hinweg.

»Jetzt hören Sie sich das an!«

Mimi und ihr Chef sehen, daß das Flugzeug, schon über den Bäumen jenseits des Kanals, plötzlich merkbar tiefer sinkt, vielleicht zwanzig Meter, vielleicht auch fünfzig. Man meint, es würde abstürzen, aber das täuscht und liegt am dicht bewaldeten Horizont. Nur einige Augenblicke später kann man sehen, wie es schwerfällig wieder ein Stück hochkommt, dann wieder verschwindet, um doch noch seine Landung zu vollziehen.

»Ein Instrumentenproblem«, murmelt der Hofrat.

Er rennt aus dem Garten zu seinem Mercedes, sucht eine Nummer und wählt sie. Gut fünf Minuten spricht er mit dem verantwortlichen Manager der Luftraumüberwachung.

Als er zurückkommt, ist er totenblaß: »Die haben sich gewundert, daß ich es schon weiß«, sagt er Mimi. »Das hat gestern spätnachmittags begonnen. Sie sacken ab, kurz bevor sie den Strom überqueren. Aber das Komische ist ...«

Er trocknet sich die schweißbedeckte Stirn ab.

»Das Komische ist, daß die Instrumente das Absinken nicht anzeigen. Weder im Flugzeug noch am Boden auf den Radaren. Die Piloten merken es natürlich. Es passiert nur auf Schneise Zwei. Sie können die Schneise nicht stillegen, ohne daß man das bemerkt. Sie wollen keine Panik. Es ist Hauptreisezeit ...«

Er spricht jetzt, als rezitiere er einen absurden Text.

»Wissen Sie, was dort liegt, wo der tiefergegangen ist?« fragt Mimi.

»Der Strom?« versucht Lajda.

»Nein. Vorher, am Ufer. Da steht das Öllager der Mineralstoffverwaltung. Wissen Sie, was passiert, wenn so einer dort hineinkracht?«

Der Hofrat schweigt. Wieder kommen zwei Flugzeuge, knapp hintereinander, bei beiden passiert dasselbe.

Hilde von Scheibner, die den Sinn des Gesprächs nicht wirklich versteht, schaut den Hofrat verzückt an: »Na, haben S' g'hört, um wieviel lauter der dort geworden ist?«

Mimi beachtet sie nicht. Sie schaut den Hofrat an und setzt nach: »Und wir hatten Treibstoffdiebstähle und Brandstiftungen genau in diesem Gebiet.«

»Und wer? Und was?« schnappt der Hofrat hilflos.

»Ich weiß es selber nicht. Ich habe gestern eine ganz komische Theorie gehört. Aber die erzähl' ich Ihnen nicht.« Die Kommissarin Mimi Sommer beginnt, ihre eigene Frechheit zu genießen. Ein kühler Morgenwind kommt auf und weht ihr das frischgeschnittene Haar aus dem Gesicht.

»Ich hab mir auch eine Lösung vorschlagen lassen«, sagt sie, »die ist noch komischer als die Theorie. Aber warum gehen Sie nicht einfach davon aus, Herr Hofrat, daß es eben doch nicht die Gelsen sind. Daß es eine Krankheit ist, ein Virus, das Leute befällt, aber auch Dinge und sogar das Wetter. Ich glaube allerdings, man kann ...«

»Man kann was?«

»Man kann es austreiben«, sagt Mimi friedlich und lächelt dabei.

Und dann sagt sie ihrem Chef, was sie am nächsten Tag alles haben will.

Feuerwehrkommandos um das Öllager und an bestimmten Punkten des Waldgebietes. Aufgebote der Sicherheitswache an den Ausgängen der Lobau. Evakuierung des Gebietes, soweit möglich.

»Und Sie wollen rein?« fragt Lajda.

»Ja. Ich möchte schon.«

»Und was machen Sie drin?«

Mimi überlegt, ob sie es ihm sagen soll. Seine Fassungslosigkeit ist echt, das rührt sie, denn es ist das erste Mal, daß sie etwas Echtes an diesem klugen Mann sieht. Schweißtropfen lösen sich von seinen Koteletten und fallen von seinem rechteckigen Gesicht auf den Anzug.

Dann entscheidet Mimi. Ganz allein.

»Nein, ich kann es Ihnen nicht sagen.«

»Werden Sie jetzt was tun gegen diese Gemeinheit?« fragt Hilde von Scheibner. »Oder werde ich nie mehr schlafen dürfen?«

27.
Austreiben

Um ein Uhr mittags ist Mimi zu Hause. Sie ist müde und aufgeregt. Um sie herum stehen ihre neuen, eleganten Papiersäckchen. Alles vorbereitet? denkt sie. Wenn sowas vorzubereiten ist ...

Am Ende, bevor sie nach dieser durchgemachten Nacht endlich nach Hause gefahren ist, hat gottlob auch der Monsignore noch zurückgerufen. Mimi hat zunächst nur den Fery erreicht, und der ist den Priester benachrichtigen gefahren. Endlich Hains Anruf, um sich die Geschichte mit den Flugzeugen noch einmal erzählen zu lassen.

»Also gleich«, hat es aus dem Hörer gemurmelt, »warum auch nicht?«

»Wann?« hat Mimi gefragt.

»Um Mitternacht beginnen wir, das heißt, wir treffen uns um elf beim Forsthaus. Von dort ist es zur Kapelle nicht weit. Die Jungs werden einstweilen alles vorbereiten.«

»Der Joe Eid«, hat Mimi gemeint, »ist schon bei der Doktor Müller zu Haus'. Er ist schwach. Er kann nicht gehen. Die Müller hat einen Rollstuhl besorgt.«

»Gut«, sagt der Priester.

»Warum eigentlich Mitternacht?« fragt Mimi. »Wegen der Geisterstunde?«

Hain ist geduldig: »Die Alchemisten ordnen dem Element Wasser den Abend zu, dem Element Erde die anschließende Zeit von Mitternacht bis Sonnenaufgang. Wir werden zu Aguas bester Stunde auftreten. Wenn wir sie schon fordern, sollten wir wenigstens sichergehen, daß sie präsent ist und sich später an meine Predigt erinnern kann ...«

Trotz des gleichmütigen Tons in der Stimme des alten Priesters kommt seine Angst auf unergründliche Weise durch das Telefon zu Mimi gekrochen.

»Ab sechs Uhr«, sagt sie zum Abschied, »legt der Flughafen die zweite Schneise still. Bis zum Morgen halten die das durch. Sie sagen, es gibt Schäden auf der Landebahn.«

»Gute Idee«, sagt der Monsignore und legt auf.

Mimi hakt im Kopf noch einmal alle Vorbereitungen ab, und dann stellt sie sich ein letztes Mal diese rhetorische Frage, die auch von ihrer Mutter kommen könnte, weshalb sie eigentlich selbst da hinein will.

Sie findet auch jetzt keine Antwort und legt sich, endlich daheim, zwischen all den Modesäcken schlafen, den Wecker auf sieben Uhr gestellt.

Als sie wieder erwacht, fühlt sie sich gut. Zum ersten Mal, seit sie in der Oberen Donaustraße lebt, zieht sie die Jalousien hoch. Sie sieht, daß sich jenseits des Donaukanals orangefarben die Sonne dem Horizont nähert. Wieder ist der Abend glasklar geworden.

Mimi spürt, wie trocken die Luft ist. Sie geht duschen.

Leicht und beiläufig entweicht der Tag. Musik von der Straße, Vögel singen. Irgendwann fährt ein Ausflugsschiff am Donaukanal vorbei, ein kleines Orchester spielt Johann Strauß für Touristen.

Da zieht sich die Kommissarin gerade an.

Am Ende trägt sie einen dunkelroten, knielangen Rock aus Wildseide, in den aus goldenen und silbernen Fäden ein Rautenmuster geflochten ist, oben hat sie ein hochgeschlossenes schwarzes Top, kurze Ärmel. Schön, aufrecht, neugierig schaut Mimi Sommers langer Hals aus diesem Kleidungsstück. Dann steckt sie sich die Stirnfransen mit einem kleinen honiggelben Schildpattkamm zurück, ein Geschenk ihrer neuen Freundin Müller.

Sie schlüpft in ebenfalls neue weiche, schwarze Turnschuhe.

In einem kleinen Leinenrucksack stecken das Telefon und die Dienstwaffe. Was sie zum Schminken gekauft hat, verwendet sie nicht. Sie staunt: Der Sommer hat sie eine Prinzessin werden lassen. Wirklich der Sommer?

Sie sitzt in ihrer Wohnung, gut aufgelegt, als würde sie eigentlich gleich auf eine Party gehen. Sie beobachtet die Menschenmassen am Schwedenplatz auf der anderen Seite des Donaukanals, sie raucht ein paar Zigaretten, und um halb neun bricht sie Richtung Cottage auf, um Müller und ihren kranken Liebsten zu holen.

Auch der Monsignore hat schlafen wollen. Nach dem Telefonat mit der Polizistin haben ihn seine Jungs wieder am Bahnhof abgesetzt, er ist hinauf unters Dach geklettert und hat sich auf sein Feldbett gelegt, das unter einem weiteren Kruzifix aus Kirschbaumästen in einer Ecke steht.

Sommernachmittag, die Jungs sind wieder los, um die Kapelle vorzubereiten. Hain liegt da, hat die Augen geschlossen und hört das genüßliche Gurren der Tauben auf dem sonnigen Dach. Alles scheint so harmlos, so reich und schön.

Die Felder duften von draußen, und Willi Hain kann nicht schlafen. 40 Jahre gehen seine Gedanken zurück zu zwei Kindergesichtern, aus denen ihn einmal schon der Dämon angeschaut hat, und dann hanteln sich die Gedanken gemächlich nach vorn; über Jahre, in denen der Priester wieder und wieder mit sich verhandelt hat, ob der er denn recht getan hat oder nicht. Eines der Kinder ist gestorben, ein anderes hat nie mehr gesprochen.

Waren die Kinder *geisteskrank*? Hätten Sie *geheilt* werden können?

Der Monsignore Hain fragt sich, warum das Böse meistens Menschen und kaum jemals Tiere befällt ... Haben Menschen wirklich eine Tür eingebaut, etwas, von dem dieser Josef Eid seiner Freundin gesagt hat, es stünde offen?

Hain hat Sehnsucht nach Musik und verflucht die Entscheidung, seinen kleinen Plattenspieler und seine vier Kisten LPs nicht in den Bahnhof mitgenommen zu haben.

Nur noch leibhaftige Musik, hat er sich damals gedacht, und tatsächlich spielen ja seine Jungs manchmal ihren rauchigen Jazz für ihn, aber viel zu selten.

Jetzt sollte man einfach aufstehen können und eine Nummer auflegen, denkt Hain. Musik war immer um ihn, Musik aller Art, Streichquartette und Blues, Balladen, hie und da sogar picksüße Schlager. Noch heute steht dem 78jährigen Priester die Gänsehaut, wenn ihn ein Lied erreicht. Je seltener sein Gott in den Texten vorkommt, um so lieber ist es dem Priester, denn um so mehr ist sein Gott gewöhnlich in der Musik.

Hätte er jetzt den Plattenspieler, dann wüßte er genau, welche Nummer: *Yes it is*, ganz was Altes von den Beatles. In seiner unerfüllten Sehnsucht singt der Monsignore den Anfang des Stückes selbst: *If you wear Red tonight ...*

Dann verstummt er. Es geht nicht.

Heute und hier ist kein Platz für Musik, und Willi Hain spürt, daß der Luftraum zwischen seinem Ruhebett und dem Flußwald leergewischt ist, von etwas Großem, das seine Gedanken belauscht.

Klar weiß sie, daß wir auf sie lauern, denkt der Priester, deshalb die Sache mit Flugzeugen. Den ersten Schritt mag sie tun, also viele Gefechte auf einmal. Ein Kampf in großem Stil. Aber wir kommen, und das weiß sie genau.

Er kann nicht schlafen, aber in einem halberholsamen Zustand dämmert er mit geschlossenen Augen, hinter deren Lidern keine häßlichen Gesichter mehr auftauchen, dem Dunkelwerden entgegen.

Die hilflose Erkenntnis, daß ihm keiner sagt, worum es geht, ist das vorherrschende Gefühl in Hofrat Lajda, dem Chef des

Sicherheitsbüros, als ihn und sein unförmiges Schloß die Dunkelheit überrascht.

In den vergangenen Stunden hat sein Telefon des öfteren geläutet. Die Feuerwehrhauptmannschaft, das Büro des Bürgermeisters, Journalisten, erboste Anrainer des Augebietes ...

Eine Kommandoaktion gegen Saboteure und Brandstifter, hat Lajda immer wieder gesagt und sich auf die abgefackelten Strommasten berufen. Morgen werde er mit Informationen an die Öffentlichkeit gehen. Ja, Morgen. Hofrat Lajda weiß noch immer nicht, was es ist, das ihn von diesem Morgen trennt.

Das Licht fließt rasch aus dem Himmel über Wien, ein paar Sterne sind da. Geräusche von der Lände. Er denkt wieder an die Kamikazeaktion seiner Offizierin Fink, und wie immer, wenn er daran denkt, verzieht sich sein rechteckiges Gesicht, als hätte er Zahnweh.

Da läutet schon wieder das Telefon.

»Der Weihbischof ist dran«, sagt der Knabe vom Journaldienst.

»Wer?!«

»Der Weihbischof der Erzdiözese.« Der Knabe stellt die Verbindung her.

»Spreche ich mit Hofrat Lajda?« sagt eine sonore Stimme, die trotzdem, wie dem Hofrat nicht entgeht, ein klein bißchen angespannt klingt.

»Ja.«

»Bischof Kruger, grüß Gott. Ich muß Sie etwas ersuchen. Sagen Sie dem Hain ...«

»Wem?« Es tobt im Inneren des unwissenden Hofrats.

»Nun kommen Sie schon, wir wissen hier Bescheid. Sie brauchen sich nicht zu verstecken.«

»Natürlich«, lügt der hilflose Lajda, »dem Hain also.«

»Ja. Sagen Sie ihm, er hat die Erlaubnis, das zu tun, was er vorhat. Er hat sich zwar nicht um diese Erlaubnis bemüht, aber der Kardinal gibt sie ihm trotzdem. Seine Eigenmächtigkeit ist ihm vergeben. Wir vertrauen in seinen Glauben und wünschen ihm Gottes Segen.«

»Ich werd's ausrichten«, sagt Lajda, der noch immer nicht weiß, was geschieht, dem es aber langsam peinlich wird, das dauernd zeigen zu müssen.

»Gut. Grüß Gott.« Der Bischof legt auf.

Der junge Polizist im Journaldienst, derselbe, der im Frühjahr Mimi mit diesem schmierigen Auftrag in die Au geschickt hat, staunt, als fünf Minuten später sein oberster Chef schwitzend und im Dreiteiler den Journalraum betritt und erklärt, von nun an alle Anrufe selbst entgegenzunehmen.

»Schließen Sie doch das Fenster«, fährt der Hofrat den Jüngling an, »denken Sie an die Gelsen. Lauter Vampire.«

Sie sind über Stadlau und Aspern in die Au gefahren, in einem schwarzen Polizeibus mit getönten Fenstern und einem grimmigen jungen Fahrer. Mimi hat im Dunkeln immer wieder Gruppen von Feuerwehrleuten bei ihren Löschwägen stehen sehen, es müssen mehrere hundert sein. Lajda hat sich Gehör verschafft.

Überall, wo die Forststraßen aus dem Dschungel kommen, hat sie Uniformen bemerkt. Schließlich ist der Bus vor dem abgedunkelten Forsthaus zum Stehen gekommen.

Auch hier sind alle weg. Mimi denkt an das Wutgeschrei des alten Försters. Noch nicht einmal zum Arzt habe er gehen wollen, um seinen Wald nicht zu verlassen, dreißig Jahre lang, und jetzt ... Aber auch er hat gehen müssen.

Der Fahrer läßt Mimi aussteigen und hilft dann Müller mit dem reglosen Joe und seinem Rollstuhl. Hinter dem Forsthaus sieht Mimi eine Fackel. Während Müller mit dem Rollstuhl langsamer ist, eilt sie voran, auf den Monsignore und seine beiden seltsamen Ministranten zu. Ihre Gruppe und die sechstausend Hühner der Legebatterien am Mittelwasser sind jetzt die letzten lebenden Vertreter der Zivilisation in diesem Wald.

Fery und Didier tragen rote Chorröcke mit weißen Spitzenhemden darüber. Mit den Tätowierungen des einen und den vielen Ohrringen des anderen ergibt das ein seltsames Bild. Fery trägt eine Fackel, Didier einen Weihrauchkessel.

Er findet Zeit für einen letzten Witz: »Gegen Gelsen«, sagt er.

Der Monsignore hat seine langen Haare geöffnet, über der Soutane trägt er eine violette Stola und ein Kruzifix mit Granaten. Unter dem schwarzen Rock schauen seine Gummistiefel hervor. Als Elisabeth Müller langsam und mühselig über den unebenen Boden der Forststraße den Rollstuhl mit Joe näherbringt, werden die kleinen Augen des alten Priesters aufmerksam. Er sieht, daß der jüngere Mann im Rollstuhl einmal dikker gewesen sein muß. Die weite Haut der fetten Jahre hängt trist an seinem Gesicht herab. Seine Augen sind fast gänzlich geschlossen, den Kopf schiefgelegt, hängt er kraftlos in der Zwangsjacke, auf die der Priester bestanden hat, im Rollstuhl.

»Er ist ganz leer«, sagt Elisabeth Müller, die eine dünne schwarze Segeljacke trägt und eine Baseballmütze über den blonden Haaren, »ich weiß nicht, was aus ihm herausgeholt werden soll.«

»Ich bin sicher«, sagt Willi Hain, »daß der Dämon ihn betreten wird, sobald ich mit dem Ritual beginne. Dieser Josef hier ...« – mitleidig berührt Hain die Wange des geschundenen Radiomoderators – »dieser Josef ist seine Brücke. Er oder vielmehr sie kann ihn nicht kampflos aufgeben.«

Hain wirft einen Blick in die Runde: »Wir gehen zu einer Kapelle, zehn Minuten von hier im Wald. Der Platz ist vorbereitet. Während des Exorzismus möchte ich Sie bitten, auf keinen Fall die Runde zu verlassen. Wir müssen beisammenbleiben. Das Ritual stammt aus dem Markus-Evangelium. Vielleicht kennen Sie die Stelle, wo der Heiland einen Besessenen von seinem bösen Geist befreit, indem er ihn in eine Schweineherde schickt ...«

»Warum hilft Ihr Gott meinem Joe, der sich nie um ihn gekümmert hat?« fragt Müller.

»Weil mein Gott barmherzig ist. In der Regel. Ich kann nicht sagen, ob es funktioniert. Und wenn es funktioniert, wird dieser Mann vielleicht niemals davon Zeugnis ablegen können.«

Wieder berührt der Priester den blassen Joe im Rollstuhl. Dann zieht die seltsame kleine Prozession in den Wald.

An der Zufahrtsstraße zu den beiden altertümlichen und von Tierschützern oft kritisierten Legebatterien am Mittelwasser steht eines der überall in der Au verteilten Feuerwehrkommandos. Es sind sechzehn Männer, die neben ihren beiden Löschzügen stehen und wie so viele Wiener in dieser Nacht nicht wissen, worauf sie warten.

Sie sind in ihren Uniformen viel zu warm für die Dschungelnacht angezogen, Mücken umschwirren sie. Sie tragen Helme, und sie sind aufgeregt.

Die Gespräche, die man am Anfang des langen Wartens noch geführt hat, sind verstummt. Die Männer lungern herum und rauchen – wie viele Feuerwehrleute – ununterbrochen.

Schläfriges Gackern kommt manchmal aus den Scheunen hinter dem Maschenzaun.

Einer der Feuerwehrleute entfernt sich von der Gruppe, einem menschlichen Bedürfnis folgend. Er tritt neben einen großen Baum, und ehe er seine Hosentür öffnet, sieht er auf die Uhr. Es ist Mitternacht.

In weitem Bogen pinkelt der Feuerwehrmann in die Dunkelheit, als er bemerkt, daß sich am Himmel, am *Licht* des Himmels, etwas verändert.

Der Mann wendet seinen Kopf nach hinten und sieht, daß der Himmel über der Stadt schwefelfarben und rosarot bestrahlt ist, wie üblich.

Aber in der anderen Richtung, da färbt sich der Himmel tatsächlich allmählich grün.

Und die Gelsen, denkt der Feuerwehrmann, die Gelsen sind weg.

In der Kapelle brennen Fackeln entlang aller Wände. Die Frauen schauen auf das kitschige, verwitternde Gemälde mit der sanften Madonna über den Wäldern. Sie bilden einen kleinen Kreis um Joe, den Didier aus dem Rollstuhl gehoben und in kniender Stellung auf einer Decke am Boden der Kapelle plaziert hat.

Joe neigt sich langsam zur Seite und droht umzufallen.

Aber plötzlich, unvermittelt beginnt der alte Monsignore mit dem Ritual.

»Im Namen des Vaters, des Sohnes, und des Heiligen Geistes.« Dreimal besprengt Willi Hain Joe mit Weihwasser, und dann ist Agua zur Stelle.

Mimi und Müller hören die Nähte der Zwangsjacke krachen, als Joe sich in ihr aufbäumt.

Ein langer, dumpfer, plötzlich gellend anschwellender Ruf kommt aus Joes Mund. Alle zucken zusammen.

»Allmächtiger, ich bitte dich, sieh herab auf deinen leidenden Sohn Josef und nimm von ihm die Willkür des Widersachers und seiner Spießgesellen.«

Joes Augen gehen auf: Das Grün ist da. Überall.

Vater Wilhelm, wir kennen dich und fürchten dich nicht. Als was trittst du hier vor uns, alter Mann? Als beleidigter Greis, als Flüchtling vor der Welt.

Und der Dämon läßt Joe lachen, minutenlang, grauenhaft. Das Lachen ist purer Haß.

Hain beginnt, ein Vaterunser zu beten. Seine Ministranten fallen ein.

Elisabeth Müller schluchzt trocken auf. Der Kampf beginnt.

Er dauert Stunden. Hain betet und liest die Stelle aus dem Markus-Evangelium, seine Stimme wird stärker und tonvoller, er spricht den Widersacher direkt an.

»Verlasse, unreiner Geist, diese Kreatur Gottes, die du zu verderben trachtest, fahr zu deinem Gebieter in die Hölle und gib die Seele, die des Allmächtigen ist, dem Allmächtigen zurück ...«

Der Dämon erwidert hämisch: *Der Zweibeiner, mein zahnloser Vater Wilhelm, der Zweibeiner ist mein, wie alle Tiere meines Gartens. Du selber, stinkender alter Mann, stehst in meinem Garten, und mir willst du ...*

Mimi bewundert die Unerschütterlichkeit des Monsignore: »Im Haus Gottes bist du, Verderber, und mit Gottes Macht will ich dich vetreiben, im Namen Jesu, des Barmherzigen ...«

Dein Haus Gottes ist eine Ruine, schau her, was ich mache mit dem Haus Gottes ...

Mimi folgt dem Blick des Dämons und sieht, wie auf dem blauen Kleid der gemalten Muttergottes auf Höhe des Unterleibs Tropfen von dunklem Blut erscheinen und langsam die rissige Wand herunterrinnen. Sie ist dankbar, daß der Priester seinen Blick nicht von Joes Gestalt abwendet, sondern ein neues Vaterunser beginnt.

Der Kampf geht weiter und weiter. Plötzlich bäumt sich Joe ein letztes Mal auf, ehe er wie eine Puppe in sich zusammensinkt.

Der Monsignore betet unbeirrt weiter.

Mit einem Mal schlägt Joe die Augen auf, und der grüne Blick gehört jetzt Mimi ganz allein:

»Mireille, du bist eine Schande.«

Mimi schreit, will die Augen abwenden und kann es nicht: Vor ihr, auf dem Boden der Kapelle, liegt zusammengekrümmt ihre Mutter. Ihre Mutter trägt das lachsfarbene Kostüm, in dem man sie begraben hat. Das Kostüm ist unversehrt, aber Leib und Gesicht von Erna Sommer sind von zwei Jahren Verwesung verfault, schwarz und fast unkenntlich. Mimi riecht Gestank.

»Geh weg, geh endlich weg!« ruft sie leise.

»Herausgeputzt hast du dich wie eine Hur'«, sagt die Stimme ihrer Mutter. »Wenigstens hast du gleich gewußt, wie du meine hunderttausend Schilling ausgibst, ich bin ja beruhigt.«

Nur Mimi sieht den Kadaver. Die anderen sehen den liegenden Joe und hören eine fremde Frauenstimme. Die Augen des Priesters, der ununterbrochen weiterbetet, flehen Mimi an: Sie ist es nicht! Halt durch, es ist ein Gesicht der Nacht!

»Hätt' ich dich nicht geboren, wär' mein Leben eine reine Freude gewesen. Du bist der größte Fehler meines Daseins, du bist ... «

»Hör auf«, schreit jetzt Mimi, »du lügst! Du bist nicht meine Mutter, meine Mutter ist tot, und sie war zu mickrig, um jetzt ein Gespenst zu sein.«

Mit jedem Wort ist ihre Sicherheit gewachsen.

Der Mund des Dämons bleibt einen Augenblick offen stehen, dann schweigt die haßerfüllte Stimme, und Joes Körper sinkt erschöpft auf die Decke.

Nur Mimi sieht das Ding, das sich aus ihm löst. Es ist grün, mit giftgelben Glanzlichtern, seine Umrisse wabern, es wirkt auf den ersten Blick wie ein hockender Bär mit einem einzigen dunklen, kleinen Auge, als es aber plötzlich behende loskriecht, erinnert es eher an eine fette, aber gut bewegliche Kröte.

Es verläßt lautlos die Kapelle.

Der Warnung des Priesters zum Trotz nimmt Kommissarin Sommer die Verfolgung ihres Täters auf.

Die Blicke des immerzu laut betenden Monsignore flehen sie an, zu bleiben, aber Mimi verfolgt das Ding.

Sie sieht, wie es sich – kriechend? gleitend? – sehr rasch von der Kapelle und von Joe Eid, in dem es bisher gesessen ist, entfernt.

Aber Mimi ist schnell. Sie hat keine Mühe, dem Ding zu folgen. Läuft sie? Oder vergeht die Zeit mit einer anderen Geschwindigkeit?

Der Wald mit seinen Bäumen (Monstern?) und Sträuchern (Krallen?) gleitet zügig an ihr vorbei, während sie dem Ding nacheilt.

Nein, stellt sie, ganz bei Atem, fest, der Wald ist nicht bedrohlich, nicht mehr, nicht in dieser Nacht. Er ist ein Verbund aus Pflanzen, Tieren und ein paar Menschen.

Der Wald, durch den Kommissarin Mimi Sommer jetzt läuft, ist nüchtern und von ihrer Vernunft erleuchtet, beinahe taghell.

Von hinten kommt jetzt noch einmal wie ein Fetzen aus der anderen Welt die Stimme des Monsignore Hain, der – »in Ewigkeit, Amen« – ein Gebet beschließt und nach einer kurzen Pause ein neues beginnt, dessen Worte Mimi nicht mehr hört.

Wo ist das Dunkel der Nacht? Das Licht, in das sie getaucht ist, ist grünlich und kühl. Es ist das Licht des Dämons.

Was will sie denn eigentlich? Das grüne Wesen da *verhaften?*

Das Ding und seine Verfolgerin kommen an den Schilfgürtel eines Altarmes. Das Ding bricht in einen schmalen Pfad zum Ufer ein, Mimi hinterher. Sie sieht an den seltsamerweise dampfenden Wellen, die ans Ufer schlagen, daß das Ding wohl ins Wasser gegangen sein muß.

Sie weiß, jetzt was sie will, sie hat eine Frage:

»Bist du eine Frau?« ruft Mimi.

»Schau es Dir an«, sagt eine warme Stimme hinter ihr.

Und Mimi sieht erstmals, was ihre Fälle, die Mörder, Selbstmörder und Amokläufer, gesehen haben, bevor es losging.

Eine Frau. Eine Frau in einem kurzen, eleganten Safarikleidchen. Mimis Alter, vielleicht ein bißchen jünger, mit einem wunderschönen schlanken Körper, einem großen Mund und weiten grünen Augen. Die Haut der Frau ist sommerlich getönt, und über dem Grundton liegt ein entzückendes Schichtlein Rosa, als hätte die schöne Frau genau heute einen Hauch zuviel Sonne abbekommen. Die halblangen, blonden Haare sind strohig und gebleicht.

Die Frau hockt hinter Mimi auf einem ausgedienten Fischerkahn. Eine dunkle Zunge huscht über ihre Lippen.

Mimi ist, ohne es zu wollen, entzückt.

Die Fremde spricht: »Nein, du bist schöner, Baby. Du hast das Feuer. Ich krieg' es nur, wenn einer von euch nah an meinem Geist verbrennt, danach ist es wieder weg. Dumm, nicht?«

Und jetzt? denkt Mimi. Im Namen des Gesetzes?

»Hast dich verändert, seitdem der Bärlauch geblüht hat. Ich war in deinem Ohr und in deinem Wagen, weißt du noch?«

»Gutes Gedächtnis.« Das ist das erste, was Mimi sagt.

»Ich erlebe wenig. Ich merke mir alles. Du weißt hoffentlich, wer dafür verantwortlich ist, daß du jetzt zur Prinzessin geworden bist?«

»Du.«

»Warum ...« – Die Fremde steht auf. Vorsicht! denkt Mimi – »Warum spielst du nicht mit?«

Die Fremde macht zwei Schritte auf die Kommissarin zu und steht jetzt ganz knapp vor ihr. Ihre Bäuche und Brüste berühren einander beinahe.

»Wir könnten die wildesten Sachen tun. Schau nur ...«

Mimi hört ein metallisches Knistern und sieht, wie plötzlich Hunderte, vielleicht Tausende Libellen über der Oberfläche des Wassers hin und her fliegen, blitzschnell, ohne je zu kollidieren, ein atemberaubendes Tanzen in diesem grünlichen Nachtlicht, in dem man alles erkennt.

»Wir könnten zaubern ...«

Vorsicht! Mimi spürt, daß ihr das Gesicht der Fremden noch näher gekommen ist. Mimi atmet flach. Die Fremde duftet süß und wild und nach nichts anderem als sich selbst. Ihr Atem kommt heiß, flirrend und glutig und streift an Mimis Hals entlang.

In Mimis Leib pocht es sanft. Die grünen Augen der Fremden sind eine Wohltat.

Sie zwingt sich, die eigenen Augen zuzumachen.

»Nein!« sagt sie.

Jetzt bricht die Fremde erstmals ein bißchen ein. Ihre Haut scheint zu verschwimmen, ihre menschliche Kontur undeutlich zu werden. Dunkle, grünliche Glut leuchtet darunter hervor.

»Nein, nein, nein. Das sagt ihr immer. Das kommt immer von den Besten. Der Kleine da draußen sagt auch manchmal nein ...«

»Wer da draußen?«

»Wer wird nach ihm schauen, wenn ich ... Er wird sich kränken, wenn es wieder regnet.«

Mimi begreift nichts. Gar nichts. Aber sie fühlt, daß die Kraft der Fremden Risse zeigt.

»Und warum sollte ich gehen? Wegen Dir?«

Mimi überlegt.

»Ja«, sagt sie endlich schlicht. »Wir stehen uns im Weg.«

Und da passiert etwas Seltsames: Die Dämonin wird schwach. Ihre Beine geben nach, und sie sinkt Mimi, die zunächst glaubt, es sei ein Trick, gegen die Schulter. Mimi spürt schaudernd den Leib der Fremden. Unter einer papierdünnen, physisch vielleicht gar nicht existenten Haut pulsieren die nicht menschlichen Stränge des Dämons, ein hartes Aufbäumen in der Verwandlung, wie das peitschenartige Schlagen von Echsenschwänzen.

Mimi hält die strauchelnde Frau noch immer im Arm. Endlich fängt sich die Fremde.

»Müde«, sagt sie und lächelt verwirrt, »so müde ... Und du, Baby? Bist du, wenn ich gehe, meine Statthalterin? Richterin im Flußland?«

Der Dämon, der jetzt wieder durch die Frauenverkleidung plump und amphibisch hervorlinst, kichert wild: »Der Gedanke gefällt mir.«

»Wenn das heißt, daß du erst wieder kommst, wenn ich ...«

»Wenn du einen Abgang machst, willst du sagen. Gut. So lange will ich mich schlafenlegen.«

Die plötzliche Kumpanei der Dämonin hat etwas Schamloses. Da brüllt sie: »Josef!«

Und das grüne Licht über der Au flackert zum ersten Mal.

Es macht ein schlurfendes Geräusch, und die Frau ist fort. Das Ding ist wieder da. Es gleitet an Mimi vorbei in den Schilfpfad und eilig zur Kapelle zurück. Es brüllt, und rundherum ist es dunkler geworden.

Mimi ist zu keiner Verhaftung gekommen.

Fery, der Ministrant, wird später sagen, daß Mimi nur wenige Augenblicke außerhalb des Fackelkreises der Kapelle getreten ist. Ihr selbst scheint es, als wäre sie, als sie in den Kreis der Austreiber zurückkehrt, lange Zeit weggewesen.

Joe liegt apathisch da, der Exorzist betet, die Ministranten sind blaß, und Müller weint.

Aber mit Mimi ist auch der Dämon wieder da.

Er gibt seine Abschiedsvorstellung.

Und bist du mich los für diese Nacht, Vater Wilhelm, dann bin ich doch morgen wieder hinter deiner Herde her, der du längst vorausgestorben sein wirst, alter Mann ...

»Laß ab von dieser Kratur, die Werk und Werkzeug des einen guten Gottes ist ...«

... und dann brennt das Land, dann steigt der Fluß, dann mischen wir alles neu aus Asche und Schlamm ...

Jetzt steht Joe auf. Er wankt auf zwei Beinen.

... und nicht mehr Hochzeit will ich halten, sondern Ernte!

Der Monsignore donnert jetzt, laut und schrecklich: »Fahr' aus, böser Geist, und geh' ein in die mindere Kreatur, die dich ins dunkelste Nichts befördern möge, woraus du hervorgegangen!«

Etwas verläßt die schwankende Gestalt Joes.

Der alte Priester deutet mit einer unversöhnlichen Geste nach Osten.

Warum gerade dorthin? fragt sich Mimi.

Joe fällt nicht einfach um, es scheint vielmehr, als werfe ihn der Dämon kraftvoll und angeekelt auf den Boden der Kapelle. Von der Wucht des Aufpralls zeigen sich Kratzer in seinem Gesicht, die sich allmählich mit Blut füllen.

Das, was Joe verlassen hat, fliegt nicht mehr durch die Au, es rast durch sie hindurch, und es fällt wie ein Platzregen auf zwei dunkle Scheunendächer im Osten der Kapelle. Es beginnt seinen letzten Tanz.

Die sechstausend Hühner beginnen wie mit einer Stimme loszukreischen, als Agua über ihnen ist. Sie gackern wie eine Sinfonie der Hölle, sie fuchteln plötzlich mit enormer Kraft mit ihren Krallen, sie haben ihre winzigen Käfige bald entweder völlig zerbeult oder von den Regalen herabgerissen oder mit ihren Schnäbeln auseinandergebissen.

Die sechstausend Hühner sind wie geladene Waffen, sie brennen und streben der Kühlung zu. Hundertfach, tausendfach rennen die ausgehöhlten Wesen gegen die Scheunentüren, und irgendwann springen diese auf. Eine weiße Lawine drängt in die Nacht, Federn sind überall, die ersten Hühner haben den Maschendraht zerhackt, ihr Strom rennt panisch ans Ufer des Mittelwassers, und als sie darin untertauchen, beginnt das Wasser grünlich vor sich hin zu brodeln.

Nachdem das letzte Gebet des Willi Hain in der wieder schwarzen und lichtlosen Nacht verklungen ist, stehen alle und schauen auf den am Boden liegenden Joe.

Irgendwann geht Müller zu ihm hin. Sie umarmt ihn und stellt fest, daß er schwach, aber regelmäßig atmet.

Tränen kommen aus seinen Augen.

Müller küßt ihn.

Beim Forsthaus wählt Mimi eine Nummer, und der schwarze Bus holt sie wieder ab.

Fery und Didier flüstern auf der Rückbank miteinander. Müller hält Joes Kopf in den Armen.

Der Monsignore, der weiß wie ein Blatt Papier ist und schwer atmet, fragt Mimi: »Sie haben mit Agua gesprochen, nicht?«

Mimi schaut verloren: »Sie hat mich zu ihrer Statthalterin gemacht.«

Der Monsignore schnappt nach Luft, und plötzlich beginnt er laut, herzlich und ungeheuer befreit zu lachen: »Was, Sie?« prustet er, »Sie fürchten sich doch im Wald.«

»Nicht mehr«, sagt Kommissarin Sommer und schaut aus dem Fenster.

Der Bus kommt an einer Gruppe von Feuerwehrleuten vorbei, die gerade bemerken, daß das, was sie da mit ihren Schläuchen löschen, kein Feuer ist, sondern Abermillionen winziger, weißer Hühnerfedern.

Nachbemerkung

Folgende Menschen haben das Ihre zu *Austreiben* beigetragen:
Monsignore Ulrich Küchl, Propst von Eisgarn, fand Zeit für ein Gespräch über Exorzisten und die Verstecke des Bösen – und des Guten.

Katharina Klee teilte ihre Geschichten aus der Welt nachtaktiver Radioleute mit mir.

Dr. Klaus Ebner war geduldig genug, mir das Phänomen multipler Persönlichkeiten auseinanderzusetzen.

Dank schließlich an Franz Bodi und Dieter Binder für ihre Nachrichten vom Planeten des Möglichen. An Karl Theodor Höchtl für die Überlassung seines Ansitzes zur Taubenbeobachtung. Und an Christopher Dietz, meinen Lektor; dafür, daß er gelassen am Ufer des Textes sitzt, bis ein Feind darin vorbeigeschwommen kommt.

Ernst Molden, Wien, Juli 1999